I0580434

Flann O'Brien
Y Trydydd Plismon

Flann O'Brien (1911-1966) oedd un o ffugenwau Brian O'Nolan, un o ffigyrau mwyaf blaenllaw llenyddiaeth Wyddelig a llenyddiaeth ôl-fodernaidd yn yr iaith Saesneg. Ysgrifennodd nofelau a dramâu yn y Wyddeleg a'r Saesneg.

Ei nofel yn Saesneg *The Third Policeman* yw un o'i weithiau mwyaf adnabyddus heddiw, ond er iddo gwblhau'r nofel yn 1940, ni chafodd ei chyhoeddi nes 1967, flwyddyn ar ôl marw'r awdur, ac bellach fe'i hystyrir yn gampwaith ac yn un o weithiau llenyddol mawr cyntaf ôl-foderniaeth.

Copyright © 1967 by Flann O'Brien

Cyhoeddwyd y fersiwn Cymraeg hwn â chaniatâd
Ystâd Flann O'Brien, gan
Llyfrau Melin Bapur,
Llanofer,
Sir Fynwy, 2024

Llun y clawr:
©Massimo Carulli, Marcella Menna 2024
Dyluniad y clawr:
©Melin Bapur, 2024

Hawlfraint y cyfieithiad:
©Anna Gruffydd
©Melin Bapur, 2024

Cedwir pob hawl.

ISBN:
978-1-917237-34-5

Flann O'Brien

Y Trydydd Plismon

Cyfieithwyd i'r Gymraeg gan
Anna Gruffydd

Clasuron Byd Melin Bapur

i SARA a CHARLIE
i rodio llwybrau atgof

Brodor o Ben Llŷn ydi **Anna Gruffydd** ac iaith bro ei mebyd ydi ei chyfrwng yn y Gymraeg lle bo'n addas. Mae'n cyfieithu ers bore'i hoes: er ei phleser ei hun, yn bentwr o weithiau na welodd erioed olau dydd; yn ddeunydd i'w myfyrwyr pan oedd yn gweithio yng Ngholeg Cerdd a Drama Cymru; i lwyfannau Cymru; mewn amryfal feysydd i ennill ei bara menyn ac yn ddiweddar cyhoeddwyd ei chyfieithiad o *La Peste* Albert Camus. Mae'n medru pedair iaith ddigon da i ddal pen rheswm a dwy arall ddigon da i beidio â llwgu.

Nodyn gan y Cyfieithydd

Pan fydda i'n cychwyn ar fenter newydd ym myd cyfieithu, nid darllen ac ailddarllen y gwreiddiol a dwysfyfyrio mo mhetha i. Dal fy nhrwyn a neidio i'r dwfn pia hi, wedyn ymbalfalu dan dŵr am ben llinyn. Cychwynnais yn dalog ar y *Plismon* a theimlo'n siŵr fy mod wedi cael hyd i'r 'llais' oedd yn fy nharo – y gwirionyn (serch ei fod yn llofrudd mewn gwaed oer) a chanddo uchelgais pitw a chwerthinllyd sef bod yn sglaig ar gorn sgwennu mynegai o esboniada pobol eraill ar "wyddonydd" heb fod llawn llathan. Ond ar ôl dwy neu dair pennod fe'm cawn fy hun yn gwegian, cysondeb y llais yn llithro o'm gafael. Ymhen yr hir a'r hwyr dyma sylweddoli fy mod yn mynd ar ôl sgwarnog ac mi wawriodd arna i na doedd yna ddim llais cyson i mi fynd ar ei ôl. Mae yma leisiau fyrdd – mae hyd yn oed yr adroddwr yn newid llais ei draethu yn ôl y gwahanol bobol mae'n sgwrsio efo nhw – heb sôn am ieithwedd y plismyn … taw pia hi: yn y fan honno fuo ond y dim i mi roi'r ffidil yn y to. Fy lle i oedd morio ynddyn nhw i gyd. Roedd Flann O'Brien wrth ei fodd yn chwara gêms iaith, gêms geiria. Mae'n tynnu ein coesa ni byth a hefyd, yn chwara mig efo ni bob gafael. A dyna fu: mynd efo'r lli ac ymdrochi yn yr holl wahanol leisia. Dygnais arni ac ymuno yn yr hwyl a chael sbort. A gobeithio cewch chitha hwyl efo ni.

Human existence being an hallucination containing in itself the secondary hallucinations of day and night (the latter an insanitary condition of the atmosphere due to secretions of black air) it ill becomes any man of sense to be concerned at the illusory approach of the supreme hallucination known as death.
  DE SELBY

Since the affairs of men rest still uncertain.
Let's reason with the worst that may befall.
  SHAKESPEARE

I

Nid pawb a ŵyr sut y lladdais 'rhen Philip Mathers, dan falu ei ên yn yfflon efo'm rhaw, ond yn gyntaf gwell peth sôn am fy nghyfeillgarwch â John Divney gan mai fo loriodd 'rhen Mathers gyntaf drwy roi ergyd drom iddo yn ei wddw efo pwmp beic arbennig a wnaeth o ei hun o far haearn gwag. Dyn cwrtais cryf oedd Divney ond roedd yn ddiog ei gorff ac yn ddidoreth ei feddwl. Fo oedd yn gyfrifol am y syniad yn y lle cyntaf. Fo ddywedodd wrtha i am ddod â'm rhaw. Fo oedd yn rhoi'r gorchmynion ar y pryd a'r esboniadau hefyd pan oedd galw.

Fe'm ganwyd ers talwm. Ffarmwr nobl oedd fy nhad, a mam yn berchen tafarn. Yn y dafarn roeddem yn byw ein tri ond doedd fawr o siâp arni ac roedd ar gau bron drwy'r dydd gan fod fy nhad allan wrth ei waith ar y ffarm a mam bob amser yn y gegin ac am ryw reswm ddeuai'r cwsmeriaid fyth tan oedd hi bron yn amser gwely; ac ymhell wedyn dros y Nadolig a dyddiau eraill anghyffredin felly. Ar hyd f'oes welais i erioed mo mam y tu allan i'r gegin a welais i erioed gwsmer yn ystod y dydd a hyd yn oed gyda'r nos welais i erioed fwy na dau neu dri efo'i gilydd. Ond wedyn roeddwn i yn y gwely am ran o'r amser a hwyrach ei bod hi'n wahanol o ran mam a'r cwsmeriaid gefn nos. Does gen i fawr o gof o 'nhad ond roedd yn ddyn cydnerth ac yn bur dawedog heblaw am ddyddiau Sadwrn pan soniai am Parnell wrth y cwsmeriaid a dweud bod Iwerddon yn wlad ryfedd. Rwy'n cofio mam i'r dim. Roedd ei hwyneb bob amser yn goch ac yn llidiog yr olwg o wyro dros y tân; treuliai ei hoes yn gwneud te i basio'r amser ac yn canu pytiau o hen ganeuon i basio'r cyfamser. Roeddwn i'n ei nabod yn dda ond roedd 'nhad a fi'n ddiarth a fawr o sgwrs rhyngom; yn wir, yn aml pan fyddwn yn astudio yn y gegin gyda'r nos fe'i clywn drwy'r drws tenau i'r siop, yno o'i sêt dan y lamp olew, yn sgwrsio am oriau bwy'i gilydd â Mick yr hen gi defaid. Dim ond grŵn ei lais glywn i bob gafael, fyth y rhannau ar wahân o eiriau. Roedd yn ddyn ddeallai bob ci i'r carn ac fe'u triniai fel bodau dynol. Roedd gan mam gath ond creadures estron awyr agored oedd honno a chymerai mam fyth sylw ohoni. Roeddem i gyd yn ddigon bodlon ein byd mewn rhyw ffordd ryfedd ar wahân.

Wedyn daeth rhyw flwyddyn tua'r Nadolig a phan oedd y flwyddyn wedi mynd roedd 'nhad a mam wedi mynd hefyd. Roedd Mick y ci defaid wedi blino'n lân, yn drist o galon ar ôl i 'nhad fynd a wnâi mo'i waith efo'r defaid er dim; aeth yntau'r flwyddyn wedyn. Roeddwn i'n ifanc ac yn ffôl ar y pryd a wyddwn i ddim yn iawn pam roedd yr holl bobol yma i gyd wedi ngadael i, i ble'r aethon nhw a pham nad egluron nhw ymlaen llaw. Mam oedd y cyntaf i fynd ac rwy'n cofio dyn tew wynepgoch a siwt ddu amdano yn dweud wrth 'nhad nad oedd dim dwywaith ymhle'r oedd hi, y medrai fod cyn sicred o hynny ag y medrai fod o ddim byd arall yn y dyffryn wylo sydd ohoni. Ond soniodd mo'r un gair am ble a chan fy mod yn meddwl bod popeth yn gyfrinach ac y byddai hwyrach yn ei hôl ddydd Mercher, ofynnais i ddim iddo ymhle. Yn ddiweddarach, pan aeth fy nhad, roeddwn yn meddwl ei fod wedi mynd i'w nôl mewn car hur ond pan na ddaeth na'r naill na'r llall yn ôl y dydd Mercher nesaf, roeddwn i'n ddigalon ac yn siomedig. Roedd y dyn yn y siwt ddu yn ei ôl eto. Arhosodd acw am ddwy noson ac roedd byth a hefyd yn golchi'i ddwylo yn y llofft ac yn darllen llyfrau. Roedd yna ddau ddyn arall, y naill yn ddyn bach llwyd a'r llall yn ddyn tal du mewn legins. Roedd ganddynt bocedi llawn ceiniogau a rhoent un i mi bob tro yr holwn nhw. Mae gen i gof o'r dyn tal mewn legins yn dweud wrth y dyn arall:

"Druan o'r hen gr'adur bach."

Doeddwn i'n deall dim ar hyn ar y pryd ac yn meddwl eu bod yn sôn am y dyn arall yn y dillad duon oedd bob amser yn gweithio wrth y bwrdd molchi yn y llofft. Ond wedyn dois i ddeall popeth i'r dim.

Ar ôl diwrnod neu ddau fe'm cludwyd innau i ffwrdd mewn car hur a'm hanfon i ysgol ddiarth. Ysgol breswyl oedd hi yn llawn pobl nad oeddwn yn nabod dim arnynt, rhai'n ifanc a rhai'n hŷn. Buan y ces i ar wybod ei bod hi'n ysgol dda ac yn un ddrud iawn ond thalais i ddim dimau goch y delyn i'r bobl oedd yn gofalu amdani gan nad oedd gen i'r un. Yn ddiweddarach dois i ddeall yn iawn hyn oll a llawer at hynny.

Dydi fy nghyfnod yn yr ysgol nac yma nac acw heblaw am un peth. Yma y dois i wybod gyntaf rywbeth am de Selby. Un diwrnod digwyddais godi hen lyfr bratiog yng nghell yr athro gwyddoniaeth a'i roi yn fy mhoced i'w ddarllen yn fy ngwely'r bore trannoeth gan fy mod newydd ennill y fraint o orweddian yn hwyr. Tua'r un a bymtheg roeddwn i ar y pryd a'r seithfed o Fawrth oedd y dyddiad. Rwy'n dal i feddwl mai'r diwrnod hwnnw oedd y pwysicaf ar f'oes ac rwy'n ei gofio'n fwy parod na'm pen-blwydd. Argraffiad cyntaf *Golden Hours* oedd y llyfr a'r ddwy dudalen olaf ar goll. Erbyn fy mhedwar ar bymtheg, a minnau wedi gorffen f'addysg, gwyddwn fod y llyfr yn werthfawr a'm bod, o'i gadw, yn ei ddwyn. Serch hynny fe'i rhoddais yn fy mag heb bang cydwybod a synnwn i damaid na wnawn yr un peth eto o gael y cyfle. Hwyrach ei bod o bwys yn y stori rwyf ar fin ei hadrodd mai er mwyn de Selby y cyflawnais fy nhrosedd ddifrifol gyntaf. Er ei fwyn o y cyflawnais fy nhrosedd fwyaf.

Gwyddwn ers tro sut roedd hi arnaf yn y byd. Roedd fy nhylwyth i gyd wedi marw a dyn o'r enw Divney yn gweithio'r ffarm ac yn byw arni nes i mi ddychwelyd. Doedd o ddim yn berchen ar ddim ohoni a châi sieciau tâl wythnosol gan swyddfa llawn twrneiod mewn tref bellennig. Doeddwn i erioed wedi cyfarfod y twrneiod hyn nac erioed wedi cyfarfod Divney, ond i mi roedden nhw i gyd yn gweithio a 'nhad wedi talu mewn arian parod am y trefniadau hyn cyn ei farw. Pan oeddwn i'n iau tybiwn ei fod yn ddyn hael yn gwneud y fath beth i fachgen nad oedd prin yn ei nabod.

Es i ddim adre'n union o'r ysgol. Treuliais rai misoedd mewn mannau eraill yn ehangu gorwelion ac yn dod i wybod faint gostiai argraffiad llawn o weithiau de Selby ac a oedd modd cael ar fenthyg rai o lyfrau ei esbonwyr mwy di-nod. Yn un o'r mannau lle'r oeddwn yn ehangu gorwelion cefais ddamwain arw un noson. Torrais fy nghoes chwith (neu, os mynnwch chi, fe'i torrwyd drosof) mewn chwe man a phan oeddwn yn ddigon da i'w chychwyn hi ar fy hynt unwaith eto roedd gen i un goes glec, y goes chwith. Gwyddwn mai ychydig o arian oedd gen i, fy mod yn mynd adre i ffarm greigiog ac na fyddwn yn dda fy myd. Ond gwyddwn yn fy nghalon erbyn hynny nad ffarmio, hyd yn oed os oedd rhaid i mi'i wneud, fyddai gwaith f'oes. Gwyddwn, pe cofid am f'enw, mai ynghlwm ag enw de Selby y'i cofid.

Rwy'n cofio i'r dim y noson y cerddais yn ôl dan fy nghronglwyd fy hun â bag teithio ym mhob llaw. Roeddwn yn ugain oed, noson lon o haf hirfelyn oedd hi a drws y dafarn ar agor. Y tu ôl i'r cownter safai John Divney, yn pwyso ymlaen ar y forden cwrw du isel efo'i fforc, ei freichiau ymhlyg yn ddel a'i wyneb yn edrych i lawr ar bapur newydd ar daen ar y cownter. Roedd ganddo wallt gwinau ac, o stwcyn bach, roedd yn ddigon golygus, caledwaith wedi lledu ei sgwyddau a'i freichiau'n dew fel bonion coed bychain. Roedd ganddo wyneb tawel cwrtais a llygaid fel llygaid buwch, yn synfyfyriol, yn frown, ac yn amyneddgar. Pan ddeallodd fod rhywun wedi dod i mewn ni roes y gorau i ddarllen ond ymbalfalodd ei law chwith a chael clwt a dechrau rhoi ambell i slempan damp araf i'r cownter. Wedyn, yn dal i ddarllen, symudodd ei ddwylo'r naill uwchlaw'r llall fel petai'n tynnu consertina hyd ei eithaf a dweud:

"Sgwnar?"

Sgwnar oedd enw'r cwsmeriaid ar beint o gwrw du Coleraine. Dyna'r cwrw du rhataf dan haul. Dywedais fod arnaf eisiau fy nghinio a dweud f'enw a phwy oeddwn. Wedyn dyma gau'r siop a mynd i'r gegin ac yno y buom bron drwy'r nos, yn bwyta ac yn sgwrsio ac yn yfed wisgi.

Difiau oedd hi drannoeth. Dywedodd John Divney fod ei waith bellach ar ben ac y byddai'n barod ar y Sadwrn i fynd adref i lle'r oedd ei dylwyth. Doedd ei waith ddim ar ben damaid — doedd fawr o siâp ar y ffarm a'r rhan fwyaf o waith y flwyddyn heb hyd yn oed ei ddechrau. Ond ar y Sadwrn dywedodd fod un neu ddau o bethau i'w gorffen ac na fedrai weithio ar y Sul ond y byddai mewn lle i drosglwyddo'r ffarm mewn trefn berffaith ar y nos Fawrth. Y dydd Llun roedd ganddo fochyn ciami i'w dendio a darfu i hynny'i slofio. Ddiwedd yr wythnos roedd yn brysurach nag erioed ac ymhen deufis eto yn ôl pob golwg doedd ei dasgau brys nac yn ysgafnach nac yn llai. Doeddwn i'n hidio fawr — er ei fod yn ddidoreth ei feddwl ac yn brin ei waith, roedd yn foddhaol o ran cwmni ac ni ofynnai fyth am dâl. Wnawn innau fawr o waith ar hyd y lle, yn treulio fy oriau i gyd yn trefnu fy mhapurau ac yn ailddarllen tudalennau de Selby yn fwy astud fyth.

Cyn pen llai na blwyddyn gron sylwais fod Divney

yn defnyddio'r gair "ni" yn ei sgwrs ac, yn waeth fyth, y gair "ein". Dywedodd nad oedd y lle gystal ag y gallai fod a sôn am gael gwas cyflog. Doeddwn i ddim o'r un farn a dyna ddywedais wrtho a dweud nad oedd galw am fwy na dau ddyn ar ffarm fach ac at hynny, gwae fi, ei bod yn fain arnom. O hynny allan thalai hi ddim dweud wrtho mai fi oedd yn berchen ar bopeth. Dechreuais ddweud wrthyf fy hun hyd yn oed os mai fi oedd yn berchen ar bopeth, yntau oedd yn berchen arnaf i.

Aeth pedair blynedd heibio'n ddigon dedwydd i'r ddau ohonom. Roedd gennym dŷ da a digonedd o fwyd cefn gwlad maethlon ond ychydig o arian. Treuliwn bron fy holl amser yn astudio. O'm cynilion roeddwn bellach wedi prynu gweithiau cyflawn y ddau brif esboniwr, Hatchjaw a Bassett, a ffotostat o *Manuscript* de Selby. Roeddwn hefyd wedi cychwyn ar yr orchwyl o ddysgu Ffrangeg ac Almaeneg yn drylwyr er mwyn darllen gweithiau esbonwyr eraill yn yr ieithoedd hynny. Buasai Divney yn rhyw fudur weithio ar y ffarm liw dydd ac yn sgwrsio'n groch yn y dafarn gyda'r nos ac yn gweini diodydd yno. Fe'i holais unwaith ynghylch y dafarn a dywedodd ei fod yn colli arian ar ei chownt hi bob dydd. Cawn hyn yn dipyn o benbleth gan nad oedd cwsmeriaid yn brin, a barnu yn ôl eu lleisiau drwy'r drws tenau, a Divney byth a hefyd yn prynu siwtiau dillad a phinnau teis ffansi iddo'i hun. Ond ddywedais i fawr. Roeddwn i'n ddigon bodlon cael llonydd o wybod bod fy ngwaith fy hun o fwy o bwys na myfi fy hun.

Un diwrnod ddechrau'r gaeaf meddai Divney wrthyf:

"Does fiw i mi golli fawr mwy o f'arian fy hun ar y bar 'na. Mae'r cwsmeriaid yn cwyno am y cwrw du. Hen gwrw du sâl iawn ydi o – rhaid i minnau yfed rhyw ddafn o bryd i'w gilydd i gadw cwmni iddyn nhw a dwi'n teimlo'n reit giami. Fydd rhaid i mi fynd i ffwrdd am ddeuddydd a rhoi tro i weld oes 'na fath gwell o gwrw du i'w gael."

Y bore trannoeth diflannodd ar gefn ei feic a phan ddaeth yn ei ôl ymhen tridiau, yn bur llychlyd a blinedig gan deithio, dywedodd wrthyf fod popeth yn iawn a bod disgwyl pedair casgen o gwrw du gwell ddydd Gwener. Cyrhaeddodd yn brydlon ar y diwrnod hwnnw a'r noson honno bu'r cwsmeriaid yn y dafarn yn ei brynu fel slecs. Mewn rhyw dref yn y de y'i cynhyrchid ac âi dan yr enw "Y Reslwr". Os yfech dri neu bedwar peint ohono, does dim dwywaith nad y fo fyddai drechaf. Roedd y cwsmeriaid yn fawr eu clod ac ar ôl iddo fynd i lawr y lôn goch byddent yn canu ac yn gweiddi ac weithiau'n gorwedd ar eu hyd ar y lôn y tu allan yn swrth fel pathewod. Cwynai rhai wedyn fod rhywun wedi lladrata oddi arnynt pan oeddent yn y cyflwr yma a rhefru yn y siop y noson drannoeth am arian wedi'i ddwyn a watshis aur wedi diflannu oddi ar eu cadwyni cryfion. Ddywedai John Divney fawr am hyn wrthynt ac ni soniodd yr un gair wrthyf i. Sgrifennodd y geiriau – GOCHELWCH RHAG PIGWYR POCEDI – mewn llythrennau breision ar gerdyn a'i hongian y tu ôl i silffoedd yn ymyl rhybudd arall yn ymhél â sieciau. Serch hynny prin yr âi wythnos heibio heb i ryw gwsmer neu'i gilydd gwyno ar ôl noson yng nghwmni'r "Reslwr". At ei gilydd nid da o beth mo hyn.

Gyda threigl amser roedd y felan fwyfwy ar Divney ar gownt beth alwai'r "bar". Byddai'n fodlon, meddai, petai'n medru ymgynnal ond yn ei dyb o go brin wir y gwnâi hynny fyth. Yn rhannol y Llywodraeth oedd ar fai am y sefyllfa oherwydd y trethi uchel. Doedd o ddim yn meddwl y medrai ddal i ddwyn baich y golled heb gymorth. Roedd gan fy nhad, meddwn i, ryw ffordd hen ffasiwn o reoli oedd yn rhoi lle i wneud elw ond y dylid cau'r siop os oedd hi'n dal i golli arian. Ddywedodd

Divney ddim, ond bod rhoi'r gorau i drwydded yn beth pur ddifrifol.

Tua'r adeg yma, pan oeddwn yn tynnu at fy neg ar hugain, y dechreuodd Divney a mi fagu'r enw o fod yn ffrindiau mawr. Ers blynyddoedd cyn hynny prin yr awn i allan o gwbl. Roedd hyn am fy mod yn rhy brysur wrth fy ngwaith ac anaml iawn roedd gen i'r amser; at hynny doedd fy nghoes glec yn dda i ddim at gerdded. Wedyn digwyddodd rhywbeth pur anarferol i newid hyn ac wedi hynny doedd Divney a fi fyth ar wahân am fwy na munud neu ddau na dydd na nos. Drwy'r dydd roeddwn allan efo fo ar y ffarm a gyda'r nos eisteddwn ar hen sêt fy nhad dan y lamp yng nghornel y dafarn yn gwneud pa waith y medrwn efo 'mhapurau yng nghanol y twrw a'r rhuthr a'r bloeddiau poeth âi bob amser i ganlyn "Y Reslar". Ar y Sul os âi Divney i roi tro am gymydog awn yn gwmni iddo a dod adre'n ôl efo fo, fyth o'i flaen nac ar ei ôl. Os âi i'r dref ar gefn ei feic i archebu cwrw du neu hadyd tatws neu hyd yn oed "i roi tro am rywun arbennig", awn innau ar gefn fy meic ochr yn ochr ag o. Dois â'm gwely i'w lofft ac ymorol nad awn i gysgu cyn ei fod yntau'n cysgu a'm bod yn gwbl effro awr go lew cyn iddo stwyrian. Unwaith bu ond y dim iddo'm dal ar y gamfa. Cofiaf ddeffro'n ddisymwth yn oriau mân y bore ar noson ddu a'i gael yn gwisgo amdano'n ddistaw bach yn y tywyllwch. Gofynnais iddo i ble'r âi ac meddai yntau ei fod yn methu cysgu ac yn meddwl y gwnâi rhyw dro bach les iddo. Felly'n union roedd hi arnaf i, meddwn innau, ac allan â'r ddau ohonom efo'n gilydd i'r noson oeraf a gwlypaf welais i erioed. Pan ddaethom yn ein holau'n wlyb at ein crwyn dywedais mai hurt o beth oedd inni gysgu mewn dau wely ar wahân a hithau mor ysgethrin o oer ac es i'w wely yn ei ymyl. Ddywedodd o fawr ddim, nac ar y pryd nac wedyn. O'r noson honno allan cyd-gysgwn ag o bob gafael.

Roeddem yn gyfeillgar â'n gilydd ac yn barod ein gwên ond roedd hi'n sefyllfa ryfedd a heb fod wrth fodd y naill na'r llall ohonom. Buan y sylwodd y cymdogion ein bod yn annatod o glòs. Felly'r oeddem, efo'n gilydd byth a hefyd, ers agos i dair blynedd; y ddau Gristion gorau yn Iwerddon benbaladr medden nhw. Roedd cyfeillgarwch dau ddyn yn hyfryd o beth, medden nhw, a Divney a minnau'r enghraifft fwyaf nobl ohono ers cyn cof. Petai pobl eraill yn cwffio neu'n taeru neu bethau'n mynd yn ddrwg rhyngddynt, gofynnid pam na fedrent fod fel fi a Divney. Buasai pawb yn syfrdan syn o weld Divney mewn unrhyw fan ar unrhyw adeg hebof fi yn ei ymyl. A does ryfedd yn y byd na ddarfu i ddeuddyn roi eu cas ar ei gilydd mor filain â mi a Divney. Ac ni fu deuddyn erioed mor gwrtais â'i gilydd, mor gyfeillgar ar yr wyneb.

Mae gofyn i mi fynd yn ôl rai blynyddoedd i egluro beth ddigwyddodd i beri'r sefyllfa ryfedd yma. Merch o'r enw Pegeen Meer oedd y "rhywun arbennig" yr âi Divney i edrych amdani unwaith y mis. O'm rhan i roeddwn wedi cwblhau fy *Mynegai De Selby* awdurdodol lle'r oedd barn pob esboniwr hysbys ar bob agwedd ar y doethur a'i waith rhwng dau glawr. Gan hynny roedd gan y ddau ohonom rywbeth o bwys mawr ar ei feddwl. Un diwrnod meddai Divney wrthyf:

"Tipyn o gampwaith ydi'r llyfr 'na ti 'di'i sgwennu, dwi'n ama dim."

"Mae'n fuddiol," addefais innau, "ac mae ei fawr angen." Mewn gwirionedd roedd ynddo lawer oedd yn gwbl newydd ac yn brawf mai camsyniadau oedd llawer i farn am de Selby a'i ddamcaniaethau, wedi'u seilio ar gamddarllen ei weithiau.

"Mi fedrai neud enw i ti drwy'r byd yn grwn a'r hawlfreiniau'n dy neud yn graig o arian?"

"Mi fedrai."

"Pam na roi di o ar goedd ta?"

Eglurais fod gofyn arian i roi llyfr o'r math yma "ar goedd" oni bai bod gan yr awdur enw'n barod. Taflodd gipolwg llawn cydymdeimlad arnaf, yn groes i'w arfer, ac ochneidio.

"Dydi arian ddim yn hawdd ei gael y dyddiau yma," meddai, "a'r fasnach ddiod yn mynd â'i phen iddi a'r tir wedi mynd yn ddim o ddiffyg gwrteithia artiffisial a chei di mo'r rheini am bris yn y byd diolch i strywia'r Iddewon a'r Seiri Rhyddion."

Gwyddwn ei fod yn palu clwyddau o ran y gwrteithiau. Roedd eisoes wedi cymryd arno nad oedd modd eu cael am nad oedd arno eisiau'r hen helcyd ddôi i'w canlyn. Ar ôl saib meddai:

"Mae gofyn i ni weld be fedrwn ni'i neud ynghylch cael arian i dy lyfr di ac yn wir i ti mae'i angen o arna i hefyd – fedri di ddim disgwyl i hogan aros nes ei bod hi'n rhy hen i ddal i aros."

Wyddwn i ddim a oedd ar feddwl dod â gwraig, pe câi o un, i'r tŷ. Os mai felly'r oedd ei deall hi a minnau'n methu'i nadu, byddai'n rhaid i mi adael. Ar y llaw arall, petai priodi'n golygu y byddai yntau'n gadael, debyg gen i y byddwn wrth fy modd.

Ddim cyn pen rhai dyddiau y soniodd am arian eto. Wedyn meddai:

"Be am 'rhen Mathers?"

"Be amdano fo?"

Welswn i erioed mo'r hen ŵr ond gwyddwn amdano'n iawn. Treuliodd oes faith hanner can mlynedd yn y fasnach wartheg a bellach roedd wedi ymddeol ac yn byw mewn tŷ mawr dair milltir i ffwrdd. Daliai i fasnachu'n helaeth drwy asiantau ac, medden nhw, roedd yn cario cymaint â thair mil o bunnau i'w ganlyn bob tro yr herciai i'r pentref i roi ei arian ar gadw. Bychan a wyddwn am weddusterau cymdeithasol ar y pryd ond freuddwydiwn i fyth ofyn iddo am gymorth.

"Mae'n graig o arian," meddai Divney.

"Dwi ddim yn meddwl y dylen ni fynd ar ofyn neb am elusen," meddwn.

"Na minnau," meddai. Roedd yn ddyn balch yn ei ffordd fach ei hun, debygwn, a ddywedwyd 'run gair eto am y tro. Ond wedi hynny aeth yn arfer ganddo o bryd i'w gilydd daro i sgyrsiau am bethau eraill ryw sylwad amherthnasol – ei bod yn fain arnom a faint o arian gariai Mathers yn ei flwch arian du; weithiau byddai'n lladd ar yr hen ŵr gan ei gyhuddo o fod yn "y cylch gwrteithiau artiffisial" neu o fod yn anonest ei ymwneud masnach. Un tro dywedodd rywbeth am "gyfiawnder cymdeithasol" ond roedd yn amlwg i mi nad oedd yn deall y geiriau'n iawn.

Wn i ddim yn union sut na phryd y daeth yn amlwg i mi fod Divney, ymhell o fod yn ceisio elusen, yn bwriadu lladrata oddi ar Mathers; a does gen i ddim cof am ba hyd y bûm cyn sylweddoli ei fod ar feddwl ei ladd ar ben hynny er mwyn osgoi peryg enwi'r lleidr wedyn. Y cwbl wn i ydi fy mod, o fewn chwe mis, wedyn derbyn y cynllun erch yma fel petai'n rhan gyffredin o'n sgwrs. Aeth tri mis eto heibio cyn i mi fedru fy nwyn fy hun i gydsynio â'r cynnig a thri mis eto cyn i mi gyfaddef yn agored i Divney fy mod wedi peidio â simsanu. Fedra i ddim yn fy myw adrodd y castiau a'r strywiau ddefnyddiodd i'm hennill o'i du. Digon dweud ei fod wedi darllen rhannau o'm *Mynegai de Selby* (neu wedi cogio gwneud) a thrafod â mi wedyn gyfrifoldeb trwm unrhyw un oedd, drwy fympwy personol, yn peidio â rhoi'r *Mynegai* i'r byd.

Ar ei ben ei hun roedd 'rhen Mathers yn byw. Gwyddai Divney pa noson ac ar ba ddarn unig o lôn ger ei dŷ y byddem yn ei gyfarfod efo'i flwch arian. Gefn gaeaf y daeth y noson; roedd hi eisoes yn nosi a ninnau'n eistedd wrth ein cinio'n trafod y mater oedd ar y gweill. Dywedodd Divney y dylem ddod â'n rhofiau wedi'u clymu ar groesfariau ein beiciau i roi arnom olwg dynion allan i hel cwningod, deuai yntau â'i bwmp haearn ei hun rhag ofn i ni gael pynjar araf.

Does yna fawr i'w adrodd am y llofruddio. Roedd yr awyr fygythiol fel petai'n cydgynllwynio â ni, yn disgyn mewn amdo o gaddug llwm o fewn dwylath i'r lôn wlyb lle'r arhosem. Roedd popeth yn llonydd a dim smic yn ein clustiau heblaw diferu'r coed. Roedd ein beiciau ynghudd. Roeddwn i'n pwyso'n ddigalon ar fy rhaw a Divney, ei bwmp haearn dan ei fraich, yn smocio'i getyn yn fodlon. Bron cyn i ni sylweddoli bod neb yn ymyl roedd yr hen ŵr ar ein gwarthaf. Welwn i mohono'n iawn yn y gwyll ond cawn gip ar wyneb llwyd wedi ymlâdd yn llygadu o dop y gôt fawr ddu oedd yn ei orchuddio o'i glustiau hyd ei fferau.

Aeth Divney yn ei flaen ar ei union a phwyntio'n ôl ar hyd y lôn a dweud:

"Tybed ai'ch parsel chi sydd ar y lôn?"

Trodd yr hen ŵr ei ben i edrych a chael ergyd ar ei war gan bwmp Divney a'i bwriodd oddi ar ei draed ac, yn ôl pob tebyg, a dorrodd asgwrn ei wddw yn chwilfriw. Fel y syrthiodd ar ei hyd yn y mwd ddaeth dim cri ohono. Yn hytrach, mi'i clywais yn dweud rhywbeth yn dawel iawn fel petai'n sgwrsio – rhywbeth fel "Ma gas gin i seleri" neu "Mae'r gasgen yn y seler". Wedyn gorweddodd yn llonydd iawn. Buaswn innau'n gwylio'r olygfa yn hurt braidd, yn dal i bwyso ar fy rhaw. Roedd Divney yn chwilota'r corff ar lawr yn giaidd ac wedyn safodd ar ei draed. Roedd ganddo flwch du yn ei law. Fe'i chwifiodd uwch ei ben a rhuo:

"Deffra, da chdi! Rho ben arno fo efo'r rhaw!"

Es yn fy mlaen yn beiriannol, chwifio'r rhaw dros f'ysgwydd a dyrnu ei llafn nerth esgyrn fy mreichiau ar yr ên ymwthiol. Teimlais a bron na chlywn ei benglog yn sigo'n grimp fel plisgyn ŵy gwag. Wn i ddim wir sawl gwaith y trawais o wedyn ond rois i mo'r gorau iddi nes fy mod wedi blino'n lân.

Taflais y rhaw ar lawr ac edrych o'm cwmpas i chwilio am Divney. Doedd dim golwg ohono. Galwais ei enw'n ddistaw ond doedd dim ateb. Cerddais gam neu ddau ar hyd y lôn a galw drachefn. Neidiais ar ben clawdd ffos a llygadu o'm cwmpas i'r gwyll. Galwais ei enw unwaith eto cyn uched ag y meiddiwn ond doedd dim ateb yn y distawrwydd. Roedd wedi mynd. Roedd wedi'i gwadnu hi efo'r blwch arian a'm gadael ar fy mhen fy hun efo'r dyn marw a rhaw oedd mwy na thebyg bellach yn taenu gwawr binc egwan ar y mwd dyfrllyd o'i chwmpas.

Baglodd curiadau fy nghalon yn boenus. Aeth ias o ofn drwof. Petai rhywun yn dod, wnâi'r un dim dan haul fy achub rhag y grocbren. Hyd yn oed pe bai Divney yma i rannu f'euogrwydd, fyddai hynny ddim yn fy ngwarchod. Wedi fferru gan ofn sefais am dipyn go lew yn rhythu ar y pentwr crebachlyd yn y gôt ddu.

Cyn i'r hen ŵr gyrraedd cloddiasai Divney a mi dwll dwfn, yn fawr ein gofal i gadw'r tyweirch. Bellach wedi rhusio, llusgais y corff trwm gwlyb domen o'r lle gorweddai a bustachu mynd â fo dros y ffos ac i'r cae a'i ollwng yn swp i'r twll. Wedyn rhuthrais yn ôl i gael fy rhaw a dechrau lluchio a gwthio'r pridd yn ôl i'r twll mewn cynddaredd dall gwyllt.

Roedd y twll bron yn llawn pan glywais sŵn traed. Edrychais o'm cwmpas mewn gwewyr a gweld siâp digamsyniol Divney yn troedio'n ofalus dros y ffos ac i'r cae. Pan ddaeth ataf pwyntiais yn fud at y twll â'm rhaw. Heb ddweud gair o'i ben aeth at ein beiciau, dod yn ei ôl â'i raw ei hun yn ei law a gweithio'n ddiwyd efo mi nes gorffen y dasg. Gwnaethom ein gorau glas i ymorol nad oedd dim argoel o beth ddigwyddodd. Wedyn dyma lanhau ein bwtsias â gwellt, clymu'r rhofiau a cherdded adref. Daeth ambell un i'n cyfarfod ar y lôn a dweud noswaith dda wrthym yn y tywyllwch. Dwi'n amau dim eu bod yn meddwl mai dau labrwr blin oeddem yn ei throi hi am adref ar ôl diwrnod caled o waith. Doedden nhw ddim ymhell ohoni.

Ar ein ffordd meddwn wrth Divney:

"Lle'r oeddet ti gynna?"

"O gwmpas busnes pwysig," meddai. Meddyliais ei fod yn cyfeirio at rywbeth neilltuol ac meddwn:

"Siawns na fasat ti wedi medru aros tan wedyn?"

"Nid be wyt ti'n feddwl oedd o," meddai.

"Ydi'r blwch gin ti?"

Trodd ei wyneb tug ataf y tro yma, ei grychu a rhoi bys ar ei wefus.

"Taw," sibrydodd, "mae mewn lle saff."

"Ond lle?"

Ei unig ateb oedd gwasgu'r bys yn galetach ar ei wefus a gwneud sŵn hisian hir. Rhoes ar ddeall i mi fod sôn am y blwch, hyd yn oed yn ddistaw bach, y peth gwirionaf a mwyaf byrbwyll dan haul y medrwn ei wneud.

Wedi cyrraedd adref aeth i ffwrdd i ymolchi a gwisgo un o'r sawl siwt Sul las oedd ganddo. Pan ddaeth yn ei ôl i lle'r oeddwn i'n eistedd, fy mhen yn fy mhlu wrth dân y gegin, daeth ataf yn ddifrif iawn yr olwg, pwyntio at y ffenest a gweiddi:

"Tybed ai'ch parsel chi sydd ar y lôn?"

Wedyn rhoes floedd o chwerthin oedd fel petai'n llacio ei gorff drwyddo, yn troi ei lygaid yn ddŵr yn ei ben ac yn ysgwyd y tŷ i gyd. Ar ôl peidio, sychodd y dagrau oddi ar ei wyneb, cerdded i'r siop a gwneud sŵn sy'n perthyn i ddim byd heblaw tynnu'r corcyn yn gyflym o botel wisgi.

Yn yr wythnosau wedyn gofynnais iddo ganwaith a mewn mil o wahanol ffyrdd lle'r roedd y blwch. Atebai fyth yn yr un ffordd ond yr un oedd yr ateb bob tro. Roedd mewn lle diogel iawn. Gorau po leiaf o sôn amdano nes i bethau dawelu. Tewi oedd piau hi. Fe'i ceid pan ddôi ei dro. At ddiben bod dan ofal sicr, roedd mewn gwell lle na'r Banc of Ingland. Deuai haul ar fryn. Byddai'n bechod difetha popeth drwy frys neu ddiffyg amynedd.

A dyna pam daeth John Divney a mi'n ffrindiau annatod o glòs a pham na chafodd fod o'm golwg i am dair blynedd. Wedi iddo ladrata oddi arnaf yn fy nhafarn fy hun (a hyd yn oed lladrata oddi ar fy nghwsmeriaid), difetha fy ffarm, gwyddwn ei fod yn ddigon anonest i ddwyn fy rhan i o arian Mathers a'i heglu hi efo'r blwch pe câi gyfle. Gwyddwn nad oedd angen yn y byd aros "nes i bethau dawelu" gan mai ychydig o sylw fu i ddiflannu'r hen ŵr a bod hel ei sodlau heb ddweud gair wrth neb na gadael ei gyfeiriad yr union fath o beth a wnâi.

Os da y cofiaf soniais eisoes fod yr agosatrwydd corfforol rhyfedd lle câi Divney a mi ein hunain yn fwyfwy annioddefol. Yn y misoedd diweddaraf roeddwn wedi gobeithio cael y llaw uchaf arno drwy wneud fy nghwmni'n llethol o glòs a diarbed ond ar yr un pryd dechreuais gario pistol bach rhag ofn damweiniau. Un nos Sul pan oedd y ddau ohonom yn eistedd yn y gegin – ein dau, gyda llaw, ar yr un ochr i'r tân – tynnodd ei getyn o'i geg a throi ataf.

"Wyddost ti," meddai, "dwi'n meddwl bod petha wedi tawelu."

Dim ond rhochian wnes i.

"Ti'n gweld be sy gin i?" gofynnodd.

"Felly y bu petha erioed," meddwn i'n swta.

Edrychodd arnaf yn ffroenuchel.

"Mi wn i lawar am y petha 'ma," meddai, "ac mi synnet ti at y cama gwag gymith dyn os dio ar ormod o frys. Does 'na mo'r fath beth â bod yn rhy ofalus ond er hynny dwi'n meddwl bod petha wedi tawelu ddigon i'w gneud hi'n saff."

"Dwi'n falch dy fod yn meddwl hynny."

"Mi ddaw haul ar fryn. A' i nôl y blwch fory ac wedyn mi rannwn ni'r pres, fam'ma hyn ar y bwrdd 'ma."

"Awn *ni* i nôl y blwch," atebais, gan ddweud yr ail air yn dra gofalus. Bwriodd olwg hir glwyfedig arnaf a gofyn i mi'n drist oedd peidio nad oeddwn yn ei drystio. Atebais y dylai'r ddau ohonom orffen beth roedd y ddau ohonom wedi'i ddechrau.

"O'r gorau," meddai'n flin iawn. "Mae'n loes i mi na dwyt ti ddim yn fy nhrystio i ar ôl yr holl waith dwi wedi'i neud i drio rhoi trefn ar y lle 'ma ond i ddangos i ti sut ddyn ydw i na' i adael i chdi nôl y blwch dy hun, ddeuda i wrthat ti lle mae o fory."

Gofalais fy mod yn cydgysgu ag o fel arfer y noson honno. Y bore trannoeth roedd gwell hwyliau arno a dywedodd wrthyf yn syml iawn fod y blwch wedi'i guddio yn nhŷ gwag Mathers ei hun, o dan estyll llawr y stafell gyntaf ar y dde o'r cyntedd.

"Wyt ti'n siŵr?" gofynnais.

"Ar fy llw," meddai'n ddifrifol, gan godi ei law tua'r nef.

Pendronais ynghylch y sefyllfa am funud, yn chwilio'r posibilrwydd mai cast oedd hwn i gael gwared â mi o'r diwedd ac wedyn ei gwadnu hi i'r cuddfan go iawn. Ond am y tro cyntaf roedd golwg ddidwyll ar ei wyneb.

"Mae'n ddrwg gin i os brifais i dy deimlada di neithiwr," meddwn, "ond i ddangos na does neb ddim dicach fasa'n dda gin i i chdi ddod efo fi o leia ran o'r ffordd. Dwi'n teimlo ar fy nghalon y dylai'r ddau ohonon ni orffen be mae'r ddau ohonon ni wedi'i ddechra."

"O'r gora," meddai. "Dio nac yma nac acw ond mi fasa'n dda gin i i ti gael y blwch efo dy ddwylo dy hun, dio 'mond yn deg ar ôl i mi beidio â deud wrtha chdi lle'r oedd o."

Am fod gan fy meic i bynjar aethom ar ein deudroed. A ninnau tua chanllath o dŷ Mathers, arhosodd Divney yn ymyl wal isel a dweud yr eisteddai yno a smygu'i getyn ac aros amdanaf.

"Dos di ar dy ben dy hun a chael y blwch a dod ag o'n ôl yma. Daw haul ar fryn a heno 'ma mi fyddwn ni'n ddau ddyn cefnog. Mae'n ista dan styllan lac yn llawr y stafall gynta ar y dde, yn y gornel gyferbyn â'r drws."

Ac yntau ar ei eistedd ar y wal, gwyddwn y byddai yn fy ngolwg drwy'r amser. Yn y byr o dro y byddwn i ffwrdd medrwn ei weld dim ond o droi fy mhen.

"Fydda i yn f'ôl cyn pen deng munud," meddwn.

"Da was," meddai. "Ond cofia hyn. Os cyfarfyddi di rywun, wyddost ti ddim am be wyt ti'n chwilio, wyddost ti ddim yn nhŷ pwy wyt ti, wyddost ti ddim byd."

"Dwn i ddim hyd yn oed fy enw fy hun," meddwn.

Roedd hyn yn beth hynod i mi'i ddweud oherwydd y tro nesaf y gofynnwyd i mi f'enw fedrwn i ddim ateb. Wyddwn i ddim.

II

Mae gan de Selby ambell i beth pur ddiddorol i'w ddweud am dai. Yn ei dyb o rhes o ddrygau angenrheidiol ydi rhes o dai.[1] Mae'n priodoli meddalu a dirywio teulu dyn i'w hoffter mwyfwy o fod dan do a'i ddiddordeb lleilai yng nghrefft mynd allan ac aros yno. Gwêl hyn yn ei dro yn ganlyniad twf gweithgareddau megis darllen, chwarae gwyddbwyll, yfed, priodas a'u tebyg, dim ond ychydig o'u plith y gellir eu canlyn yn llwyddiannus yn yr awyr agored. Man arall[2] mae'n galw tŷ yn "large coffin", yn "warren", ac yn "box". Mae'n amlwg mai ei brif wrthwynebiad oedd caethiwed to a phedwar wal. Tadogai werthoedd gwell-haol, anhygoel braidd – yn ymwneud â'r ysgyfaint yn bennaf – i ambell i adeilad a gynlluniodd ei hun, a alwai yn "habitats", y mae lluniadau bras ohonynt i'w gweld byth yn nhudalennau *Country Album*. Roedd yr adeiladau hyn o ddau fath, "tai" di-do a "thai" heb waliau. Roedd gan y cyntaf ddrysau a ffenestri agored led y pen a goruwchadeilad tra afrosgo o darpwlinau wedi'u rholio'n llac ar bolion rhag tywydd mawr – ac arno, drwyddo draw, olwg llong hwyliau wedi'i chodi ar lwyfan cerrig nadd: y man olaf yr ystyriai rhywun gadw hyd yn oed gwartheg. Roedd i'r math arall o "habitat" y to llechi arferol ond dim waliau heblaw un, i'w godi yn nhu'r gwynt mynychaf, a'r tarpwlinau anochel o amgylch yr ochrau eraill wedi'u weindio'n llac ar roleri yn hongian o landeri'r to, ac o amgylch yr adeilad cyfan ffos fechan fach neu bant heb fod yn annhebyg i'r

---

[1] *Golden Hours*, ii, 261.
[2] *Country Album*, tud. 1,034.

geudai a gloddir i'r fyddin. O gofio tybiaethau'r oes sydd ohoni o ran tai a glanweithdra, does dim dwywaith nad oedd syniadau de Selby yn bur bell ohoni yn hyn o beth ond yn ei ddydd ei hun, ers tro byd, collodd mwy nag un claf ei einioes yn annoeth ar drywydd iechyd yn un o'r preswylfeydd rhyfeddol hyn.[3]

Rhoi tro am gartref 'rhen Mr. Mathers ddeffrodd de Selby yn fy nghof. Fel y dyneswn ato ar hyd y lôn roedd y tŷ i'w weld yn adeilad brics helaeth rhwng dau oed, dau lawr o uchdwr a chanddo borth plaen ac wyth neu naw o ffenestri ar y ddau lawr ar ei wyneb blaen.

Agorais y llidiart haearn a cherdded cyn ddistawed ag y medrwn i fyny'r rhodfa duswog gan chwyn. Roedd fy meddwl yn rhyfedd o wag. Theimlwn i ddim fy mod ar fin dwyn i ben yn llwyddiannus gynllun roeddwn yn gweithio arno'n ddiarbed, ddydd a nos, ers tair blynedd. Theimlwn i ddim gwrid pleser a doedd meddwl am ymgyfoethogi yn cyffroi dim arnaf. Yr unig beth âi â'm bryd oedd gorchwyl beiriannol dod o hyd i flwch du.

Roedd drws y tŷ ar gau ac er ei fod ymhell yn ôl mewn porth dwfn iawn roedd y gwynt a'r glaw wedi chwipio haen o lwch grudiog yn erbyn y paneli ac yn ddwfn i'r hollt lle'r agorai'r drws, gan ddangos ei fod ar gau ers blynyddoedd. Sefais ar wely blodau moel a cheisio codi ffrâm y ffenest ar y chwith. Gildiodd i'm

---

[3] Mae Le Fournier, yr esboniwr dibynadwy o Ffrancwr (yn *De Selby—Énigme de l'Occident*), wedi cynnig damcaniaeth ryfedd o ran yr "habitats" hyn. Mae'n awgrymu bod de Selby, pan oedd yn ysgrifennu'r *Album*, wedi oedi i ystyried rhyw anhawster ac yn y cyfamser, yn bell ei feddwl, wedi ymroi i 'ddwdlan', wedyn rhoi ei lawysgrif i gadw. Y tro nesaf y'i cododd, roedd llu o ddiagramau a lluniadau o'i flaen a chymerodd yntau eu bod yn gynlluniau math o drigfan roedd ganddo mewn cof erioed ac ar y gair ysgrifennodd dudalennau lawer yn egluro'r brasluniau. "Dyna'r unig ddull," meddai Le Fournier yn llym, "o egluro esgeulustra mor alaethus."

nerth, yn gras ac yn gyndyn. Stryffaglais drwy'r twll a'm cael fy hun, nid mewn stafell ar unwaith, ond yn cropian ar hyd y silff ffenest ddyfnaf welais i erioed. Pan gyrhaeddais y llawr a neidio i lawr arno'n swnllyd, roedd y ffenest agored i'w gweld yn bell iawn ac yn rhy fach o lawer i mi fynd drwyddi.

Roedd y stafell lle'm cawn fy hun yn dew gan lwch, oglau llwydni arni a heb bwt o ddodrefn. Codasai pryfed copyn lenni llydain eu gwe am y lle tân. Es am y cyntedd yn gyflym ac agor led y pen y stafell lle'r oedd y blwch ac aros ar y trothwy. Roedd yn fore tywyll a'r tywydd wedi moelio'r ffenestri â golch llwyd oedd yn nadu i'r rhan ddisgleiriaf o'r golau egwan ddod i mewn. Roedd cornel bella'r stafell yn niwl o gysgod. Yn sydyn roeddwn ar dân i weld pen ar fy mherwyl a gadael y tŷ am byth. Cerddais ar draws y styllod moel, penlinio yn y gornel a byseddu'r llawr yn chwilio am y styllen lac. Er mawr syndod i mi fe'i cefais yn rhwydd. Roedd tua dwy droedfedd o hyd a siglai'n wag dan fy llaw. Fe'i codais, ei gosod o'r neilltu a thanio matsien. Gwelais flwch arian metal du yn swatio'n ddel yn y twll. Rhoddais fy llaw i lawr a bachu bys yn y ddolen lac orweddai ar ei ben ond yn sydyn rhoes y fatsien naid a diffodd a llithrodd dolen y blwch roeddwn wedi'i godi tua modfedd oddi ar fy mys yn drwm. Heb aros i danio matsien arall gwthiais fy llaw ar ei hyd i'r twll ac yn union pan ddylsai fod yn cau am y blwch, digwyddodd rhywbeth.

Fedra i yn fy myw ddisgrifio beth oedd ond fe'm dychrynodd drwy nghroen ymhell cyn i mi hyd yn oed ei fudur ddeall. Rhyw newid ddaeth drosof neu dros y stafell, yn anhraethol o gynnil, ac eto'n bwysfawr, y tu hwnt i eiriau. Roedd fel petai'r golau dydd wedi newid yn annaturiol o sydyn, fel petai gwres y noswaith wedi newid yn ddirfawr mewn ennyd neu fel petai'r awyr ar amrantiad wedi mynd gymaint ddwywaith yn deneuach neu gymaint ddwywaith yn fwy trwchus nag y buasai; hwyrach i'r rhain i gyd a phethau eraill ddigwydd efo'i gilydd gan fod fy synhwyrau i gyd wedi drysu ar unwaith ac yn methu rhoi unrhyw eglurhad i mi. Roedd bysedd fy llaw dde, wedi'u gwthio i'r twll yn y llawr, wedi cau'n beiriannol, cael hyd i ddim byd a dod yn ôl i fyny'n wag. Roedd y blwch wedi mynd!

Clywais besychiad y tu ôl i mi, yn ddistaw ac yn naturiol ac eto'n fwy annifyr na'r un sŵn glywodd clust dyn erioed. Dau beth, i'm tyb i, nadodd i mi farw o fraw: y ffaith fod fy synhwyrau eisoes blith draphlith a dim ond yn dehongli i mi'n raddol beth ganfuent, ac at hynny'r ffaith fod yngan y pesychiad fel petai'n dwyn yn ei sgil ryw newid mwy ofnadwy ym mhopeth, yn union fel pe daliasai'r bydysawd yn stond am ennyd, yn atal y planedau yn eu llwybrau, yn stopio'r haul ac yn dal yn yr awyr unrhyw beth disgynnol roedd y ddaear yn ei dynnu tuag ati. Syrthiais oddi ar fy mhengliniau'n wan ac eistedd yn llipa ar lawr. Dechreuodd fy nhalcen chwysu ac arhosodd fy llygaid ar agor am hydoedd, heb smician, wedi pylu a bron yn ddall.

Yng nghornel dywyllaf y stafell yn ymyl y ffenest eisteddai dyn mewn cadair, yn fy llygadu â rhyw fudur ddiddordeb ond yn ddiysgog. Roedd ei law wedi sleifio ar draws y bwrdd bach yn ei ymyl i droi i fyny'n ara deg y lamp olew oedd arno. Roedd gan y lamp olew bowlen wydr a'r wic ynddi prin i'w weld, yn ymdorchi'n gyffylsiwns fel perfeddyn. Roedd taclau te ar y bwrdd. 'Rhen Mathers oedd y dyn. Roedd yn fy ngwylio mewn distawrwydd. Ni symudodd na siarad a gallasai fod yn farw byth heblaw am symudiad bach ei law wrth y lamp, sgriwio ysgafn iawn ei fawd a'i fys blaen ar olwyn y wic. Roedd y llaw yn felyn, y croen crychlyd yn hongian yn llac ar yr esgyrn. Ar figwrn ei fys blaen gwelwn yn glir ddolen gwythïen fain.

Mae'n anodd sgrifennu am y fath olygfa na chyfleu â geiriau hysbys y teimladau gurai ar fy meddwl fferllyd. Am ba hyd yr eisteddom yno, er enghraifft, yn edrych y naill ar y llall wn i ddim. Gellid llyncu blynyddoedd neu funudau cyn hawsed â'i gilydd yn yr ysbaid anhraethol ac anesboniadwy hwnnw. Diflannodd golau'r bore o'm golwg, roedd y llawr llychlyd fel diddymdra oddi tanof a thoddodd fy nghorff i gyd, gan fy ngadael yn byw ac yn bod yn yr olwg wirion dan gyfaredd âi'n ddi-wyro o lle'r oeddwn i at y gornel arall.

Rwy'n cofio i mi sylwi ar sawl peth mewn ffordd oeraidd beiriannol fel petawn yn eistedd yno heb boen yn y byd heblaw nodi popeth a welwn. Roedd ei wyneb yn frawychus ond roedd i'w lygaid yn ei ganol ryw ias ac arswyd roddai i weddill ei bryd a gwedd olwg oedd i mi bron yn gyfeillgar. Roedd y croen 'run fath â memrwn wedi colli ei liw efo trefniant o grychau a rhychau a grëai rhyngddynt olwg annirnad o anchwiliadwy. O edrych arnynt teimlwn nad llygaid go iawn mohonynt damaid ond llygaid gosod mecanyddol a yrrid gan drydan neu rywbeth felly, a thwll pin bychan bach yng nghanol 'cannwyll y llygad' a'r llygad go iawn yn syllu drwy hwnnw yn gyfrinachgar ac yn iasoer. Roedd cysyniad felly, hwyrach yn gwbl ddi-sail, yn f'aflonyddu'n arteithiol ac yn deffro yn fy nghof ddyfalu diderfyn o ran lliw ac ansawdd y llygad go iawn ac, yn wir, a oedd yn llygad go iawn o gwbl ynteu dim ond llygad gosod eto a'i dwll pin ar yr un plân â'r cyntaf fel bod y llygad go iawn, o bosib y tu ôl i filoedd o'r rhithiau hurt hyn, yn syllu allan drwy gasgen o dyllau sbecian ribidires. O bryd i'w gilydd disgynnai'r amrannau trymion cawslyd yn swrth ac wedyn codi drachefn. Wedi'i lapio'n llac am y corff roedd hen ŵn llofft lliw gwin.

Yn fy nhrallod meddyliais wrthyf fy hun efallai mai

ei efaill oedd hwn ond yn y fan clywais rywun yn dweud:

Go brin. Os craffi di ar ochor chwith ei wddw mi sylwi fod yno blastar neu rwymyn. Mae ei wddw a'i ên wedi'u rhwymo hefyd.

Edrychais, yn druenus, a gweld bod hyn yn wir. Does dim dwywaith nad hwn oedd y dyn lofruddiais. Roedd ar ei eistedd ar gadair bedeirllath i ffwrdd yn fy ngwylio. Eisteddai'n anystwyth, yn ddisymud fel pe bai arno ofn brifo'r clwyfau rhwth dros ei gorff i gyd. Cyffiodd fy sgwyddau innau gan f'ymlafnio efo'r rhaw.

Ond pwy oedd wedi yngan y geiriau hyn? Doedden nhw ddim wedi fy nychryn. Roeddwn yn eu clywed yn iawn ac eto gwyddwn nad oedden nhw'n seinio drwy'r awyr 'run fath â phesychiad iasol yr hen ŵr yn y gadair. Deuent o bwll fy nghalon, o'm henaid. Chredais i erioed o'r blaen, nac amau, fod gen i enaid ond y funud hwnnw gwyddwn fod gen i. Gwyddwn hefyd fod f'enaid yn gyfeillgar, ei fod yn hŷn na mi ac mai fy lles i oedd ei unig ofal. Er hwylustod penderfynais ei alw'n Joe. Teimlwn dipyn bach yn dawelach fy meddwl o wybod nad oeddwn ar fy mhen fy hun yn gyfangwbl. Roedd Joe yn rhoi help llaw i mi.

Dwi ddim ar fedr rhoi cynnig ar adrodd hanes yr ysbaid wedyn Yn y sefyllfa ofnadwy lle'm cawn fy hun, fyddai fy rheswm o fawr o gymorth i mi. Gwyddwn fod 'rhen Mathers wedi'i lorio gan bwmp beic haearn, wedi'i ddarnio i farwolaeth â rhaw drom ac wedyn wedi'i gladdu'n ddiogel mewn cae. Gwyddwn hefyd fod yr un dyn bellach yn eistedd yn yr un stafell â mi, yn fy ngwylio mewn distawrwydd. Roedd ei gorff wedi'i rwymo ond roedd ei lygaid yn fyw ac felly hefyd ei law dde ac felly hefyd yntau o'i gorun i'w sawdl. Hwyrach mai hunllef oedd y llofruddio min ffordd.

Nid breuddwyd mo dy sgwydda cyfflyd o ddim. Naci, atebais, ond mae hunllef yn medru bod yn gymaint o laddfa gorfforol â gwaith go iawn.

Penderfynais mewn rhyw ffordd gam mai'r peth gorau i'w wneud oedd coelio beth welai fy llygaid yn hytrach nag ymddiried yn fy nghof. Penderfynais gymryd arnaf fod yn ddifater, codi sgwrs â'r hen ŵr a rhoi ei realaeth yntau ar brawf o holi ynghylch y blwch du oedd yn gyfrifol, pe medrai rhywbeth fod yn gyfrifol, am ein gweld ni'n dau ymhle'r oeddem. Penderfynais fod yn fentrus gan fy mod yn gwybod fy mod mewn peryg dybryd. Gwyddwn y collwn fy mhwyll oni bai fy mod yn codi oddi ar lawr ac yn symud a siarad ac ymddwyn mewn ffordd mor gyffredin ag y bo modd. Tynnais fy ngolygon oddi ar 'rhen Mathers, codi ar fy nhraed yn ofalus ac eistedd ar gadair heb fod ymhell oddi wrtho. Wedyn edrychais arno drachefn, fy nghalon yn petruso am dipyn wedyn yn mynd yn ôl ar ei hynt ag ergydion morthwyl araf trwm oedd fel pe baent yn sgrytain fy nghorff drwyddo. Symudasai yntau'r un gewyn ond cydiasai'r llaw dde fyw yn y tebot, ei godi'n drwsgl iawn a thasgu peth i'r gwpan wag. Roedd ei lygaid wedi fy nilyn i'm safle newydd a bellach yn syllu arnaf â'r un diddordeb swrth.

Yn sydyn dechreuais barablu. Byrlymai geiriau ohonof fel petai peiriant yn eu cynhyrchu. Aeth fy llais, yn grynedig i ddechrau, yn arw ac yn groch, yn llenwi'r stafell. Does gen i ddim cof o beth ddwedais ar y dechrau. Dwi'n amau dim nad oedd y rhan fwyaf ohono'n lol botes ond roedd sŵn naturiol iach fy nhafod yn gymaint o bleser a chysur i mi fel na faliwn i ddim ffadan am y geiriau.

I ddechrau symudodd 'rhen Mathers 'run gewyn na dweud gair o'i ben ond gwyddwn o'r gorau ei fod yn gwrando arnaf. Ymhen tipyn dechreuodd ysgwyd ei ben ac wedyn roeddwn yn siŵr i mi'i glywed yn dweud yr un gair Na. Cyffrois o'i glywed yn ateb a dechrau siarad yn ofalus. Nacaodd f'ymholiad am ei iechyd, gwrthododd ddweud lle'r aethai'r blwch du a hyd yn oed gwadu ei bod yn fore tywyll. Roedd i'w lais ryw bwysau aflafar rhyfedd fel cnul crug cloch rydlyd hynafol mewn tŵr dan orchudd eiddew. Ddywedsai ddim ond yr un gair Na. Prin y symudai ei wefusau; taerwn nad oedd ganddo ddannedd y tu ôl iddynt.

"Ydach chi wedi marw ar hyn o bryd?' gofynnais.

"Nac ydw."

"Wyddoch chi lle mae'r blwch?"

"Na wn."

Gwnaeth symudiad ffyrnig eto â'i fraich dde, yn tasgu dŵr poeth i'w debot ac yn tywallt ychydig eto o'r te gwan i'w gwpan. Wedyn disgynnodd yn ôl i'w wylio disymud.

"Dach chi'n hoff o de gwan?" gofynnais.

"Nac ydw," meddai.

"Pam dach chi'n ei yfad o ta?"

Ysgydwodd ei wyneb melyn o'r naill ochr i'r llall yn ddigalon heb ddweud gair. Pan roes y gorau i ysgwyd agorodd ei geg a thywallt y gwpanaid o de i mewn fel y byddai dyn yn tywallt bwcedaid o lefrith i ordd ar awr gorddi.

Wyt ti'n sylwi ar rywbeth?

Nac ydw, atebais, dim byd heblaw'r ias sydd ynghlwm â'r tŷ yma a'i berchennog. Dydi o mo'r sgwrsiwr gorau dwi 'di'i gyfarfod o bell ffordd.

Cawn fy mod yn siarad yn ddigon ysgafn. Tra oeddwn yn siarad yn fewnol neu'n allanol neu'n meddwl beth i'w ddweud teimlwn yn bur ddewr a normal. Ond bob tro ceid distawrwydd disgynnai arswyd fy sefyllfa arnaf fel taflu blanced drom dros fy mhen, yn cau amdanaf a'm mygu ac yn codi ofn marw arnaf.

Ond dwyt ti'n sylwi ar ddim ynghylch y ffordd mae'n ateb dy gwestiyna?

Nac ydw,

Dwyt ti ddim yn gweld bod pob ateb yn negyddol? Be bynnag ti'n ei ofyn iddo mae'n deud Na.

Digon gwir, meddwn, ond wela i ddim faint callach ydw i o wybod hynny.

Defnyddia dy ddychymyg.

Pan drois fy holl sylw'n ôl at 'rhen Mathers tybiwn ei fod yn cysgu. Roedd yn eistedd yn fwy crwm dros ei gwpaned o de fel petai'n graig neu'n rhan o'r gadair bren roedd yn eistedd arni, yn ddyn celain gegoer ac wedi'i droi'n garreg. Disgynasai'r amrannau llipa dros ei lygaid, bron yn eu cau. Gorweddai ei law dde'n farw ac yn angof ar y bwrdd. Heliais fy meddyliau at ei gilydd a saethu ato gwestiwn fel bwled o wn.

"Newch chi ateb cwestiwn heb flewyn ar dafod?" gofynnais.

"Na wnaf," atebodd.

Gwelwn fod yr ateb yma'n unol ag awgrym craff Joe. Eisteddais am funud yn meddwl nes fy mod wedi meddwl yr un meddwl y tu chwyneb allan.

"Newch chi wrthod ateb cwestiwn heb flewyn ar dafod?' gofynnais.

"Na wnaf," atebodd.

Roedd yr ateb yma wrth fy modd. Roedd yn golygu bod fy meddwl wedi mynd i'r afael â'i feddwl yntau, fy mod bellach bron â bod yn dadlau ag o a'n bod ni'n ymddwyn fel dau fod dynol cyffredin. Ddeallwn i mo'r holl bethau ofnadwy ddaethai ar fy ngwarthaf ond roeddwn bellach yn dechrau meddwl fy mod wedi'u camsyniad.

"O'r gorau," meddwn yn ddistaw, "Pam dach chi bob amser yn ateb Na?"

"Am fod 'Na' – neu 'Nac ydw', 'Nac oes', be fynnoch chi – at ei gilydd yn well ateb nag 'Ydw' – ac yn y blaen," meddai ymhen yr hir a'r hwyr. Roedd fel petai'n siarad yn awchus, ei eiriau'n byrlymu fel petaent dan glo yn ei geg ers mil o flynyddoedd. Roedd fel petai'n ollyngdod iddo fy mod wedi dod o hyd i ffordd o gael ganddo siarad. Tybiwn iddo hyd yn oed roi rhyw wên fach ond siawns nad twyll golau pŵl y bore oedd hyn neu gysgodion y lamp yn gwneud drygau. Llyncodd ddracht hir o de ac eistedd yn aros, yn edrych arnaf â'i lygaid rhyfedd. Roeddent bellach yn loyw ac yn effro, yn symud o gwmpas yn aflonydd yn eu tyllau melyn crychlyd.

"Ydach chi'n gwrthod deud wrthyf pam ddwedwch chi hynny?" gofynnais.

"Nac ydw," meddai. "Pan oeddwn i'n llanc roeddwn yn byw bywyd anfoddhaol yn mynd dros ben llestri gan amlaf a'r Fi Fawr oedd fy mhennaf wendid. Roeddwn hefyd â'm rhan mewn creu cylch gwrteithia artiffisial."

Ar y gair aeth fy meddwl yn ôl at John Divney, at y ffarm a'r dafarn ac o'r rheini at y pnawn erchyll dreulion ni ar y lôn wlyb unig. Fel petai'n torri ar draws fy meddyliau annifyr clywais lais Joe unwaith eto, y tro yma'n llym:

Does dim gofyn i ti'i holi ynghylch y 'Fi Fawr', does arnon ni ddim isio disgrifiada ofnadwy drygioni na dim byd arall o'r fath. Defnyddia dy ddychymyg. Gofyn iddo fo be sydd a'i nelo hyn i gyd ag Ia a Nage.

"Be sydd a'i nelo hyn i gyd ag Ia a Nage?"

"Ymhen amser," meddai 'rhen Mathers heb gymryd sylw ohonof, "diolch i'r drefn cefais dro a chanfod y deuwn i ddiwedd drwg oni bai fy mod yn dod at fy nghoed. Ymgiliais o'r byd er mwyn ceisio'i ddeall a dod i wybod pam mae'n colli'i flas fel y cynydda'r blynyddoedd ar gorff dyn. Be, meddech chi, ddois i'w wybod ar ddiwedd fy myfyrio?"

Unwaith eto roeddwn yn falch. Erbyn hyn roedd yntau'n fy holi i.

"Be?"

"Bod Na yn well gair nag Ie," atebodd.

Ddaethai hyn â ni fawr pellach, oedd fy meddwl i.

I'r gwrthwyneb, dim o'r fath beth. Rwy'n dechrau cydweld ag o. Mae 'na dipyn i'w ddeud o blaid Na yn Egwyddor Cyffredinol. Gofyn iddo be mae'n feddwl.

"Be dach chi'n feddwl?" gofynnais.

"Pan on i'n myfyrio," meddai'r hen Mathers, "tynnais fy mhechoda i gyd allan a'u rhoi ar y bwrdd, fel petai. Afraid deud ei fod o'n fwrdd mawr."

Roedd fel petai'n gwenu'n sych am ben ei jôc ei hun. Rhois chwerthiniad bach i'w galonogi.

"Fe'u harchwiliais i gyd yn drwyadl, eu pwyso a'u mesur a chraffu arnynt o bob un o bwyntiau'r cwmpawd. Gofynnais i'm hun sut y bu i mi'u cyflawni nhw, ymhle'r oeddwn i ac efo pwy'r oeddwn pan wnes i nhw."

Mae hyn yn werth chweil, pob gair yn bregeth ynddo'i hun. Gwranda di'n astud. Gofyn iddo fynd yn ei flaen.

"Ewch yn eich blaen," meddwn.

Rhaid cyfaddef i mi deimlo clec yn fy mherfedd nesaf at fy stumog fel petai Joe wedi rhoi bys ar ei wefus a chodi dwy glust lipa spaniel i ymorol na chollai'r un sill o'r doethineb. Daliai 'rhen Mathers i siarad yn ddistaw.

"Darganfûm," meddai, "fod popeth wnewch chi yn ymateb i gais neu awgrym wnaed i chi gan rywun arall naill ai'r tu mewn i chi neu'r tu allan. Mae rhai o'r awgrymiada hyn yn dda ac yn glodfawr ac mae rhai ohonynt yn ddi-os yn hyfryd. Ond mae'r rhan fwyaf ohonynt yn bendant yn ddrwg ac yn bechoda pur fawr o ran pechoda. Ydach chi'n deall be sy gin i?"

"I'r dim."

"Ddwedwn i fod yna gymaint deirgwaith o'r rhai drwg ag o'r rhai da."

Gymaint chwe gwaith, debycach gin i.

"Felly penderfynais ddweud Na o hynny allan i unrhyw awgrym, cais neu ymholiad pa un ai o'r tu mewn neu o'r tu allan. Dyna'r unig fformiwla syml oedd yn siŵr ac yn saff. Roedd yn anodd ei roi ar waith i ddechra ac yn aml roedd gofyn arwriaeth ond dygnais arni ac anaml iawn yr âi petha'n drech na fi'n gyfan gwbl. Mae hi bellach yn flynyddoedd lawer ers i mi ddweud Ie. Dwi wedi gwrthod mwy o geisiada a dweud Na wrth fwy o ddatganiada nag unrhyw ddyn na byw na marw. Rwyf wedi nacáu, gwadu, anghytuno, gwrthod a gomedd i radda sy'n anghredadwy."

Trefn ragorol a gwreiddiol. Mae hyn i gyd yn dra diddorol a llesol, pob sill yn bregeth ynddi'i hun. Buddiol dros ben.

'Diddorol dros ben," meddwn i wrth 'rhen Mathers.

"Mae'r drefn yn dwyn hedd a diddigrwydd," meddai. "Fydd pobol ddim yn mynd i'r drafferth o'ch holi chi, o wybod bod yr ateb yn anochel. Dydi meddylia heb obaith llwyddo ddim yn mynd i'r drafferth o daro'ch pen o gwbl."

"Rhaid eich bod yn ei chael yn drafferthus mewn rhai ffyrdd," awgrymais. "Er enghraifft, pe tawn i'n cynnig gwydraid o wisgi i chi . . ."

"Mae'r ychydig ffrindia sydd gin i," atebodd, "fel arfer yn ddigon bonheddig i drefnu'r fath wahoddiada mewn modd fydd yn rhoi lle i mi lynu wrth fy nhrefn ar yr un pryd â derbyn y wisgi. Fwy nag unwaith gofynnwyd i mi a fyddwn yn gwrthod y fath betha."

"A NA ydi'r ateb fyth?"

"Bid siŵr."

Yn y fan hon ddwedodd Joe 'run gair ond teimlwn nad oedd ganddo fawr i'w ddweud wrth y gyffes yma; roedd fel petai'n anniddig y tu mewn i mi. Roedd yr hen ŵr yntau fel petai'n aflonyddu braidd. Gwyrodd dros ei gwpan de yn bell ei feddwl fel petai'n gweini sagrafen. Wedyn yfodd â'i wddw gwag, yn gwneud twrw gwag.

Sant o ddyn.

Trois ato drachefn, yn ofni bod ei bwl siaradus wedi dod i ben.

"Lle mae'r blwch du oedd o dan y llawr funud yn ôl?" gofynnais. Dangosais y twll yn y gornel. Ysgwydwodd ei ben heb ddweud gair.

"Ydach chi'n cau dweud wrtha i?"

"Nac ydw."

"Oes ots gennych i mi fynd ag o?"

"Nac oes."

"Lle mae o ta?"

"Be di'ch enw chi?" gofynnodd yn swta.

Synnais at y cwestiwn yma. Doedd a'i wnelo dim â fy sgwrs innau ond sylwais i ddim ei fod yn amherthnasol gan fy mod wedi fy llorio o sylweddoli, serch ei fod yn syml, na fedrwn ei ateb. Wyddwn i mo f'enw, doedd gen i ddim math o gof pwy oeddwn. Wyddwn i ddim yn iawn o ble daethwn na beth oedd fy mherwyl yn y stafell honno. Cawn na wyddwn ddim oll yn iawn heblaw fy mod ar drywydd y blwch du. Ond gwyddwn mai Mathers oedd enw'r dyn arall ac iddo gael ei ladd â phwmp a rhaw. Doedd gen i ddim enw.

"Does gin i ddim enw," atebais.

"Sut felly allwn i ddeud wrthoch chi lle mae'r blwch a chitha'n methu llofnodi derbynneb? Wnâi hynny mo'r tro o gwbl. Fyddai waeth i mi'i roi i wynt y gorllewin ddim, neu i'r mwg o getyn. Sut allech chi gyflawni dogfen bwysig mewn Banc?"

"Does dim byd yn nadu i mi gael enw," atebais. "Mae Doyle neu Spaldman yn enw da, felly hefyd Hardiman ac O'Gara. Fi piau dewis. Dwi ddim ynghlwm i un gair am oes 'run fath â'r rhelyw."

"Dwi'n hidio fawr am Doyle," meddai'n bell ei feddwl.

Bari ydi'r enw. Signor Bari y tenor o fri. Roedd y piazza fawr dan ei sang, yn bum can mil o bobol pan ymddangosodd yr artist mawr ar falconi San Pedr, Rhufain.

Drwy lwc doedd y geiriau hyn ddim yn hyglyw yn ystyr arferol y gair. Roedd 'rhen Mathers yn fy llygadu.

"Pa liw ydach chi?" gofynnodd.

"Pa liw ydw i?"

"Siawns na wyddoch chi fod gennoch chi liw?"

"Mae pobol yn aml yn dweud mod i'n wynepgoch."

"Nid dyna be sy gin i o gwbwl."

Gwranda di'n astud ar hyn, does dim dwywaith na fydd yn ddiddorol dros ben. Yn oleuol iawn hefyd.

Gwelais fod gofyn holi 'rhen Mathers yn ddyfal.

"Ydach chi'n gwrthod egluro'r cwestiwn yma am y lliwia?"

"Nac ydw," meddai. Sgeintiodd ragor o de i'w gwpan.

"Fe wyddoch, siawns, fod gan y gwyntoedd liwia," meddai. Tybiais ei fod yn clwydo'n esmwythach yn ei gadair ac yn newid ei wyneb nes bod golwg fymryn yn rhadlon arno.

"Sylwais i erioed."

"Mae cofnod o'r gred hon i'w gael yn llên holl bobloedd yr henfyd.[4] Mae pedwar gwynt ac wyth is-

---

[4] Nid yw'n amlwg a glywsai de Selby sôn am hyn ond mae'n awgrymu (*Garcia* tud. 12) mai achos y nos, yn hytrach na'r ddamcaniaeth a dderbynnir yn gyffredinol sef symudiadau'r planedau, yw crynoadau o "black air" a gynhyrchwyd gan weithgareddau llosgfynyddol nad yw'n traethu arnynt yn fanwl. Gweler hefyd dud. 79 a 945, *Country Album*. Mae sylwad le Fournier (yn *Homme ou Dieu*) yn ddiddorol. 'On ne saura jamais jusqu'à quel point de Selby fut cause de la Grande Guerre, mais, sans aucun doute, ses théories excentriques – spécialement celle que nuit n'est pas un phénomène de nature, mais dans l'atmosphère un état malsain amené par un industrialisme cupide et sans pitié – auraient l'effet de produire un trouble profond dans les masses.' / "Ni wybyddir fyth i ba raddau'r oedd de Selby yn achos y Rhyfel Mawr, ond, heb os nac onibai, effaith ei ddamcaniaethau hynod – yn neilltuol y ddamcaniaeth nad yw'r nos yn un o ffenomena natur, ond yn gyflwr afiach yn yr aw-yrgylch a berir gan ddiwydiannaeth farus a didostur – fuasai cyn-hyrfu'n ddybryd drwch y boblogaeth."

wynt, ac i bob un ei liw ei hun. Mae gwynt y dwyrain yn borffor dwfn, gwynt y de yn arian gloyw cain. Gwynt y gogledd yn ddu caled a'r gorllewin yn felynllwyd. Roedd pobol ers talwm yn gallu canfod y lliwiau hyn a gallent fwrw diwrnod yn eistedd yn dawel ar lethr bryn yn gwylio harddwch y gwyntoedd, eu codi a'u disgyn a'u gwawria newidiol, hud gwyntoedd cyfagos pan fônt yn cydblethu fel rhubana mewn priodas. Roedd yn well gwaith na rhythu ar bapura newydd. Roedd i'r is-wyntoedd liwiau anhraethol eu meindlysni, melyngoch hanner ffordd rhwng arian a phorffor, llwydwyrdd oedd yn perthyn yr un mor agos at ddu ag at winau. Be allai fod yn fwy odiaeth na chefn gwlad a glaw oer braf yn ei sgubo a hwnnw'n goch gan awel o'r de-orllewin?"

"Fedrwch *chi* weld y lliwia hyn?" gofynnais.

"Na fedraf."

"Roeddech chi'n gofyn i mi pa liw oeddwn i. Sut mae pobol yn cael eu lliwiau?"

"Mae lliw rhywun," atebodd yn araf, "yn deillio o'r prifwynt ar funud ei eni."

"Pa liw ydach chitha?"

"Melyn golau."

"A faint callach ydach chi o wbod pa liw ydach chi na bod gynnoch chi liw o gwbwl?"

"Yn un peth mae modd gwbod hyd eich einioes ohono. Mae melyn yn golygu hir oes a gorau po oleued."

Mae hyn yn oleuol iawn, pob brawddeg yn bregeth ynddi ei hun. Gofyn iddo egluro.

"Eglurwch, da chi."

"Gneud gwisgoedd bychain piau hi," meddai'n wybodus.

"Gwisgoedd bychain?"

"Ia. Pan aned fi roedd yno blismon a chanddo ddawn gwylio'r gwyntoedd. Mae'r ddawn yn brinnach brinnach yn yr oes sydd ohoni. Yn syth ar ôl fy ngeni aeth allan a chraffu ar liw'r gwynt oedd yn chwythu dros y bryn. Roedd ganddo sgrepan gyfrin i'w ganlyn a'i llond o ddefnyddia a photeli ac offer teiliwr at hynny. Roedd y tu allan am tua deng munud. Pan ddaeth yn ei ôl i'r tŷ roedd ganddo wisg fach yn ei law a pharodd i mam ei rhoi amdanaf."

"Lle cafodd o'r wisg 'ma?" gofynnais yn syn.

"Fe'i gwnaeth ei hun yn ddirgel yn yr iard gefn, yn y beudy mwy na thebyg. Roedd hi'n dena iawn ac yn fain 'run fath â'r feinwe pry cop geinaf oll. O'i dal yn erbyn yr awyr doedd dim lliw na llun ohoni ond a'r golau ar ryw ongl o bryd i'w gilydd hwyrach y digwyddech sylwi ar ei hymyl. Roedd yn ymgorfforiad puraf a pherffeithiaf croen allanol melyn golau. Y melyn hwn oedd lliw gwynt fy ngeni."

"Wela i," meddwn.

Dyna i ti gysyniad hardd.

"Bob tro y deuai pen fy mlwydd," ebe 'rhen Mathers, "cawn wisg fach eto, 'run ffunud heblaw am ei rhoi amdanaf dros y llall nid yn ei lle. Dyma i chi geinder a meinder dirfawr y defnydd – meddaf fi i chi, a minna'n bumlwydd a phump o'r gwisgoedd hyn amdanaf, roeddwn i'm gweld yn noethlymyn groen. Fodd bynnag, roedd yn noethni anarferol, rhyw felynllyd. Doedd dim gwrthwynebiad i wisgo dillad eraill, wrth reswm pawb, côt fawr roeddwn i'n ei gwisgo rhan amlaf. Ond bob blwyddyn mi gawn wisg newydd."

"Lle caech chi nhw?" gofynnais.

"Gan yr heddlu. Deuai rhywun â nhw ata i adra tan on i'n ddigon mawr i fynd i'r barics i'w nôl nhw."

"A sut mae hyn oll yn rhoi lle i chi ragweld rhychwant eich einioes?"

"Ddweda i wrthoch chi. Waeth be fo eich lliw, dyna fydd union liw eich gwisg geni. Gyda threigl pob blwyddyn a phob gwisg, bydd y lliw'n tywyllu ac yn cryfhau. O'm rhan i roeddwn wedi cyrraedd melyn llachar cyflawn yn bymthengmlwydd er bod y lliw mor olau pan aned fi fel ei fod yn anweladwy. Rwy bellach yn tynnu at fy neg a thrigain ac mae'r lliw'n winau golau. Fel y daw fy ngwisgoedd ataf yn y blynyddoedd i ddod, bydd y lliw'n dyfnhau'n winau tywyll, wedyn yn fahogani pŵl ac o hynny ymhen yr hir a'r hwyr y gwinau tywyll iawn hwnnw rydan ni fel arfer yn ei gysylltu â chwrw du."

"Ia?"

"Ar fyr, mae'r lliw'n dyfnhau fesul gwisg a fesul blwyddyn nes bydd i'w weld yn ddu. O'r diwedd daw'r dydd pan fydd ychwanegu gwisg eto yn cyrraedd düwch go iawn a llwyr. Ar y diwrnod hwnnw byddaf farw."

Synnodd Joe a fi at hyn. Dyma gnoi cil arno mewn distawrwydd, Joe, i'm tyb i, yn ceisio cytgordio'r hyn glywsai ag egwyddorion roedd ganddo ynghlwm â moesoldeb a chrefydd.

"Mae hynny'n golygu," meddwn o'r diwedd, "os cewch chi nifer o'r gwisgoedd hyn a'u rhoi amdanoch i gyd efo'i gilydd, yn clandro pob un yn flwyddyn o'ch oes, y medrwch chi ganfod blwyddyn eich marw?"

"Yn ddamcaniaethol, ydi," atebodd, "ond mae yna ddau anhawster. Yn gyntaf peth mae'r heddlu'n cau gadael i chi gael y gwisgoedd efo'i gilydd gan fod canfod o bawb ddiwrnod ei farw yn groes i fudd y cyhoedd. Maen nhw'n sôn am dorheddwch ac yn y blaen. Yn ail, mae yna anhawster o ran ymestyn."

"Ymestyn?"

"Ia. Gan eich bod chi, yn ddyn yn ei oed a'i amser, yn gwisgo'r wisg fechan fach oedd yn eich ffitio pan oeddech yn fabi, mae'n amlwg bod y wisg wedi ymestyn nes ei bod hwyrach gymaint ganwaith nag yr oedd i ddechrau. Bydd hyn wrth reswm yn effeithio ar y lliw, gan ei wneud yn brinnach o lawer nag yr oedd. Yn yr un modd mi fydd yna ymestyn cyfatebol a lleihau'r lliw yn unol â hynny ym mhob un o'r gwisgoedd hyd at oed dyn – tuag ugain efallai at ei gilydd."

Ysgwn i allwn ni gymryd bod y casgliad yma o wisgoedd yn bŵl ar ddechrau glasoed.

Fe'i hatgoffais fod yna bob amser gôt fawr.

"Am wn i, felly," meddwn wrth 'rhen Mathers, "pan ddwedwch chi eich bod yn gwybod hyd eich einioes, fel petai, ar liw eich crys, be sy gennych chi ydi eich bod yn gwybod yn fras a fyddwch chi'n hirhoedlog te'n fyrhoedlog?"

"Ia," atebodd. "Ond os defnyddiwch chi'ch pen fedrwch chi fwrw amcan pur dda. Wrth reswm pawb mae rhai lliwiau'n well nag eraill. Mae rhai ohonyn nhw, megis porffor neu liw castan, yn sâl iawn a bron bob gafael yn golygu marwolaeth annhymig. Fodd bynnag, mae rhosliw'n ardderchog, ac mae yna dipyn o blaid rhai arlliwia gwyrdd a glas. Ond mae mynychder lliwia felly ar adeg geni fel arfer yn arwydd o wynt sy'n dod â thywydd mawr yn ei sgil – mellt a th'rana hwyrach – ac fe allai fod anawstera fel, er enghraifft, denu gwraig yn ei phryd. Fel y gwyddoch chi, mae'r rhan fwyaf o betha da yn y dwthwn hwn ynghlwm ag ambell i anfantais."

Hardd iawn wir, erbyn meddwl.

"Pwy ydi'r plismyn 'ma?" gofynnais.

"Mae 'na Sarjant Pluck a dyn arall o'r enw MacCruiskeen ac mae yna drydydd dyn o'r enw Fox ddiflannodd chwarter canrif yn ôl a chlywyd na bŵ na be amdano wedyn. Mae'r ddau gynta i lawr yn y barics a hyd y gwn i yno maen nhw ers cannoedd o flynyddoedd. Rhaid eu bod nhw'n gweithio ar liw prin iawn, rhywbeth na fedrai llygad cyffredin mo'i weld o gwbwl. Does 'na ddim gwynt gwyn hyd y gwn i. Mae ganddyn nhw i gyd ddawn gweld y gwyntoedd.

Daeth haul ar fryn yn fy mhen pan glywais sôn am y

plismyn hyn. Os gwyddent gymaint ni fyddai'n drafferth yn y byd dweud wrthyf ymhle y cawn y blwch du. Dechreuais feddwl na fyddwn fyth ddedwydd hyd nes oedd gennyf y blwch hwnnw eto yn fy ngafael. Bwriais olwg ar 'rhen Mathers. Suddasai drachefn i'w syrthni cynt. Y golau wedi diffodd o'i lygaid a golwg farw ar y llaw dde'n gorffwys ar y bwrdd.

"Ydi'r barics yn bell?" gofynnais yn uchel.

"Nac ydi."

Penderfynais fynd yno heb hel dail. Wedyn sylwais ar rywbeth rhyfedd iawn. Roedd golau'r lamp, a dywynnai i ddechrau'n ddigalon a dim ond yng nghornel yr hen ŵr, bellach yn foethus ac yn felyn ac yn boddi'r stafell gyfan. Aethai golau'r bore o'r tu allan bron yn ddim. Bwriais gip drwy'r ffenest a rhoi naid fach. Pan ddois i'r stafell gwelswn fod y ffenest tua'r dwyrain a'r haul yn codi o'r tu hwnnw ac yn tanio'r cymylau trymion â golau. Roedd bellach yn machlud, yn ambell i lygedyn o goch egwan yn yr un lle'n union. Codasai dipyn, aros, ac wedyn mynd yn ei ôl. Roedd wedi nosi. Byddai'r plismyn yn eu gwlâu. Roeddwn yn siŵr fy mod wedi syrthio ymhlith pobl ryfedd. Penderfynais fynd i'r barics ben bore drannoeth. Wedyn trois drachefn at 'rhen Mathers.

"Fyddai ots gennych," meddwn wrtho, "petawn in mynd i fyny grisiau a chysgu yn un o'ch gwlâu heno? Mae hi'n rhy hwyr i fynd adra a beth bynnag mae golwg glaw ynddi."

"Na fyddai," meddai.

Fe'i gadewais yn ei gwman dros ei lestri te a meddwl ei bod yn resyn iddo gael ei lofruddio. Teimlwn yn siriolach ac yn fwy siŵr o'm ffordd ac yn siŵr y byddai'r blwch du gennyf cyn bo hir. Ond ofynnwn i ddim i'r plismyn yn agored amdano i ddechrau. Byddwn yn gyfrwys. Yn y bore awn i'r barics a riportio dwyn fy watsh aur Americanaidd. Hwyrach mai'r celwydd yma oedd yn gyfrifol am y pethau drwg ddigwyddodd i mi wedyn. Doedd gen i ddim watsh aur Americanaidd.

III

Sleifiais o dŷ 'rhen Mathers naw awr yn ddiweddarach a'i throi hi am y lôn bost solet o dan awyr gynta'r bore. Roedd y wawr yn ymledol, yn ymdaenu'n gyflym am y nefoedd. Ymystwyriai adar ac ymyrrai'r awelon cyntaf yn glên â'r coed mawr brenhinaidd. Roedd fy nghalon yn llon ac yn llawn awch am antur fawr. Wyddwn i mo f'enw nag o ble daethwn ond roedd y blwch du am a dim â bod yn fy hafflau. Byddai'r plismyn yn fy rhoi ar ben y ffordd i ble'r oedd. Chwarae bach fyddai bwrw amcan bod ynddo werth deng mil o bunnau o warannau cyfnewidiadwy. Wrth gerdded ar hyd y lôn roeddwn yn bur fodlon fy myd.

Hen lôn gul, wen, galed oedd hi, yn greithiog gan gysgod. Rhedai tua'r gorllewin yn niwl y bore bach, yn rhedeg yn gyfrwys drwy'r bryniau bach ac yn mynd i gryn drafferth i roi tro am fân drefi oedd heb fod, yn fanwl gywir, ar ei ffordd. Dichon ei bod yn un o lonydd hyna'r byd. Fe'i cawn yn anodd dirnad oes heb y lôn yno gan fod y coed a'r bryniau tal a golygfeydd teg y corsdir wedi'u trefnu gan ddwylo doeth at y wedd swynol arnynt o'u gweld o'r lôn. Heb lôn i'w gweld byddai golwg braidd yn ddiamcan arnynt, os nad seithug.

Mae gan de Selby bethau diddorol i'w dweud o ran lonydd.[1] Mae'n synio am lonydd fel cofebau mwyaf hynafol teulu dyn, yn hŷn o ddegau lawer o ganrifoedd na'r peth hynaf o garreg gododd dyn i adael ôl ei droed. Chwalodd troediad amser bopeth,

---

[1] *Golden Hours*, vi. 156.

meddai, ond curodd i galedwch mwy durol y llwybrau wnaed drwy'r byd yn grwn. Sonia wrth fynd heibio am un o gastiau Celtiaid yr henfyd, sef "bwrw amcan" ar lôn. Yn yr oes honno gwyddai doethion i drwch blewyn faint y llu aethai heibio gefn nos o graffu ar ôl eu traed â llygad neilltuol a'u barnu yn ôl eu perffeithrwydd a'u hamherffeithrwydd, y modd roedd pob cam yn ymyrryd â phob un aethai o'i flaen. Yn y modd hwn gwyddent sawl dyn aethai heibio, pa un a oeddent ar gefn ceffyl ynteu'n drwm gan dariannau ac arfau haearn, a sawl cerbyd rhyfel; gan hynny gallent ddweud faint o ddynion 'roedd gofyn eu gyrru ar eu holau i'w lladd. Man arall[2] mae'n gosod y ddadl bod gan lôn dda gymeriad a rhyw olwg dynghedus, argoel anniffiniadwy ei bod yn mynd i rywle, boed i'r dwyrain ynteu i'r gorllewin, ac na fydd yn dychwelyd oddi yno. O fynd ohonoch gyda'r fath lôn, tybia, rhydd i chi deithio dymunol, golygfeydd teg ar bob tro ac addfwyn rwyddineb pererindota a'ch darbwylla eich bod beunydd yn cerdded ar oriwaered. Ond, o fynd tua'r dwyrain ar hyd lôn sydd ar ei ffordd tua'r gorllewin, synnwch at foelni di-ball pob golygfa a'r nifer ddirfawr o lethrau treodfriw o'ch blaen i'ch blino. Petai lôn gyfeillgar yn eich arwain i ddinas gymhleth ac iddi rwydi o strydoedd ceimion a phum cant o lonydd eraill yn ei gadael ar eu taith i bennau siwrneiau anhysbys, bydd eich lôn chithau bob amser yn ei hamlygu ei hun ac yn eich arwain yn ddiogel o'r dref ddryslyd.

Cerddais gryn bellter yn dawel ar hyd y lôn hon, yn meddwl fy meddyliau fy hun â'r rhan flaen o'm meddwl ac ar yr un pryd yn cael blas â'r rhan gefn ar

---

[2] *A Memoir of Garcia*, tud. 27.

wychder mawr eang y bore. Roedd yr awyr yn fain, yn glir, yn doreithiog ac yn benfeddwol. Canfyddid ei phresenoldeb grymus ym mhobman, yn ysgwyd y glesni'n dalog, yn rhoi mwy o urddas ac eglurder i'r cerrig a'r clogfeini, yn beunydd drefnu ac addrefnu'r cymylau ac yn anadlu bywyd i'r byd. Dringasai'r haul yn serth o'i guddfan a bellach safai'n rhadlon nid nepell o'r gorwel yn tywallt llif o olau swynol a rhagoglais gwres.

Trawais ar gamfa gerrig yn ymyl llidiart yn arwain i gae ac eistedd ar ei phen i orffwys. Doeddwn i'n eistedd yna ers fawr o dro pan gefais fy hun yn synnu; trawai syniadau annisgwyl fy mhen, yn deillio o nunlle. Yn gyntaf peth cofiais pwy oeddwn – nid fy enw ond o ble daethwn a phwy oedd fy ffrindiau. Cofiais John Divney a'm bywyd yn ei gwmni a sut y bu i ni aros dan y coed diferol ar y noson honno o aeaf. Yn sgil hyn rhyfeddwn at y ffaith nad oedd dim byd gaeafol ynghylch y bore lle'r eisteddwn ar hyn o bryd. At hynny, doedd dim byd gaeafol ynghylch y wlad hardd a ymestynnai o'm cwmpas ar bob tu. Dim ond ers deuddydd roeddwn oddi cartref – dim mwy na gwaith cerdded teirawr – ac eto roeddwn fel pe tawn wedi cyrraedd parthau na welswn erioed o'r blaen na hyd yn oed clywed sôn amdanynt. Roeddwn yn methu cael pen llinyn ar hyn: er mai ymhlith fy llyfrau a'm papurau y treuliwn fy nyddiau gan mwyaf, tybiwn nad oedd yr un lôn yn y cyffiniau na fuaswn ar ei hyd, yr un lôn na wyddwn yn iawn i ble'r âi. A pheth arall. Roedd f'amgylchfyd yn od mewn rhyw ffordd ryfedd, yn hollol ar wahân i ddim ond odrwydd gwlad na fuasai rhywun ynddi o'r blaen. Roedd popeth fel petai'n rhy ddymunol, yn rhy berffaith, yn rhy raenus. Popeth a welai llygad yn ddigamsyniol ac yn ddiamwys, dim modd iddo ymdoddi i unrhyw beth arall, dim modd drysu'r ddeubeth. Roedd lliw'r corsydd yn hardd a glesni'r gweirgloddiau gleision yn nefolaidd. Yma a thraw safai coed wedi'u trefnu'n llawer mwy destlus nag arfer, yn ddigon i foddio'r llygad dicra. Roedd anadlu'r awyr ynddo'i hun yn hyfrydwch pur i'r synhwyrau wrth eu boddau wrth eu gwaith. Roedd yn amlwg fy mod mewn gwlad od ond serch yr holl amheuon a'r penblethau ar wasgar yn fy mhen fedrwn i ddim peidio â theimlo'n llawen ac yn ysgafngalon ac yn llawn awch am fynd o gwmpas fy mhethau a dod o hyd i guddfan y blwch du. Teimlwn y byddai ei gynnwys gwerthfawr yn fy niogelu ddyddiau f'oes ar f'aelwyd fy hun ac wedyn gallwn roi tro am y cyffiniau dirgel hyn ar gefn fy meic a chwilota wrth fy mhwysau y rhesymau dros ei holl odrwydd. Disgynnais oddi ar y gamfa ac ailddechrau cerdded ar hyd y lôn. Roedd yn waith cerdded braf, hamddenol. Teimlwn yn siŵr nad awn yn erbyn y lôn. Roedd hi, fel petai, yn dod i'm canlyn i.

Cyn mynd i gysgu'r noson gynt buaswn yn meddwl yn ddryslyd am beth amser ac at hynny'n sgwrsio oddi mewn â'm henaid yr oeddwn newydd ei ddarganfod. Yn rhyfedd iawn doeddwn i ddim yn meddwl am benbleth y ffaith fy mod yn cael croeso dan gronglwyd y dyn a lofruddiais (neu roeddwn yn siŵr fy mod wedi'i lofruddio) â'm rhaw. Synfyfyrio am f'enw roeddwn ac mor bryfoclyd oedd bod wedi'i anghofio. Mae gan bawb enw o ryw fath neu'i gilydd. Labeli mympwyol ydi rhai, yn dwyn perthynas â golwg rhywun, rhai'n dynodi dim ond achau ond mae'r rhan fwyaf yn rhoi rhyw achlust o rieni'r person o'r enw hwnnw ac yn dwyn yn eu sgil ryw fudd o ran gweithredu dogfennau cyfreithiol.[33] Mae gan gi hyd yn oed enw sy'n ei roi ar wahân i gŵn eraill ac yn wir yn ôl pob golwg doedd hi ddim trafferth yn y byd i f'enaid fy hun – na welodd neb erioed mohono ar y stryd nac yn sefyll wrth gownter tafarn – gymryd arno enw a'i gwahaniaethai oddi wrth eneidiau pobl eraill.

Peth anodd rhoi cyfrif amdano ydi mor ddifater roeddwn yn troi a throsi f'amryfal benblethdodau yn fy mhen. Dylai anhysbysrwydd gwag, yn dod fel huddyg i botes ar ganol oed, fod ar ei orau'n fraw, yn bwniad go egr i ddweud bod y meddwl yn dihoeni. Ond roedd f'amgylchfyd yn fy sirioli'n annirnad a hynny fel petai'n rhoi i'r sefyllfa ddifyrrwch hwyliog jôc dda. Hyd yn oed rŵan a minnau'n cerdded yn fodlon clywn gwestiwn difrif oddi'm mewn, un tebyg i lawer un a ofynnwyd y noson cynt. Ymholiad gwatwarus oedd hwn. Yn ysgafala rhoddais restr yr enwau y *gallwn*, am a wyddwn i, eu clywed:

---

[3] Mae de Selby (*Golden Hours*, tud. 93, *et seq.*) wedi cynnig damcaniaeth ddiddorol parthed enwau. O fynd yn ôl at oesoedd cyntefig, synia am yr enwau cynharaf fel cysylltiadau onomatopëig breision â golwg y person neu'r peth oedd yn dwyn yr enw – gan hynny mynegir golwg arw neu fras gan yddfolion ymhell o fod yn ddymunol ac o chwith. Rhoes dragywydd heol i'w ddychymyg ar drywydd y syniad hwn, gan lunio patrymau astrus llafariaid a chytseiniaid yr honnai eu bod yn cyfateb i fynegeion hil, lliw ac anianawd teulu dyn a chan honni yn y pen draw ei fod mewn lle i ddatgan 'grŵp' ffisiolegol unrhyw un dim ond o astudio am fyr o dro lythrennau ei enw wedi 'rhesymoli' y gair i lwfio am amrywiadau iaith. Dangosodd fod rhai 'grwpiau' yn gyffredinol wrthun i 'grwpiau' eraill. Bu gweithgareddau ei nai ei hun yn gyfrwng cynnig sylwebaeth anffodus ar y ddamcaniaeth, pa un ai drwy anwybodaeth neu ddirmyg tuag at ymchwiliadau dyneiddiol ei ewythr. Ymosododd y nai ar was o Swediad, yr oedd y patrymau yn ei eithrio rhagddo'n gyfan gwbl, ym mhantri gwesty yn Portsmouth ac o'r herwydd bu gofyn i de Selby fynd i'w gelc a'i adael yn ysgafnach o bump neu chwe chan punt i osgoi achos llys annifyr.

Hugh Murray.
Constantin Petrie.
Peter Small.
Signor Beniamino Bari.
Yr Anrhydeddus Alex O'Brannigan, Barwnig.
Kurt Freund.
Mr John P. de Salis, M.A.
Dr Solway Garr.
Bonaparte Gosworth.
Legs O'Hagan.

Signor Beniamino Bari, ebe Joe, *y tenor o fri. Tri rhuthr baton y tu allan i La Scala ar adeg première y tenor mawr. Gwelwyd golygfeydd rhyfeddol y tu allan i Dŷ Opera La Scala pan fu i dyrfa o tua deng mil o selogion – wedi'u cynddeiriogi gan gyhoeddiad y rheolwyr nad oedd rhagor o lefydd sefyll ar gael – roi cynnig ar ruthro drwy'r atalfeydd. Anafwyd miloedd, 79 yn angheuol, yn yr ysgarmes wyllt. Cafodd y Cwnstabl Peter Coutts anafiadau i'w afl y mae'n annhebygol y bydd wella ohonynt. Nid oedd i'r golygfeydd hyn mo'u tebyg heblaw am orffwylltra'r gynulleidfa o fyddigions y tu mewn ar ôl i Signor Bari ddwyn ei ddatganiad i ben. Roedd llais y tenor mawr ar ei odidoced. Gan gychwyn â chymal yn yr isgwmpasran â soniarusrwydd cryg oedd fel pe'n awgrymu annwyd, traddododd nodau anfarwol* Che Gelida Manina, *hoff aria Caruso annwyl. Ac yntau'n mynd i hwyl ar ei orchwyl fel duw, arllwysodd y naill nodyn euraidd ar ôl y llall i gornel bellaf y theatr enfawr, gyda gwefreiddio pob copa walltog i'r carn. Pan gyrhaeddodd yr C uchel lle mae nef a daear fel pe'n briod mewn un anterth o orfoledd, cododd y gynulleidfa yn eu seddi a bonllefain fel un gŵr a lluchio hetiau, rhaglenni a bocsys siocled at yr artist mawr.*

Diolch yn fawr iawn, meddwn dan furmur, yn gwenu er difyrrwch gwyllt.

Dros ben llestri, hwyrach, ond dim ond awgrym o'r ymhoniadau a'r gwagymffrost rwyt ti'n eu caniatáu i ti dy hun yn fewnol.

Felly wir?

*Neu beth am y Dr Solway Garr? Mae'r dduges wedi llewygu.
Oes yna feddyg yn y gynulleidfa? Y ffigiwr main, y bysedd tenau
aflonydd a'r gwallt haearnllwyd, yn ymlwybro'n ddistaw drwy'r
gwylwyr gwelw yn gynnwrf i gyd. Ambell i orchymyn cwta, mewn
islais ond yn awdurdodus. Cyn pen pum munud gwastrodwyd y
sefyllfa. Yn wan ond dan wenu, mae'r dduges yn murmur ei diolch.
Osgöwyd trychineb eto gan farn feddygol hyfedr. Tynnwyd dant
gosod bach o'r fronglwyd. Llamai pob calon mewn cydymdeimlad
â'r gŵr tawel ei lais, gwas teulu dyn. Mae Ei Ras y Dug, a alwyd
yn rhy hwyr i weld dim ond y diwedd dedwydd, yn agor ei lyfr
sieciau ac mae eisoes wedi nodi mil gini ar y bonyn yn arwydd
bach o'i barch. Cymerir y siec ond fe'i rhwygir yn dipiau gan y
meddyg dan wenu. Mae gwraig mewn glas yng nghefn y neuadd
yn dechrau canu O Peace Be Thine a'r anthem, yn chwyddo'n don
ddidwyll, yn diasbedain i'r nos dywyll gan adael prin lygad heb
fod yn llawn dagrau a phrin galon heb fod yn gyforiog o hiraeth
cyn i'r nodau olaf fynd yn ddim. Dim ond gwenu wna'r Dr Garr,
gan ysgwyd ei ben i wneud yn fach o'r peth.*

Dyna hen ddigon, meddwn.

Cerddais yn fy mlaen yn ddidaro. Roedd yr haul yn
prysur aeddfedu yn y dwyrain a dechreusai gwres mawr
ymledu ar y ddaear fel dylanwad swyn gan wneud
popeth, gan gynnwys mi fy hun, yn hardd ac yn
ddedwydd iawn mewn ffordd freuddwydiol gysglyd.
Dechreuodd y clytiau bach o laswellt main yma a thraw
ym min y ffordd a'r ffosydd sychion cysgodol fagu
golwg hudolus a swynol. Crasai'r lôn yn araf galetach a
minnau'n cerdded yn fwyfwy llafurus. Cyn pen dim
penderfynais fod yn rhaid fy mod bellach yn ymyl barics
yr heddlu, ac y byddai hoe fach eto yn lles i mi at y dasg
roedd gen i ar y gweill. Rhois y gorau i gerdded ac
estynnais fy nghorff yn wastad yng nghysgod y ffos.
Roedd y diwrnod yn newydd sbon a'r ffos fel plu.
Gorweddais yn ôl yn ddibrin, yn bensyfrdan gan yr haul.

Teimlwn fil o ddylanwadau bach yn fy ffroen, oglau gwair, oglau glaswellt, sawr blodau pell, cysur teimlo'n ddigamsyniol y ddaear fythol dan fy mhen. Roedd yn ddiwrnod newydd braf, yn fore'r byd. Pipiai adar yn ddi-ben-draw ac âi gwenyn streipliw dihafal heibio uwch fy mhen ar eu perwyl heb fyth bron ddychwelyd adre'r un ffordd. Roedd fy llygaid dan gaeadau a'm pen yn ferw gan droelli'r bydysawd. Yno ar fy ngorwedd cyn pen dim collais arnaf fy hun a syrthio i gwsg trwm. Hir y cysgais yno, mor ddisymud a dideimlad â'm cysgod fy hun a gysgai yn fy ymyl.

Pan ddeffrois drachefn roedd hi'n hwyrach ar y dydd ac eisteddai dyn bach yn f'ymyl yn fy ngwylio. Roedd yn ddyn cam yn smygu cetyn cam a chrynai ei law. Roedd ei lygaid yn gam hefyd, o wylio plismyn hwyrach. Llygaid anghyffredin iawn oeddynt. Doedden nhw ddim yn amlwg allan ohoni ond fel petaent yn methu bwrw cip uniongyrchol ar ddim byd oedd yn syth, pa un a oedd eu hanghydnawsedd rhyfedd yn addas at edrych ar bethau ceimion ai peidio. Dim ond ar y ffordd roedd ei ben wedi'i droi y gwyddwn ei fod yn fy ngwylio: fedrwn i ddim cyfarfod ei lygaid na'u herio. Dyn bach gwael ei wisg oedd o a chap stabal lliw eog golau am ei ben. Cadwai ei ben tuag ataf heb yngan gair; a chodai groen gŵydd arnaf. Tybed ers pa hyd roedd yn fy ngwylio cyn i mi ddeffro, meddyliais.

Tendia di yma. Golwg tipyn o dderyn arno fo.

Rhois fy llaw yn fy mhoced i weld oedd fy waled yn dal yno. Oedd, yn llyfn ac yn gynnes fel llaw hen ffrind. O wybod ei fod heb ladrata oddi arnaf, penderfynais godi sgwrs ag o'n rhadlon ac yn gwrtais, cael gwybod pwy oedd o a gofyn iddo fy rhoi ar ben y ffordd i'r barics. Penderfynais beidio â throi trwyn ar gymorth neb fedrai roi help llaw i mi, ni waeth cyn lleied, i gael hyd i'r blwch du. Fe'i cyfarchais a bwrw arno olwg yr un mor astrus, hyd y medrwn, ag y medrai yntau.

"Bid gwyn eich byd," meddwn i.

"Bid bôn i'ch braich," atebodd yntau'n sarrug.

Gofyn iddo be ydi'i enw a'i waith a holi lle mae'n mynd.

"Fynnwn i ddim bod yn fusneslyd, syr," meddwn, "ond fyddai hi'n iawn deud eich bod yn heliwr adar?"

"Nid yn heliwr adar," atebodd.

"Tincar?"

"Nid hynny."

"Dyn ar daith?"

"Na, nid hynny."

"Crythor?"

"Nid hwnnw."

Gwenais arno mewn dryswch rhadlon a dweud:

"Wr cam yr olwg, rydach chi'n anodd eich dirnad ac nid hawdd dyfalu eich safle. Rydach i'ch gweld yn ddigon bodlon ar un wedd ond eto i gyd dydach chi ddim i'ch gweld wrth eich bodd. Pam ydach chi wedi digio wrth fywyd?"

Chwythodd gydau bach o fwg tuag ataf a chraffu arnaf o'r tu ôl i wrychau'r blew a dyfai o gwmpas ei lygaid.

"Bywyd ydi o?" atebodd. "Fasa gystal gin i fod hebddo fo," meddai, "achos dydi o'n da i affliw o ddim. Fedrwch chi mo'i fyta fo na'i yfad o na'i smocio fo yn eich cetyn, dydi o ddim yn cadw'r glaw allan ac mae'n hen lond braich sâl gefn nos os tynnwch chi amdano fo a mynd ag o i'r gwely i'ch canlyn ar ôl noson o gwrw du a chitha'n crynu gan nwyd eiriasgoch. Mae'n gamgymeriad mawr ac yn beth mae'n well i chi hebddo fo, 'run fath â photia gwely a chig moch tramor."

"Be haru chi'n siarad fel'na ar ddiwrnod braf fel heddiw," dwrdiais, "a'r haul yn rhuo yn yr awyr ac yn hel newydd da i'n hen esgyrn ni."

"Neu 'run fath â gwlâu plu," meddai wedyn, "neu

fara wedi'i neud efo peirianna stêm mawr. Bywyd ydi o, medde chi? Bywyd?"

Eglura anhawster bywyd ar yr un pryd â phwysleisio'i fod o'n hyfryd ac yn ddymunol yn y bôn.

Pa hyfrydwch?

Bloda yn y gwanwyn, gogoniant a boddhad bywyd dyn, cân adar fin nos – mi wyddost ti'n iawn be dwi'n feddwl.

Dwn i yn y byd am yr hyfrydwch chwaith.

"Mae'n anodd gweld sut siâp sy arno fo," meddwn wrth y dyn cam, "na diffinio bywyd o gwbl ond os ydach chi'n uniaethu bywyd â chael hwyl mae 'na well siort o honna yn y dinasoedd nag yng nghefn gwlad, meddan nhw, ac yn ôl pob sôn mae 'na siort champion ohoni i'w chael mewn rhai rhanna o Ffrainc. Ddaru chi sylwi erioed fod gan gathod gryn dipyn ohoni pan maen nhw'n gathod bach?"

Roedd yn bwrw golwg flin arnaf.

"Bywyd ydi o? Treuliodd llawar i ddyn gan mlynadd yn trio cael ei hyd a'i led o a phan fydd yn ei ddallt o o'r diwadd a'i batrwm o wedi'i sodro yn ei ben, myn cebyst mae'n mynd i'r gwely ac yn marw! Yn marw fel ci defaid wedi'i wenwyno. Does 'na ddim byd peryclach ar wynab daear, fedrwch chi mo'i smocio fo, rydd neb geiniog a dima i chi am ei hannar o ac yn y pen draw mae'n eich lladd chi. Pethma rhyfadd dio, trap marwol raid chi'm peryg. Bywyd?"

Eisteddodd yno am dipyn a golwg bur filain efo'i hun arno a heb yngan gair, y tu ôl i'r wal fach lwyd godasai iddo'i hun â'i getyn. Ar ôl ennyd rhois gynnig eilwaith ar gael gwybod beth oedd ei fusnes.

"Neu ddyn yn hela cwningod?" gofynnais.

"Nid hynny. Nid hynny."

"Trafaeliwr a chanddo waith fermon?"

"Naci."

"Gyrru injan ddyrnu stêm?"

"Dim ffiars o beryg."

"Tunplatia?"

"Naci."

"Clerc tref?"

"Naci."

"Arolygwr gwaith dŵr?"

"Naci."

"Efo pils i geffyla ciami?"

"Nid efo pils."

"Neno'r tad," meddwn i mewn penbleth, "mae'ch gwaith chi'n anarferol iawn a fedra i feddwl yn y byd be ydi o, oni bai'ch bod chi'n ffarmwr fel fi, neu'n gynorthwywr tafarnwr neu hwyrach rhyw waith a'i nelo â dillad. Actor ydach chi, neu fudchwaraewr?"

"Nid y rheini chwaith."

Sythodd yn sydyn ac edrych arnaf mewn ffordd oedd bron yn uniongyrchol, ei getyn yn sticio allan yn ymosodol o'i enau tynn. Roedd y byd yn llawn mwg ganddo. Roeddwn i'n anniddig ond doedd arnaf mo'i ofn yn hollol. Petai gennyf fy rhaw gwyddwn na fyddwn fawr o dro yn ei lorio. Tybiais mai'r peth doethaf fyddai ei drafod â chyllell a fforc a chytuno â phopeth ddywedai.

"Lleidr ydw i," meddai mewn llais tywyll, "lleidr a gin i gyllall a braich sy cyn gryfed â darn o injan stêm gref."

"Lleidr, tewch deud!" meddwn. Dyna gadarnau f'amheuon.

Gan bwyll yma. Paid â'i mentro hi.

"Cyn gryfed â'r offer symudol gloyw mewn londri. Llofrudd du at hynny. Bob tro bydda i'n lladrata oddi ar ddyn mi fydda i'n ei waldio'n farw gelain achos does gin i ddim parch at fywyd, dim blewyn. Os lladda i ddigon o ddynion mi fydd 'na fwy o fywyd i'r gweddill ohonan ni ac wedyn hwyrach y medra i fyw tan fy milflwydd heb y rhoch angau yn fy ngwddw a minna prin yn ddeng mlwydd a thrigain. Oes gynnoch chi sgrepan arian efo chi?"

Pledia dloti a chyni. Gofyn am gael benthyg pres.

Fydd hynny fawr o drafferth, atebais.

"Does gin i ddim dima goch y delyn, na phisia arian na sofrenni na drafftia banc, na dim byd sydd o werth cyfnewid nac o unrhyw werth. Dwi'n ddyn cyn dloted â chitha ac roeddwn i ar fedr gofyn i chi am ddeuswllt i roi rhyw hwb i mi ar fy hynt."

Roeddwn bellach fwy ar bigau'r drain na chynt fel yr eisteddwn yn edrych arno. Rhoddasai ei getyn i gadw a thynnu cyllell ffarmwr hir. Edrychai ar ei llafn a fflachio goleuadau â hi.

"Hyd yn oed os nad oes gin ti arian," meddai dan glegar chwerthin, "mi ro i ben ar dy fywyd pitw di."

"Ylwch chi rŵan," atebais yn llym, "mae lladrad a llofruddiaeth yn erbyn y gyfraith, yn erbyn y gyfraith me' fi, ac at hynny fyddech chi fawr ar eich ennill o 'mywyd i achos mae gin i anhwylder ar y frest a does dim dwywaith na fydda i farw cyn pen chwe mis. Ar ben hynny, roedd rhyw achlust o gynhebrwng tywyll yn fy nghwpan de ddydd Mawrth. Clywch beswch."

Gwasgais andros o beswch cras ohonof. Trafaeliodd fel awel dros y glaswellt yn ymyl. Meddyliwn bellach mai doeth o beth, hwyrach, fyddai llamu at fy nhraed fel fflamiau a'i gwadnu hi. Byddai hynny o leia'n ateb syml.

"A dyna i chi beth arall amdana i," meddwn i wedyn, "o bren mae rhan ohona i, heb ynddi fywyd o gwbwl."

Gwichiodd y dyn cam yn ei syndod, llamu at ei draed a bwrw arna i olygon oedd yn anhraethol o gam. Gwenais arno a chodi coes chwith fy nhrowsus i ddangos iddo fy nghrimog bren. Craffodd arni a rhedeg ei fys caled ar hyd ei hymyl. Wedyn eisteddodd yn gyflym iawn, rhoi ei gyllell i gadw a thynnu ei getyn drachefn. Buasai'n llosgi'n ddi-baid yn ei boced oherwydd dechreuodd ei smocio ar ei ben a chyn pen dim gwnaethai gymaint o fwg glas, a mwg llwyd, nes gwneud i mi feddwl bod ei ddillad wedi mynd ar dân. Drwy'r mwg gwelwn ei fod yn bwrw cipolygon cyfeillgar tuag ataf. Ar ôl munud neu ddau siaradodd yn wresog ac yn fwyn.

"Wnawn i mo dy frifo di, 'ngwas bach i," meddai.

"Yn Mullingar y ces i'r anhwylder, dwi'n meddwl," eglurais. Gwyddwn ei fod bellach yn fy nhrystio a pheryg trais wedi mynd heibio. Wedyn gwnaeth rywbeth a'm daliodd ar y gamfa. Cododd ei drywsus carpiog ei hun a dangos ei goes chwith. Roedd yn llyfn, yn siapus ac yn weddol dew ond coes glec oedd hithau.

"Dyna i chi gyd-ddigwyddiad rhyfedd," meddwn. Bellach deallwn pam y newidiodd ei agwedd mor sydyn.

"Rwyt ti'n ddyn bach annwyl," atebodd, "a chyffyrddwn i ddim ben fy mys ynot. Y fi ydi capten yr holl dynion ungoes yn y wlad. Hyd yma roeddwn yn eu nabod bob copa walltog, heblaw un – ti dy hun – a bellach mae hwnnw'n ffrind i mi hefyd yn y fargen. Os byth yr edrycha undyn arnat ti o gil ei lygad, mi rwyga i'i fol o."

"Dach chi'n siarad yn glên iawn," meddwn.

"Yn ddiddichell ddi-gêl," meddai a'i ddwylo ar led. 'Os byth y cei di drafferth, anfon gair ataf ac mi d'achuba i di rhag y ddynes."

"Does gin i ddim rhithyn o ddiddordeb mewn merched," meddwn dan wenu.

"Well i ti ffidil i gael hwyl."

"Dio bwys yn y byd. Os mai byddin neu gi sy'n dy hambygio, mi ddo i efo'r holl ddynion ungoes a rhwygo'u bolia. Martin Finnucane ydi f'enw iawn i."

"Enw purion," meddwn.

"Martin Finnucane," meddai wedyn, gan wrando ar ei lais ei hun fel petai'n gwrando ar y gerddoriaeth bereiddiaf dan haul. Gorweddodd yn ei ôl a'i lenwi'i hun hyd at ei glustiau â mwg tywyll a phan oedd ar fostio fe'i gollyngodd ac ymguddio ynddo.

"Deud i mi," meddai o'r diwedd. 'Oes gin ti *desideratum*?"

Roedd y cwestiwn od yma'n annisgwyl ond fe'i hatebais ar fy mhen. A dweud oes.

"Pa *desideratum*?"

"Dod o hyd i be dwi'n chwilio amdano."

"*Desideratum* siort ora," meddai Martin Finnucane. 'Ym mha fodd nei di ddwyn y maen i'r wal neu ddwyn ei *mutandum* i ben a'i ddwyn ymhen yr hir a'r hwyr i orffenedigrwydd purion?"

"Drwy roi tro am farics yr heddlu," meddwn, "a gofyn i'r plismyn fy rhoi ar ben ffordd i lle mae o. Hwyrach y medrech chi fy hysbysu sut i fynd i'r barics o lle'r ydan ni rŵan?"

"Hwyrach wir," meddai Mr Finnucane. "Oes gin ti *ultimatum*?"

"Mae gin i *ultimatum* dirgel," atebais.

"Dwi'n amau dim nad ydi o'n *ultimatum* tan gamp," meddai, "ond wna i ddim gofyn i ti'i ddeud wrtha i os wyt ti'n synio amdano fel un dirgel."

Roedd wedi smygu'i faco i gyd yn ddim ac roedd bellach yn smygu'r cetyn ei hun, a barnu wrth ei oglau surbwchaidd. Rhoes ei law ym mhoced ei drywsus a thynnu ohono beth crwn.

"Dyma i ti sofren lwc dda," meddai, "arwydd aur dy dynged aur."

Rhoddais iddo fy niolch aur, fel petai, ond sylwais mai ceiniog loyw oedd y pishyn arian roes i mi. Fe'i rhoddais yn fy mhoced yn ofalus fe petai o werth mawr ac yn werth y byd yn grwn i mi. Roeddwn yn falch o'r ffordd roeddwn wedi trin a thrafod y brawd hynod, isel ei lais efo coes glec. Am y ffordd â mi roedd afon fach heb fod ymhell. Sefais ac edrych arni a gwylio'r dŵr gwyn. Ymdreiglai yn y gwely caregog a llamu i'r awyr a rhuthro'n gynhyrfus rownd cornel.

"Ar yr un lôn yma mae'r barics," meddai Martin Finnucane, "ac mi'i gadawais nhw o'm hôl filltir i ffwrdd heddiw'r bore. Fe'i cei nhw yn y fan lle mae'r afon yn rhedeg i ffwrdd o'r lôn. Os edrychi di rŵan weli di'r brithyll tew yn eu cotiau gwinau yn dod yn eu holau o'r barics ar yr awr hon am eu bod yn mynd yno bob bore at y wledd o frecwast sydd i'w chael o drochion a sborion y ddau blismon. Ond maen nhw'n ciniawa draw'r ffordd arall lle mae gan ŵr o'r enw MacFeeterson fecws mewn pentra o dai a'u cefna at y dŵr. Ganddo fo dair fan fara a thrap cŵn at y mynydd mawr ac mae wrth ei waith yn Kilkishkeam ddyddiau Llun a Mercher."

"Martin Finnucane," meddwn, "mae gofyn i mi feddwl cant a dau o feddyliau anodd rhwng fan'ma a phen fy nhaith a gora po gynta."

Bwriodd gipiau cyfeillgar i fyny arnaf o'r ffos fyglyd.

"'Ngwas bach del i," meddai, "pob lwc i dy lwc di a phaid â mynd i beryg heb roi gwbod i mi."

"Da boch, da boch," meddwn i a'i adael ar ôl ysgwyd llaw. Bwriais gip yn ôl wedi cerdded dipyn a gweld dim ond min y ffos a mwg yn dod ohoni fel petai tinceriaid yn ei gwaelod hi'n coginio'r sothach roedd ganddyn nhw. Cyn mynd edrychais yn f'ôl unwaith eto a gweld siâp ei hen ben yn edrych arnaf ac yn craffu arnaf yn diflannu. Roedd yn ddifyr ac yn ddiddorol a rhoesai help llaw i mi o'm rhoi ar ben y ffordd i'r barics a dweud wrthyf pa mor bell roedden nhw. Ac wrth i mi fynd ar fy hynt roeddwn ryw flewyn yn falch i mi'i gyfarfod.

Hen gono smala..

IV

O blith y datganiadau trawiadol lawer wnaeth de Selby, i'm tyb i does yna'r un yn hafal i'w honiad: "a journey is a hallucination". Mae'r ymadrodd i'w gael yn *Country Album*[1] foch ym moch â'r traethawd adnabyddus ar "tent-suits", y dillad cynfas hynod hynny a gynlluniodd i gymryd lle'r tai oedd gas ganddo a dillad cyffredin fel ei gilydd. Mae ei ddamcaniaeth, hyd y deallaf i, fel petai'n diystyru tystiolaeth profiad dyn ac mae'n groes i bopeth y cefais innau ar ddeall wrth fynd am dro lawer gwaith yng nghefn gwlad. Diffiniodd de Selby fodolaeth dyn yn "succession of static experiences each infinitely brief", cysyniad y daeth ato, yn ôl y dyb, o archwilio hen ffilmiau sinematograff oedd yn ôl pob tebyg yn perthyn i'w nai.[2] O'r rhagosodiad yma mae'n diystyru realaeth neu wirionedd unrhyw ddilyniant na chyfresiaeth mewn bywyd, yn gwadu bod amser yn gallu mynd heibio fel y cyfryw yn yr ystyr derbyniedig ac yn priodoli i rithwelediadau teimlad cyffredin symud fel, er enghraifft, teithio o un man i'r llall neu hyd yn oed 'byw'. Os ydi dyn yn gorffwys yn A, eglura, ac arno awydd gorffwys yn y lle pellennig B, yr unig fodd i wneud hynny yw gorffwys am ysbeidiau di-ben-draw o fyr mewn mannau dirifedi rhwng y ddau fan. Gan hynny does dim gwahaniaeth yn y bôn rhwng beth

---

[1] Tud. 822.

[2] Mae'n amlwg mai'r un ffilmiau yw'r rhain ag y mae'n sôn amdanynt yn *Golden Hours* (tud. 155) gan ddweud bod ganddynt "a strong repetitive element" a'u bod yn "tedious". Yn ôl y sôn fe'u harchwiliasai'n amyneddgar lun fesul llun a dychmygai mai yn yr un ffordd y'u dangosid ar y sgrîn, heb ddeall ar y pryd egwyddor y sinematograff.

sy'n digwydd pan fo dyn yn gorffwys yn A cyn dechrau'r "daith" a beth sy'n digwydd pan fo dyn "ar ei ffordd", h.y. yn gorffwys yn y naill neu'r llall o'r mannau rhwng y ddau fan. Mae'n ymdrin ag un o'r "mannau rhwng y ddau" mewn treodnodyn maith. Nid oes wiw, mae'n ein rhybuddio, cymryd eu bod yn bwyntiau mympwyol ar yr echel A-B hyn a hyn o fodfeddi neu droedfeddi ar wahân. Mae gofyn synio amdanynt yn hytrach fel pwyntiau di-ben-draw o agos at ei gilydd ac eto'n ddigon pell oddi wrth ei gilydd i ganiatáu rhoi rhyngddynt gyfres o fannau eraill "rhwng y ddau", a gofyn dychmygu rhwng pob un o'r rhain gadwyn o fannau gorffwys eraill – heb fod, wrth gwrs, yn union gyfagos ond wedi'u trefnu mewn modd i ganiatáu rhoi'r egwyddor hwn ar waith yn ddiderfyn. Mae'n priodoli rhith symud i'r ffaith fod meddwl dyn – "fel mae wedi'i ddatblygu ar hyn o bryd" – yn methu dirnad gwirionedd y "gorffwysfeydd" hyn ar wahân, yn well ganddo roddi miliynau lawer ohonynt gyda'i gilydd yn sypiau a galw'r canlyniad yn symud, dull gweithredu cwbl ddiesgus ac amhosibl gan nad oes modd i ddau safle ar wahân ddeillio o'r un corff ar yr un pryd. Rhith yw symud hefyd gan hynny. Sonia fod unrhyw ffotograff am y dim â bod yn brawf digamsyniol o'i athrawiaethau.

Bid a fo am gadernid damcaniaethau de Selby, mae digonedd o dystiolaeth ei fod yn eu coleddu'n ddiffuant ac iddo roi cynnig droeon ar eu rhoi ar waith. Yn ystod ei gyfnod yn Lloegr, digwyddai fod yn byw yng Nghaerfaddon ar un adeg a chael bod gofyn iddo fynd oddi yno i Folkestone ar berwyl brys.[3] Roedd ei ddull o wneud felly yn bell o fod yn arferol. Yn hytrach na mynd i'r orsaf reilffordd a holi ynghylch trenau, caeodd ei hun mewn ystafell yn ei lety gyda chyflenwad o

---

3 Gweler *De Selby's Life and Times* Hatchjaw.

gardiau pictiwr o'r cyffiniau a dramwyai ar daith o'r fath, ynghyd â threfniant astrus o glociau a thaclau barometrig a dyfais i reoli'r golau nwy yn unol â golau newidiol y dydd y tu allan. Beth yn union ddigwyddai yn y stafell na sut yn union y câi'r clociau a'r peiriannau eraill eu trin a'u trafod ni wybyddir fyth. Yn ôl pob sôn daeth i'r fei wedi treigl saith awr yn argyhoeddedig ei fod yn Folkestone a'i fod hwyrach wedi datblygu fformiwla i deithwyr a fyddai'n bur wrthun gan gwmnïau rheilffyrdd a llongau. Does dim cofnod o faint ei ddadrithiad o'i gael ei hun eto yn amgylchoedd cyfarwydd Caerfaddon ond mae un awdurdod [4] yn adrodd iddo honni heb droi blewyn iddo fynd i Folkestone ac yn ôl. Cyfeirir at ddyn (dienw) a ddatganodd iddo weld y doethur yn dod allan o fanc yn Folkestone ar y dyddiad dan sylw.

Yr un fath â'r rhan fwyaf o ddamcaniaethau de Selby, amhendant yw'r canlyniad yn y pen draw. Enigma ryfedd yw gweld meddwl mor ddirfawr yn amau'r gwirioneddau mwyaf amlwg ac yn gwrthwynebu hyd yn oed bethau a ddangoswyd yn wyddonol (megis dilyniant dydd a nos) ar yr un pryd â chredu'n gyfan gwbl yn ei esboniadau rhyfeddol yntau o'r un ffenomena.

O ran fy nhaith innau tua barics yr heddlu afraid dweud dim heblaw nad rhithwelediad mohoni. Chwaraeai gwres yr haul yn ddi-sigl arnaf o'm corun i'm sawdl, roedd caledwch y lôn yn ddigyfaddawd a newidiai'r wlad yn araf deg ond fesul tipyn fel yr ymlwybrwn drwyddi. I'r chwith roedd corsdir gwinau creithiog gan gloddiadau tywyll a phrysglwyni carpiog ar wasgar, stribynnau gwynion clogwyni ac yma a thraw tŷ pellennig yn lled gudd mewn cymanfa o goed bychain. Ymhell y tu hwnt roedd parth arall yn cysgodi yn y tarth,

---

[4] Bassett : *Lux Mundi : A Memoir of de Selby.*

parth porffor, dirgel. Roedd yr ochr dde yn wlad wyrddach a'r afonig derfysglyd yn rhedeg ochr yn ochr â'r lôn o hyd braich a'r tu arall iddi bryniau o borfa greigiog yn ymestyn i'r pellter i fyny ac i lawr. Roedd defaid mân fel morgrug i'w canfod yn ymyl yr awyr ymhell i ffwrdd a rhedai lonydd bach cam hwnt ac yma. Doedd yr un enaid byw i'w weld. Hwyrach mai'r bore bach oedd hi fyth. Petawn heb golli fy watsh aur Americanaidd gallaswn weld faint o'r gloch oedd hi.

Does gin ti'r un watsh aur Americanaidd.

Yn y fan digwyddodd rhywbeth rhyfedd i mi. Roedd y lôn o'm blaen yn troi fymryn tua'r chwith ac wrth i mi nesu at y tro dechreuodd fy nghalon wneud mistimanars a daeth cyffro anesboniadwy drosof drwof draw. Doedd dim byd i'w weld na newid o fath yn y byd yn yr olygfa i egluro beth oedd ar fynd ynof. Daliais i gerdded a'm llygaid yn wyllt.

Wrth i mi ddod heibio'r tro yn y lôn roedd golygfa ryfeddol o'm blaen. Tua chanllath i ffwrdd ar y chwith roedd tŷ a'm syfrdanodd. Roedd arno olwg hysbyseb wedi'i beintio ar fwrdd ym min y lôn ac wedi'i beintio'n ddybryd o sâl at hynny. Roedd i'w weld yn gwbl ffug ac anargyhoeddiadol, fel petai heb na dyfnder na lled, a golwg arno na thwyllai blentyn. Doedd hynny ynddo'i hun ddim yn ddigon i'm synnu gan fy mod eisoes wedi gweld lluniau a hysbysebion ym min y lôn. Y penbleth i mi oedd gwybod ym mhwll fy nghalon mai hwn oedd y tŷ roeddwn ar ei drywydd a bod yna bobl ynddo. Doedd gen i ddim rhithyn o amheuaeth nad y rhain oedd barics yr heddlu. Welswn i erioed o'r blaen â'm llygaid fy hun ddim byd mor annaturiol ac echrydus a gwibiai fy ngolygon o gwmpas y peth yn ddiddirnad fel petai un o leiaf o'r dimensiynau arferol ar goll, gyda gadael y gweddill yn ddiystyr. Yr olwg ar y tŷ oedd y syndod mwyaf ddaethai i'm rhan ers gweld yr hen ŵr yn y gadair ac roedd arnaf ei ofn.

Daliais i gerdded ond cerddwn yn arafach. Wrth i mi nesu roedd y tŷ fel petai'n newid ei olwg. I ddechrau, wnâi ddim i'w gytgordio â siâp tŷ cyffredin ond daeth yn ansad ei amlinell fel cipolwg ar rywbeth dan ddŵr crychdonnog. Wedyn daeth yn groyw drachefn a gwelwn ei fod yn dechrau magu cefn, ychydig o le i stafelloedd y tu ôl i'r tu blaen. Casglais hyn o'r ffaith fy mod fel petawn yn gweld tu blaen a thu cefn yr "adeilad" ar yr un pryd o'r lle y dyneswn at beth ddylsai fod yn dalcen. Gan nad oedd talcen i'w weld tybiais fod rhaid bod y tŷ'n drionglog a'i big tua ataf ond pan oeddwn bymtheg llath oddi wrtho gwelais ffenest fach yn fy wynebu yn ôl pob golwg a gwyddwn ar hynny rhaid bod iddo *rywfaint* o dalcen. Wedyn cefais fy hun bron yng nghysgod yr adeilad, fy ngwddw'n sych ac yn ofnus gan ryfeddod a phryder. Roedd golwg ddigon cyffredin arno o'i weld yn agos ato heblaw ei fod yn wyn ac yn llonydd iawn. Roedd yn dynghedus ac yn frawychus; roedd y bore ar ei hyd a'r hollfyd fel petaent heb ddiben yn y byd heblaw ei fframio a rhoi iddo ryw bwys a safle fel y medrwn gael hyd iddo â'm synhwyrau syml a chogio fy mod yn ei ddeall. Dywedodd arfbais yr heddlu uwch ben y drws wrthyf mai swyddfa heddlu oedd hon. Welswn i yn fy myw mo'r fath swyddfa heddlu.

Does gen i ddim syniad pam nad arhosais i feddwl na pham na stopiais yn stond ac eistedd yn eiddil ym min y lôn gan gymaint fy nghynnwrf. Yn hytrach cerddais yn syth at y drws ac edrych i mewn. Gwelais, a'i gefn tuag ataf, blismon anferthol. Roedd yr olwg ar ei gefn yn anarferol. Safai'r tu ôl i gownter bach mewn stafell ddydd dwt wedi'i gwyngalchu; roedd ei geg yn agored ac edrychai i ddrych yn hongian ar y pared. Unwaith eto, rwy'n ei chael yn anodd cyfleu'r union reswm pam roedd fy llygaid yn cael ei siâp yn ddigynsail ac yn anghyfarwydd. Roedd yn fawr ac yn dew iawn ac roedd y gwallt ar daen yn ddi-brin ar ei wegil boliog yn lliw gwair golau; roedd hynny i gyd yn drawiadol ond nid heb ei debyg. Bwriais olwg ar ei gefn mawr, y breichiau a'r coesau tew yn y lifrau glas bras. Er bod pob rhan ohono i'w gweld yn ddigon cyffredin ar ei phen ei hun, roedd eu crynswth fel petai'n creu, drwy ryw anghysondeb cysylltiad neu gymesuredd anghanfyddadwy, argraff annifyr iawn o annaturioldeb, cystal â bod yn erchyll ac yn wrthun. Roedd ei ddwylo'n goch, yn chwyddedig ac yn anferth ac roedd fel petai un ohonynt hanner ffordd i'w geg fel y rhythai i'r drych.

"Fy nannadd i sy," fe'i clywais yn dweud, yn bell ei feddwl a bron dan ei wynt. Roedd ei lais yn drwm a braidd yn fyglyd, yn f'atgoffa o gwilt gaeaf trwchus. Rhaid fy mod wedi gwneud rhyw sŵn wrth y drws neu hwyrach iddo weld f'adlewyrchiad yn y gwydr oherwydd trodd yn ei unfan yn araf, yn syflyd ei osgo'n urddasol hamddenol a thrwm, ei fysedd yn dal i biltran â'i ddannedd, ac wrth iddo droi fe'i clywais yn dweud wrtho'i hun:

"Mae agos i bob salwch yn deillio o'r dannadd."

Roeddwn yn syfrdan syn unwaith eto o weld ei wyneb. Roedd yn enfawr o dew, o goch ac o lydan, yn eistedd yn sgwâr ar wddw ei diwnig yn drwsgl drwm yn dwyn i gof sachaid o flawd. Roedd y rhan isaf ohono ynghudd dan fwstas fflamgoch a saethai allan o'i groen ymhell i'r awyr fel cyrn rhyw anifail anghyffredin. Roedd yn fochgoch fochdew a'i lygaid bron yn anweledig, ynghudd oddi uchod gan lestair ei aeliau tuswog ac oddi isod gan blygiadau blonegog ei groen. Daeth draw'n droetrwm i du mewn y cownter a des innau ymlaen yn ostyngedig o'r drws nes ein bod wyneb yn wyneb.

"Beic sy dan sylw?" gofynnodd.

Roedd yr olwg ar ei wyneb pan y'i gwelais yn codi calon yn annisgwyl. Roedd ei wyneb yn hylldew ac yn bell o fod yn deg ond newidiasai ac addasu amryfal agweddau annifyr ei bryd a gwedd mewn rhyw ffordd ddeheuig fel eu bod yn cyfleu i mi radlondeb, cwrteisi ac amynedd di-ben-draw. Ar flaen ei gap pig swyddogol roedd bathodyn pwysig yr olwg ac uwch ei ben mewn llythrennau aur y gair SARJANT. Sarjant Pluck ei hun oedd yma.

"Naci," atebais gan estyn fy llaw i'w phwyso ar y cownter. Edrychodd y Sarjant arnaf yn anghrediniol.

"Ydach chi'n siŵr?" gofynnodd.

"Yn sicir."

"Nid motobeic sy dan sylw?"

"Naci."

"Un efo falfia uwch ben a dynamo i roi gola? Neu efo cyrn rasio?"

"Naci."

"Os mai dyna'r amgylchiadau sydd ohoni does dim dichon mai motobeic sy dan sylw," meddai. Roedd golwg syn a dryslyd arno a phwysodd wysg ei ochr ar y cownter ar ateg penelin ei fraich chwith a rhoi migyrnau ei law dde rhwng ei ddannedd melyn a chodi tri chrych enfawr o benbleth ar ei dalcen. Rŵan penderfynais ei fod yn ddyn syml ac na chawn drafferth yn y byd yn ymdrin ag o yn union fel y mynnwn a chael gwybod ganddo beth ddigwyddasai i'r blwch du. Doeddwn i ddim yn deall yn iawn ei reswm dros holi ynghylch beiciau ond penderfynais ateb popeth yn ofalus, aros fy nghyfle a bod yn gyfrwys yn fy holl ymwneud ag o. Symudodd draw yn bell ei feddwl, dod yn ei ôl a rhoi sypyn o bapurau o wahanol liwiau i mi oedd i'w gweld fel ffurflenni cais am drwyddedau teirw a thrwyddedau cŵn a'u tebyg.

"Fasech chi ddim gwaeth o lenwi'r ffurflenni yma,"

meddai. "Dwedwch i mi," meddai wedyn, "fasa hi'n wir i ddeud mai deintydd teithiol ydach chi ac wedi dod ar feic tair olwyn?"

"Na fasa," atebais.

"Ar dandem cywrain?"

"Na."

"Rhyw gylch o bobol anrhagweladwy ydi deintyddion," meddai. "Ydach chi'n deud wrtha i mai ceffyl haearn oedd o, neu feic peniffardding?"

"Nac ydw," meddwn yn ddigynnwrf. Craffodd arnaf fel pe i weld a oeddwn o ddifrif, gan grychu ei dalcen drachefn.

"Hwyrach nad deintydd mohonoch chi damaid," meddai, "ond dyn ar drywydd trwydded ci neu bapurau i darw?"

"Ddwedais i ddim mai deintydd oeddwn i," meddwn yn swta, "a ddwedais i ddim byd am darw."

Edrychodd y sarjant arnaf yn anghrediniol.

"Dyma beth rhyfedd ar y naw," meddai, "yn homar o benbletheiddiwch astrus, yn goblyn o bos."

Eisteddodd wrth y tân mawn a dechrau cnoi ei figyrnau a bwrw cipolygon miniog arnaf o dan ei aeliau ffluwchog. Petasai gen i gyrn ar fy mhen a chynffon o'm hôl ni allasai edrych arnaf â mwy o ddiddordeb. Roeddwn yn gyndyn o arwain y sgwrs mewn unrhyw gyfeiriad a bu distawrwydd llwyr am bum munud. Wedyn lleddfodd ei bryd a gwedd dipyn a siaradodd â mi drachefn.

"Be ydi'ch rhagenw chi?" gofynnodd.

"Does gin i'r un rhagenw," atebais, gan obeithio fy mod yn deall beth oedd ganddo.

"Be ydi enw eich llinach?"

"Enw fy llinach?"

"Eich cyfenw?"

"Does gin i mo hwnnw chwaith."

Unwaith eto synnodd at f'ateb ac ar yr un pryd roedd fel petai'n ei blesio. Cododd ei aeliau trwchus a newid ei wyneb yn beth y gellid ei alw'n wên. Daeth yn ei ôl at y cownter, estyn ei law anferthol, cymryd f'un i a'i hysgwyd yn wresog.

"Dim enw a dim obadeia o'ch tarddiad?"

"Dim."

"Wel brensiach y bratia!"

Signor Bari, y tenor ungoes o fri!

"Neno'r Galluoedd Gwyddelig-Americanaidd sanctaidd," meddai wedyn, neno'r Tad! *Well carry me back to old Kentucky!*"

Wedyn ciliodd o'r cownter i'w le wrth y tân ac eistedd yn ddistaw yn ei gwman mewn dwysfyfyrdod fel petai'n craffu fesul un ar y blynyddoedd a fu, ynghadw yn ei gof.

"Roeddwn unwaith yn nabod dyn tal," meddai o'r diwedd, "nad oedd ganddo yntau'r un enw chwaith a does dim dwywaith nad chi ydi'i fab o ac etifedd ei ddiddymdra a'i holl ddimbydwch. Pa hwyl sydd ar eich tad heddiw a lle mae o?"

Roedd yn eitha rhesymol, meddyliais, i fab dyn heb enw fod yntau heb enw ond roedd hi'n amlwg bod y Sarjant yn drysu rhyngof i a rhywun arall. Doedd dim drwg yn hyn a phenderfynais ei swcro. I'm tyb i da o beth oedd iddo wybod dim amdanaf ond gwell fyth iddo wybod sawl beth oedd ymhell ohoni. Byddai'n gaffaeliad i mi ei ddefnyddio at fy nibenion fy hun ac ymhen yr hir a'r hwyr dod o hyd i'r blwch du.

"Mae wedi mynd i Merica," atebais.

"A, dyna lle mae o," meddai'r Sarjant. "Tewch deud! Roedd yn ŵr teulu go iawn. Y tro dwytha ges i sgwrs efo fo, pwmp ar goll oedd dan sylw ac roedd ganddo wraig a deg hogyn bach ac ar y pryd roedd ei wraig eto ymhell i dymor ei rhywioldeb."

"Y fi oedd hwnnw," meddwn dan wenu.

"Y chi oedd hwnnw," cytunodd. "Be ydi hanes y deng mab cydnerth?"

"Wedi mynd i Merica pob copa walltog."

"Dyna i chi wlad sy'n benbleth o bos," meddai'r Sarjant, "tiriogaeth fawr eang, a dynion duon a dieithriaid yn byw yno. Maen nhw'n bur hoff o gystadleutha saethu yn y partha hynny, meddan nhw."

"Mae hi'n wlad ryfedd," meddwn.

Yn y fan hon roedd sŵn traed wrth y drws a dyma blismon trwm yn dod i mewn dan frasgamu a lamp heddlu fechan yn ei law. Roedd ganddo bryd a gwedd Iddewig tywyll a thrwyn crwm a thoreth o wallt du cyrliog. Roedd yn lasfoch ac yn ddufoch a golwg arno'i fod yn siafio ddwywaith y diwrnod. Roedd ganddo ddannedd enamel gwynion ddaethai, doeddwn yn amau dim, o Fanceinion, dwy res ohonynt wedi'u gosod y tu mewn i'w geg a phan wenai roedd yn hyfryd o beth, fel llestri Delff ar ddresal ddel yng nghefn gwlad. Roedd yn flonegog ac yn gorffdew run fath â'r Sarjant ond a golwg tipyn mwy peniog ar ei wyneb, a hwnnw'n annisgwyl o fain a'r llygaid ynddo'n dreiddgar ac yn sylwgar. O weld ei wyneb yn unig ceid golwg mwy o fardd na phlismon arno ond ar weddill ei gorff nid golwg bardd oedd arno damaid.

"Plismon MacCruiskeen," meddai Sarjant Pluck.

Rhoes Plismon MacCruiskeen y lamp ar y bwrdd, ysgwyd llaw â mi a rhoi dydd da i mi yn ddwys o'r mwyaf. Roedd ei lais yn uchel, bron â bod yn llais merch, a siaradai â goslef ofalus gain. Wedyn rhoes y lamp fach ar y cownter a'n llygadu ni'n dau.

"Beic sy dan sylw?" gofynnodd.

"Nid hynny," meddai'r Sarjant. "Ymwelydd preifat ydi hwn sy'n deud na chyrhaeddodd y dreflan ar gefn beic. Does ganddo'r un enw personol o fath yn y byd.

Mae ei dad ym Mericia bell."

"Pa un o'r ddwy Fericia?" gofynnodd MacCruiskeen.

"Yr Unol Dylwythau," meddai'r Sarjant.

"Siawns nad ydi o'n gefnog erbyn hyn os ydi o yn y parth yna," meddai MacCruiskeen, "achos mae 'cw ddoleri, doleri a bycs a chnapia dan ddaear a faint fyw fynnoch chi o sgiams a gemau golff ac offerynna cerdd. Mae hi'n wlad rydd hefyd yn ôl pob sôn."

"Rhydd i bawb," meddai'r Sarjant. "Deud i mi," meddai wrth y plismon, "Ddaru chdi gymryd darlleniada heddiw 'ma?"

"Do," meddai MacCruiskeen.

"Tyd â dy lyfr du a deud wrtha i be oedd o, 'ngwas i." meddai'r Sarjant. "Do' mi'i fyrdwn o, gael i mi weld be wela i," meddai wedyn.

Tyrchodd MacCruiskeen lyfr nodiadau bach du o boced ei frest.

"Deg pwynt chwech," meddai.

"Deg pwynt chwech," meddai'r Sarjant. "A pha ddarlleniad welist ti ar y trawst?

"Saith pwynt pedwar."

"Faint ar y lifer?"

"Un pwynt pump."

Roedd saib yn y fan hon. Tynnodd y Sarjant wep oedd yn bictiwr o benblethdod fel petai'n clandro syms a chyfrifon pur ddyrys yn ei ben. Ymhen tipyn goleuodd ei wyneb a siaradodd eto â'i gydymaith.

"Oedd 'na gwymp?"

"Cwymp trwm am hannar awr wedi tri."

"Digon naturiol a chlodwiw o foddhaol," meddai'r Sarjant. "Mae dy swpar di ar y pentan a chofia roi tro i'r llefrith cyn mynd â dim ohono fo fel bod y gweddill ohonan ni ar d'ôl di yn cal ein cyfran o'i frastar o, o'i les a'i galon o."

Gwenodd Plismon MacCruiskeen o glywed sôn am

fwyd a mynd i'r stafell gefn dan lacio'i felt ar ei ffordd; ymhen munud clywsom sŵn glafoerian cwrs fel petai'n bwyta uwd heb gymorth na llwy na llaw. Fe'm gwahoddodd y Sarjant i eistedd wrth y tân yn gwmpeini iddo a rhoi sigarét grebachlyd i mi o'i boced.

"Gwyn fyd eich tad ei fod ym Mericia," meddai, "os digwydd ei fod yn cael helbul efo'r hen ddannadd. Ychydig o waeledda sydd heb fod yn deillio o'r dannadd."

"Ia wir," meddwn. Roeddwn yn benderfynol o ddweud cyn lleied ag y medrwn a gadael i'r plismyn anghyffredin yma roi eu cardiau ar y bwrdd gyntaf. Wedyn byddwn yn gwybod sut i'w trin a'u trafod.

"Wyddoch chi, fedar dyn fod â mwy o 'fadwch ac egino yn ei hopran na gewch chi mewn côt ll'godan fawr ac mae Mericia'n wlad lle mae gin y bobol ddannadd tan gamp fel sebon siafio neu fel tameidia o Delff pan dorrwch chi blât."

"Gwir y gair," meddwn.

"Neu fel wya dan frân ddu."

"Fel wya," meddwn.

"Fuoch chi erioed yn y sinematograff ar eich trafals?"

"'Rioed," meddwn yn wylaidd, "ond clywais sôn ei fod yn lle tywyll ac ychydig o ddim i'w weld heblaw'r llunia ar y pared."

"Wel i chi, yna y gwelwch chi'r dannadd siort ora sy gynnyn nhw ym Mericia," meddai'r Sarjant.

Taflodd olwg ddig ar y tân a dechrau byseddu'n ddifeddwl fonion melyn ei ddannedd. Buaswn yn pendroni am ei sgwrs annelwig â MacCruiskeen.

"Dwedwch i mi hyn o beth," meddwn yn ochelgar. "Pa fath o ddarlleniada oedd y rheini yn llyfr du'r plismon?"

Bwriodd y Sarjant olwg dreiddgar arnaf oedd i'w theimlo bron yn boeth o fod ar y tân cynt.

"Dechra cynta doethineb," meddai, "ydi holi ond byth ateb. Rydach *chi'n* cael doethineb o holi a *minnau* o beidio ag ateb. Choeliech chi fawr, ond mae trosedd ar ei chynnydd yn ofnadwy tua'r partha hyn. Y llynadd gafon ni naw a thrigain achos o ddim goleuada a phedwar cerbyd wedi'u dwyn. Eleni mae gynnon ni ddau ar phedwar ugain achos o ddim goleuada, tri achos ar ddeg o reidio ar y troedffyrdd a phedwar cerbyd wedi'u dwyn. Roedd yna un achos o niwed anesgusodol i gêr tri chyflymdra, does dim dwywaith na fydd 'na hawliad yn y Llys nesa a'r plwy fydd man yr achwyn. Cyn pen y flwyddyn does dim dwywaith na chaiff pwmp ei ddwyn, yn arwydd llygredig a ffiaidd o droseddoldeb ac yn fefl ar y wlad."

"Gwir y gair," meddwn.

"Bum mlynadd yn ôl cawsom achos o gyrn llac. Dyna ichi beth prin. Fuo hi'n waith wythnos i'r tri ohonon ni fframio'r cyhuddiad."

"Cyrn llac," meddwn dan fy ngwynt. Welwn i ddim yn glir y rheswm dros yr holl sôn yma am feiciau.

"Ac wedyn dyna i chi'r matar o frêcs sâl. Mae'r wlad yn frith o frêcs sâl, dyna achos hannar y damweinia, mae'n rhedag yn y teulu."

Meddyliais mai da o beth fyddai troi'r gwrs a rhoi'r gorau i sôn am feiciau.

"Ddaru chi ddeud wrtha i be oedd rheol gynta doethineb," meddwn. "Be ydi'r ail reol?"

"Mae modd ateb hwnnw," meddai. "Mae yna bump at ei gilydd. Bob amser gofyn unrhyw gwestiwn mae gofyn ei ofyn a pheidio byth ag ateb yr un. Troi pob dŵr i'ch melin eich hun. Ewch â gêr trwsio i'ch canlyn bob amsar. Trowch i'r chwith gymaint fyw fyth ag y medrwch chi. Peidiwch byth â rhoi'ch brêc blaen ar waith gynta."

"Dyna reola diddorol," meddwn i'n sychlyd.

"Os dilynwch nhw, meddai'r Sarjant, "achubwch chi'ch enaid a chewch chi fyth godwm ar lôn lithrig."

"A fyddech chi gystal," meddwn, "ag egluro i mi pa un o'r rheola hyn sydd a'i wnelo â'r helbul dois i yma heddiw i'w osod ger eich bron."

"Nid heddiw mohoni, ddoe ydi hi," meddai, "ond pa un o'r helbulon sydd dan sylw? Be ydi'r *crux rei*?"

Ddoe? Penderfynais yn ddiymdroi nad oeddwn ddim callach o roi cynnig ar ddeall hanner beth ddywedai. Dygnais arni â'm holi.

"Dois yma i roi gwybod i chi'n swyddogol am ladrad fy watsh aur Americanaidd."

Edrychodd arnaf drwy darth o syfrdandod syn ac anghrediniaeth a chodi ei aeliau bron hyd at odre'i wallt.

"Dyna i chi ddeud syfrdanol," meddai o'r diwedd.

"Pam?"

"Pam byddai neb yn dwyn watsh a nhwytha'n medru dwyn beic?"

Clyw ei resymeg oer ddiwrthdro fo.

"Does gin i'r un narith," meddwn.

"Pwy ar y ddaear glywodd sôn am ddyn yn reidio watsh ar hyd lôn ne'n dod â sachaid o fawn adra ar groesfar watsh?"

"Ddaru mi ddim deud bod ar y lleidr eisiau fy watsh i'w reidio," protestiais. "Mwy na thebyg bod ganddo fo'i feic ei hun a dyna sut miglodd hi'n ddistaw bach gefn nos."

"Yn fy myw chlywais i erioed sôn am undyn yn dwyn dim byd ond beic pan oedd yn ei iawn bwyll," meddai'r Sarjant, "– heblaw pympia a chlipia a lampa a ballu. Siawns na dydach chi ddim ar fedr deud wrtha i yn f'oed i fod y byd yn newid?"

"Deud ydw i fod fy watsh wedi cael ei dwyn a dyna'r cwbwl," meddwn i'n flin.

"O'r gora ta," meddai'r Sarjant ag awdurdod, "bydd

gofyn i ni gychwyn chwiliad.”

Gwenodd yn siriol arnaf. Roedd hi’n berffaith amlwg nad oedd yn coelio’r un blewyn o’m stori, a’i fod yn meddwl nad oeddwn lawn llathen. Roedd yn fy nhrafod â chyllell a fforc fel petawn yn blentyn.

“Diolch,” meddwn rhwng fy nannedd.

“Ond dechrau’r trybini fydd hi pan gawn ni hyd iddi,” meddai’n llym.

“Sut felly?”

“Pan gawn ni hyd iddi fydd gofyn i ni ddechra chwilio am y perchennog.”

“Ond fi ydi’r perchennog.”

Yn y fan hon chwarddodd y Sarjant yn hynaws ac ysgwyd ei ben.

“Wn i be sy gynnoch chi,” meddai, “ond mae’r gyfraith yn anghenfil aruthrol o astrus. Os nad oes gynnoch chi enw fedrwch chi ddim bod yn berchen ar watsh a dydi’r watsh sydd wedi’i dwyn ddim yn bod a phan geir hyd iddi bydd gofyn ei rhoi’n ôl i’w pherchennog cyfreithlon. Os nad oes gynnoch chi enw phiau chi ddim byd a dydach chi ddim yn bod a dydi hyd yn oed eich trywsus ddim amdanoch chi er eu bod nhw i’w gweld felly o’r lle dwi’n ista. Ar y llaw arall ar wahân gewch chi neud fel y mynnoch chi a fedar y gyfraith ddim rhoi bys arnoch chi.”

“Roedd ganddi pymtheg gem,” meddwn ar ben fy nhennyn.

“Ac yn y lle cynta unwaith eto fedrech chi gael eich cyhuddo o ladrad neu chwiwladrata petai rhywun yn eich camgymryd am rywun arall a chitha’n gwisgo’r watsh.”

“Dwi wedi drysu’n lân,” meddwn, a hynny heb air o gelwydd.

Chwarddodd y Sarjant yn hwyliog.

“Os byth y cawn ni hyd i’r watsh,” meddai dan wenu,

"dwi'n ama dim na fydd 'na gloch a phwmp arni."

O bwyso a mesur, cawn nad oeddwn mewn lle da. Roedd i'w gweld yn amhosib cael gan y Sarjant ddirnad dim ar wyneb daear heblaw beiciau. Penderfynais roi un cynnig olaf arni.

"Rydach chi i'ch gweld," meddwn yn oeraidd ac yn gwrtais, "dan yr argraff fy mod wedi colli beic aur a wnaed yn America ac iddo bymtheg gem. Dwi wedi colli watsh a does yna ddim cloch arni. Dim ond ar glocia larwm gewch chi glycha a welais i erioed yn fy myw watsh â phwmp yn sownd ynddi."

Gwenodd y Sarjant arnaf drachefn.

"Roedd yna gono yn y stafall yma bythefnos yn ôl," meddai, "yn deud wrtha i ei fod wedi colli ei fam, hen wreigan ddwyflwydd a phedwar ugain. Pan ofynnais iddo am ddisgrifiad – dim ond i lenwi'r llefydd gwag yn y ffurflen swyddogol gawn ni am ddima a hatling gan y Swyddfa Bapurach – dywedodd fod ganddi rwd ar ei hymylon a bod ei brêcs ôl yn dueddol o sgrytio."

Yn sgil yr araith yma gwelwn yn glir fel golau dydd lle'r oedd hi arnaf. A minnau ar fin dweud rhywbeth arall, dyma ddyn yn brathu ei ben rownd y drws ac yn bwrw golwg arnom ac wedyn yn dod i mewn yn gyfan gwbl a chau'r drws yn ofalus a dod at y cownter. Dyn coch hwyliog oedd o mewn palff o gôt a chortyn yn clymu'i drywsus wrth eu pengliniau. Dois i wybod wedyn mai Michael Gilhaney oedd ei enw. Yn lle sefyll wrth y cownter fel y gwnâi mewn tafarn, aeth at y pared, rhoi'i ddwylo ar ei gluniau a phwyso arno, yn rhoi'i bwysau ar flaen un penelin.

"Wel, Michael," meddai'r Sarjant yn glên.

"Mae 'na ias ynddi hi," meddai Mr Gilhaney.

Daeth sŵn gweiddi atom o'r stafell fewn lle'r oedd Plismon MacCruiskeen wrthi'n mynd i'r afael â'i ginio cynnar.

"Do' mi smôc," galwodd.

Rhoes y Sarjant sigarét grychlyd eto i mi o'i boced a rhoi plwc o'i fawd i gyfeiriad y stafell gefn. A minnau'n mynd i mewn efo'r sigarét clywais y Sarjant yn agor lejer enfawr ac yn holi'r ymwelydd wynepgoch.

"Be oedd mêc," roedd yn dweud, "a rhif y ffrâm ac oedd yna lamp a phwmp arno ar ben hynny?"

V

Cefais sgwrs faith heb ei thebyg â Phlismon MacCruiskeen pan es ato ar fy mherwyl efo'r sigarét a'r sgwrs honno'n deffro yn fy nghof wedyn rai o fyfyrdodau cywreiniach de Selby, yn neilltuol chwilio ganddo natur amser a thragwyddoldeb drwy drefn drychau.[1] Yn ôl fel rwy'n deall ei ddamcaniaeth, mae fel a ganlyn:

Os saif dyn o flaen drych a gweld ynddo ei adlewyrchiad, nid gwir atgynhyrchiad ohono'i hun a wêl, ond llun ohono'i hun pan oedd yn ddyn iau. Mae eglurhad de Selby yn bur syml. Mae i olau, ac yn hyn o beth mae yn llygad ei le, gyflymdra teithio canfyddedig a phenodol. Gan hynny, cyn y gellir dweud bod adlewyrchiad unrhyw wrthrych wedi'i gwblhau mewn drych, mae gofyn i belydrau goleuni daro'r gwrthrych yn gyntaf ac wedyn taro'r gwydr, i gael eu taflu'n ôl drachefn at y gwrthrych – at lygaid dyn, er enghraifft.

---

[1] Chwedl Hatchjaw (heb ei gadarnhau, fodd bynnag, gan Bassett), drwy gydol y deng mlynedd y bu wrthi'n ysgrifennu *The Country Album* roedd de Selby mewn byd gyda drychau ac âi atynt mor aml nes ei fod yn haeru bod ganddo ddwy law chwith a'i fod yn byw mewn byd o fewn terfyn mympwyol ffrâm bren. Gyda threigl amser gwrthodai ganiatáu golwg uniongyrchol ar ddim byd ac roedd ganddo ddrych bach ynghrog yn barhaol ar ongl neilltuol o flaen ei lygaid ar fecanwaith gwifrog o'i law ei hun. Wedi iddo droi at y trefniant rhyfeddol hwn, byddai'n cyfweld ag ymwelwyr â'i gefn atynt a'i ben tua'r nenfwd; yr oedd sôn hyd yn oed ei fod yn mynd am droeon hir wysg ei gefn ar dramwyfeydd prysur. Honna Hatchjaw fod llawysgrif tua thri chan tudalen o'r *Album* yn ategu hyn, wedi'i hysgrifennu tuag at yn ôl, "a circumstance that made necessary the extension of the mirror principle to the bench of the wretched printer". *De Selby's Life and Times*, tud. 221.) Mae'r llawysgrif hon bellach ar goll.

Felly mae cryn ysbaid cyfrifadwy rhwng y dyn yn bwrw cipolwg ar ei wyneb ei hun mewn drych a nodi'r ddelwedd adlewyrchedig yn ei lygad.

Purion, gallem ddweud, hyd yn hyn. Pa un a yw'r syniad hwn yn iawn ynteu ar gyfeiliorn, mae'r amser dan sylw mor ddibwys fel mai ychydig o bobl resymol ddadleuai yn ei gylch. Ond mae de Selby, yn ôl ei arfer yn gyndyn o roi'r ffidil yn y to, yn mynnu adlewyrchu'r adlewyrchiad cyntaf mewn drych eto ac yn haeru ei fod yn gweld newidiadau bychain bach yn yr ail ddelwedd hon. Yn y pen draw saernïodd y trefniant cyfarwydd o ddrychau cyfochrog, pob un yn adlewyrchu'n ddiderfyn ddelweddau lleihaol y gwrthrych rhyngosodedig. Y gwrthrych rhyngosodedig yn yr achos hwn oedd wyneb de Selby ei hun a maentumia iddo astudio hwn am yn ôl drwy adlewyrchiadau di-rif drwy gyfrwng "a powerful glass". Mae'r hyn y datgan ei weld drwy'r gwydr hwn yn syfrdanol. Honna iddo weld ieuenctid mwyfwy yn adlewyrchiadau ei wyneb fel y cilient, a'r pellaf o'u plith – yn rhy fach i'w weld â'r llygad noeth – yn wyneb bachgen deuddengmlwydd di-farf, a chanddo, a defnyddio ei eiriau ei hun, "a countenance of singular beauty and nobility". Ni lwyddodd i fynd ar ôl y mater hyd y crud "owing to the curvature of the earth and the limitations of the telescope".

Bid a fo am de Selby. Cefais MacCruiskeen yn wynepgoch wrth fwrdd y gegin yn peuo'n ddistaw ar ôl yr holl fwyd roedd wedi'i gladdu i'w fol. Yn gyfnewid am y sigarét bwriodd olygon treiddgar arnaf. "Rŵan ta," meddai.

Taniodd y sigarét a sugno arni a gwenu arnaf yn slei bach.

"Rŵan ta," meddai wedyn. Roedd ei lamp fach yn ei ymyl ar y bwrdd a chwaraeai ei fysedd arni.

"Mae hi'n ddiwrnod braf," meddwn. "Be dach chi'n

da efo lamp yn y bora gwyn?"

"Fedra i roi cwestiwn cystal â hwnna i chi," atebodd. "Fedrwch chi fy hysbysu be ydi ystyr bwlbwl?"

"Bwlbwl?"

"Be, meddach chi, ydi bwlbwl?"

Doedd gen i ddim blewyn o ddiddordeb yn y pos yma ond cogiais bendroni a chrychu fy wyneb mewn penbleth nes teimlo'i fod yn hanner ei iawn faint.

"Un o'r merched 'na sy'n cymryd pres, 'dwch?" meddwn.

"Naci."

"Nid y nobia pres ar organ stêm Almaenig?"

"Nid y nobia."

"Dim byd nelo fo ag annibyniaeth America ne rwbath felly?"

"Naci."

"Injan fecanyddol i weindio clocia?"

"Naci."

"Tiwmor, ne'r glafoerion mewn ceg buwch, ne'r petha lastig 'na mae merched yn eu gwisgo?"

"Nid y rheini o bell ffordd."

"Nid offeryn cerdd dwyreiniol mae Arabiaid yn ei chwara?"

Curodd ei ddwylo.

"Nid hwnnw ond yn agos iawn ati," meddai dan wenu, "rwbath drws nesa iddo fo. Dach chi'n ddyn rhadlon dealladwy. Bronfraith yr India ydi bwlbwl. Be ddeudwch chi?"

"Anaml rydw i ymhell ohoni," meddwn yn sychlyd.

Edrychodd arnaf yn llawn edmygedd ac eisteddodd y ddau ohonom am dipyn heb ddweud gair o'n pennau fel petai'r naill a'r llall yn falch ohono'i hun ac o'r llall ac â phob rheswm.

"Dach chi'n B.A. does dim dwywaith?" holodd.

Rois i ddim ateb uniongyrchol ond gwneud fy

ngorau i edrych yn fawr ac yn ddysgedig ac yn bell o fod yn simpil yn fy nghadair fach.

"Dwi'n meddwl eich bod chi'n ddyn tragwyddol," meddai'n araf.

Eisteddodd am dipyn yn archwilio'r llawr yn fanwl ac wedyn hwrjo'i ên dywyll tuag ataf a dechrau fy holi ynghylch cyrraedd y plwy.

"Does arna i ddim isio bod yn llechwraidd," meddai, "ond fyddech chi gystal â'm hysbysu ynghylch cyrraedd y plwy? Siawns nad oedd gynnoch chi gêr tri chyflymdra ar gyfer y gelltydd?"

"Doedd gin i'r un gêr tri chyflymdra," atebais braidd yn grafog, "na'r un gêr dau gyflymdra a heb air o gelwydd doedd gin i ddim beic chwaith ac ychydig neu ddim pwmp a phetai gin i lamp fyddwn i fawr callach a minnau heb feic a fyddai 'na'r un bachyn i'w hongian hi arno fo."

"Ella wir," meddai MacCruiskeen, "ond siawns nad oedd pobol yn chwerthin am eich pen chi ar y beic tair olwyn?"

"Doedd gin i na beic dwy olwyn na beic tair olwyn a nid deintydd mohona i," meddwn i yn drwyadl bendifaddau lym, "a dwi ddim yn credu nac yn y beic peniffardding, na'r sgwtar na'r ceffyl haearn na'r tandem teithio."

Gwelwodd MacCruiskeen a dechrau crynu a chydio yn fy mraich a chraffu arnaf.

"Yn fy mhyff," meddai o'r diwedd a'i lais dan orfod, "ddois i erioed ar draws epilog rhyfeddach na stori hynotach. Duwch, dach chi'n ddyn rhyfedd anhygoel. Hyd y bydda i byw anghofia i fyth heddiw'r bore. Ydi peidio'ch bod chi'n tynnu nghoes i?"

"Nac ydw," meddwn.

"Brensiach y bratia!"

Cododd ac â chledr ei law sgubo'i wallt yn ôl dros ei

benglog ac edrych drwy'r ffenest am ysbaid hir, ei lygaid yn sefyll allan o'i ben ac yn dawnsio a'i wyneb fel bag gwag a dim gwaed ynddo.

Wedyn cerddodd o gwmpas i sbarduno cylchrediad ei waed a chodi picell fach o gilfach roedd ganddo ar y silff.

"Estynnwch eich llaw," meddai.

Fe'i hestynnais yn ddigon didaro a daliodd yntau'r bicell tuag ati. Daliai i'w rhoi'n nes ac yn nes ataf a pan oedd ganddo'i blaen gloyw tua hanner troedfedd i ffwrdd, teimlais bigiad a rhoi cri fach. Roedd yna ddafn bach o'm gwaed coch ar ganol cledr fy llaw.

"Diolch yn fawr iawn," meddwn. Roeddwn wedi synnu ormod i ddigio wrtho.

"Dyna i chi rwbath i gnoi cil arno fo," meddai'n orfoleddus, "oni bai mod i'n hen Iseldirwr fy nghrefft a'm cenedl."

Rhoes ei bicell fach yn ei hôl ar y silff ac edrych yn gam arnaf drwy gil ei lygad efo cryn dipyn o beth alwai dyn yn *roi s'amuse.*

"Tybed fedrwch chi egluro hynna," meddai.

"Choelia i fawr," meddwn yn syn.

"Mae gofyn dipyn go lew o ddadansoddi arno," meddai, "yn ddeallusol."

"Pam oedd eich picell yn brathu a'i blaen hi hanner troedfedd o'r fan lle tynnodd fy ngwaed i?"

"Y bicell yna," atebodd yn ddistaw, "ydi un o'r petha cynta wnes i erioed yn f'amser rhydd. Does gin i fawr o feddwl ohoni erbyn hyn ond y flwyddyn y gwnes i hi roeddwn i cyn falched ag alarch ar lyn a chodwn i ddim yn y bora er unrhyw sarjant. Does 'na'r un bicell debyg iddi drwy hyd a lled Iwerddon a does yna ddim ond un peth tebyg iddi yn Mericia ond chlywais i ddim sôn be ydi o. Ond fedra i ddim dod dros y dim-beic. Brensiach y bratia!"

"Ond y bicell," mynnais, "rhowch ben llinyn i mi arni, da chi, a sonia i ddim gair wrth neb."

"Ddweda i wrthoch chi am eich bod yn ddyn cyfrinachol," meddai, "ac yn ddyn ddwedodd rywbeth am feiciau na chlywais mono yn fy myw. Nid ei blaen hi damaid ydi be dach chi'n synio amdano fel ei blaen hi, dim ond dechra'r miniogrwydd."

"Rhyfeddol yn wir," meddwn, "ond dwi'n dallt dim arnoch chi."

"Mae ei blaen hi saith modfedd o hyd ac mor finiog ac mor fain fel na welwch chi mohono fo efo'r hen ll'gada. Mae hannar cynta'r miniogrwydd yn drwchus ac yn gryf ond welwch chi mo hwnnw chwaith am fod y miniogrwydd go iawn yn rhedeg iddo fo a phe gwelech chi'r naill mi welech y llall neu hwyrach y byddech chi'n sylwi ar yr asiad."

"Mae'n deneuach o lawer na matsien, decini?" gofynnais.

"Mae 'na wahaniaeth," meddai. 'Rŵan ta, mae'r rhan finiog go iawn mor fain na fedrai neb mo'i gweld waeth pa olau sydd arni na pha lygad sy'n edrych. Tua modfedd o'r pen mae mor finiog fel eich bod chi weithia – yn enwedig gefn drymedd nos neu ar ddiwrnod cwla – yn methu meddwl amdani na'i gneud yn destun syniad bach achos mi frifwch chi'ch banbocs gan y dirdynu."

Crychais fy nhalcen a thrio magu golwg doethwr yn ceisio dirnad rhywbeth oedd yn galw am ei holl ddoethineb.

"Chewch chi ddim tân heb frics," meddwn dan nodio.

"Deud doeth," atebodd MacCruiskeen.

"Roedd hi'n finiog, raid chi'm peryg," addefais, "mi dynnodd ddefnyn bach o waed coch ond prin y clywais y brathu. Rhaid ei bod yn finiog ar y naw i weithio fel'na."

Chwarddodd MacCruiskeen ac eistedd i lawr drachefn wrth y bwrdd a dechrau rhoi ei felt amdano.

"Dach chi heb gael pen llinyn arni'n gyfan gwbl o gwbl," meddai dan wenu. "Achos nid y blaen o gwbl roddodd y brathiad i chi a thynnu gwaed; ond y man dwi'n sôn amdano sy'n fodfedd go lew oddi wrth flaen honiadol y peth sydd dan sylw gynnon ni."

"A be ydi'r fodfedd yma sydd ar ôl?" gofynnais. 'Be neno'r tad alwech chi honna?"

"Dyna'r blaen go iawn," meddai MacCruiskeen, "ond mae mor fain fel y medrai fynd i'ch llaw ac allan yn y pen arall oddi allan a theimlech chi mono fo damaid a welech hi ddim a chlywech chi ddim. Mae mor fain fel na dydi ddim hwyrach yn bod o gwbwl a fedrech chi dreulio hanner awr yn gneud eich gora glas i feddwl amdano ac yn y diwedd fedrech chi ddim ei ddirnad yn eich meddwl. Mae'r rhan gynta o'r fodfedd yn fwy trwchus na'r rhan ola ac mae bron â bod yna go iawn ond i'm tyb i tydi hi ddim os ydach chi ar berwyl mynd ar ôl fy marn bersonol i."

Bachais fy mysedd am fy ngên a dechrau meddwl yn dra astud, gan roi ar waith rannau o'm pen na ddefnyddiwn ond yn anfynych. Serch hynny, doeddwn i ddim cam yn nes ati o ran mater y blaenau. Buasai MacCruiskeen wrth y ddresel eilwaith ac roedd yn ei ôl wrth y bwrdd a chanddo beth bach du fel piano *leprechaun* a chanddo allweddi gwyn a du bychain bychain bach a phibellau pres a chocos tro crwn fel rhannau o injan stêm neu ben gweithio injan ddyrnu. Roedd ei ddwylo gwynion yn symud ar hyd pob modfedd ohono ac yn ei fyseddu fel petaent yn trio dod o hyd i ryw lwmp bach arno, ac roedd ei wyneb tua'r nef ar wedd ysbrydol heb dalu rhithyn o sylw i'm bodolaeth innau. Roedd distawrwydd aruthrol, llethol fel petai to'r stafell wedi dod i lawr hanner ffordd i'r llawr, yntau wrth ei waith rhyfedd efo'r offeryn a minnau'n dal i drio dirnad miniogrwydd y blaenau a chael rhyw grebwyll iawn arnynt.

Ar ôl deng munud cododd a rhoi'r peth i gadw. Sgrifennodd am dipyn yn ei lyfr nodiadau ac wedyn cynnau ei getyn.

"Rŵan ta," meddai'n rhadlon.

"Y blaena 'na," meddwn i.

"Ddigwyddais i ofyn i chi be ydi bwlbwl?"

"Do," atebais, "ond mater y blaena 'na sy'n mynd â'm bryd i."

"Nid heddiw na ddoe y dechreuais i roi blaena ar bicelli," meddai, "ond hwyrach y byddai'n dda gynnoch chi weld rhywbeth arall sy'n enghraifft bur dda o grefft gyda'r gora?"

"Byddai'n wir," meddwn.

"Ond fedra i ddim dod dros be gyfaddefoch chi wrtha i'n ddistaw bach *sub rosa* am y dim-beic, dyna i chi stori wnâi hylltod o bres i chi o'i sgwennu mewn llyfr lle medrai pobol graffu arni'n llenyddol."

Cerddodd yn ei ôl at y ddresel, agor y rhan isaf ohoni a thynnu cist fach a roes ar y bwrdd i mi gael ei harchwilio. Yn fy myw nid archwiliais ddim byd mor addurniadol a chain. Cist frown oedd hi 'run fath â'r rheini sydd gan forwyr neu Lasgariaid o Singapore, ond roedd yn fychan bach yn y modd perffeithiaf fyw fel petaech yn edrych ar un o lawn faint drwy sbienddrych o chwith. Roedd tua throedfedd o uchder, yn gymesur i'r dim ac yn ddi-fai ei saernïaeth. Ar bob tu iddi roedd hiciau a cherflunwaith ac ysgythriadau cywrain a thro yn y caead a wnâi'r peth yn dra arbennig. Ar bob cornel roedd conglddarn pres gloyw ac ar y caead conglddarnau pres cain digon o ryfeddod wedi'u troi'n berffaith yn ôl y pren. Roedd i'r holl beth urddas ac ansawdd boddhaol gwir gelfyddyd.

"Dyna chi ta," meddai MacCruiskeen.

"Mae bron yn rhy hyfryd," meddwn o'r diwedd, "i sôn amdani."

"Fuom i wrthi am ddwy flynadd yn ei gneud pan oeddwn i'n llanc," meddai MacCruiskeen, "a dwi'n dal i ddotio ati."

"Mae'n anhraethol," meddwn i.

"Am y dim â bod," meddai MacCruiskeen.

Wedyn dechreuodd y ddau ohonom edrych arni ac edrych arni am bum munud mor graff fel ei bod fel petai'n dawnsio ar y bwrdd ac i'w gweld yn llai fyth.

"Fydda i ddim yn aml yn edrych ar flycha na chistia," meddwn i'n syml, "ond dyma'r blwch hardda welais i erioed ac mi gofia i amdano hyd byth. Hwyrach bod 'na rywbeth y tu mewn iddo?"

"Hwyrach bod," meddai MacCruiskeen.

Aeth at y bwrdd a rhoi ei ddwylo am y peth mewn dull maldodus fel petai'n anwesu ci defaid ac agor y caead â goriad bach ond ei gau eto cyn i mi fedru chwilio'r tu mewn.

"Ddweda i stori wrthoch chi a rhoi braslun o gainc y cynllun bach," meddai. "Pan oedd y gist wedi'i gneud a'i gorffen, triais feddwl be gadwn i ynddi ac at be y'i defnyddiwn hi. Gynta meddyliais am y llythyra hynny gan Bridie, y rheini ar y papur glas efo'r ogla cry ond dyma feddwl na fyddai hynny'n ddim ond aberth yn y pen draw gan fod 'na bytia pur boeth yn y llythyra 'na. Dach chi'n dilyn trywydd fy sylwada i?"

"Ydw," atebais.

"Ac wedyn dyna i chi fy styds i a'r bathodyn enamel a fy mhensel haearn rodd i efo sgriw ar ei phen i wthio'r blaen allan, peth astrus llawn mecanwaith ac Anrheg o Southport. Mae'r petha hyn i gyd yn be elwir yn Enghreifftiau o Oes y Peiriannau."

"Byddai'r rheini'n groes i ysbryd y gist," meddwn.

"Yn hollol. Wedyn dyna i chi fy rasal a'r plât sbâr rhag ofn i ryw golbiad damweiniol ar fy ngên ddod i fy rhan tra oeddwn wrth fy ngwaith…"

"Ond nid y rheini."

"Nid y rheini. Wedyn dyna i chi fy nhystysgrifa a f'arian mân i a'r llun o Bedr y Meudwy a'r peth pres efo strapia ges i hyd iddo ar lôn un noson yn ymyl tŷ Matthew O'Carahan. Ond nid y rheini chwaith."

"Mae'n dipyn o benbleth," meddwn.

"Ymhen yr hir a'r hwyr cefais nad oedd ond un peth i'w neud i'm rhoi'n gytûn â'm cydwybod i fy hun."

"Da o beth eich bod wedi dod o hyd i'r ateb iawn o gwbwl," atebais.

"Penderfynais rhyngof fi a mi fy hun," meddai MacCruiskeen, "mai'r unig un peth iawn i'w gynnwys yn y gist oedd cist arall 'run fath yn union ond yn llai o ran maint."

"Meistrolwaith cymwys dros ben," meddwn, yn gwneud fy ngorau i siarad ei iaith yntau.

Aeth at y gist fach a'i hagor unwaith eto a rhoi ei ddwylo i lawr wysg eu hochrau fel platiau fflat neu fel yr esgyll ar bysgodyn a thynnu allan gist lai ond yr un ffunud â'i mam-gist ym mhopeth o ran golwg a chymesuredd. Bu ond y dim iddi roi tagfa i mi, a hithau mor swynol o ddigamsyniol. Es ati a'i theimlo a rhoi fy llaw drosti i weld faint o fawr oedd ei bychander. Roedd i'w gwaith pres sglein fel yr haul ar y môr a lliw'r pren yn gyfoeth dwfn cyfoethog fel lliw wedi'i ddyfnhau a'i arliwio fel na all ond y blynyddoedd. Roeddwn yn simsanu braidd o edrych arni ac eisteddais ar gadair ac at ddiben cogio nad oeddwn yn anniddig chwibanais *'Rhen Gono'n Twangio'i Fresys*.

Rhoes MacCruiskeen i mi wên deg annynol.

"Hwyrach na ddaethoch ar yr un beic," meddai, "ond dydi hynny ddim yn golygu'ch bod yn gwbod popeth."

"Mae'r cistia yma," meddwn, "mor debyg i'w gilydd fel na fedra i ddim coelio eu bod nhw yna o gwbwl am fod hynny'n beth haws i'w goelio na'r gwrthwyneb. Serch hynny maen nhw ill dwy'r ddau beth mwya rhyfeddol welais i yn fy myw."

"Gwaith dwy flynedd oedd ei gneud hi," meddai MacCruiskeen.

"Be sy yn yr un fach?" gofynnais.

"Be feddyliech chi?"

"Ar f'enaid i mae arna i hanner ofn meddwl," meddwn heb air o gelwydd.

"Rhoswch chi rŵan a ddangosa i chi," meddai MacCruiskeen, "a rhoi arddangosfa ac archwiliad personol i chi'n unig."

Estynnodd ddwy raw fenyn denau o'r silff a'u rhoi yn y gist fach a thynnu allan rywbeth oedd i mi yn rhyfeddol o debyg i gist arall. Es draw ati a'i harchwilio'n fanwl â'm llaw, a theimlo'r un rhychau'n union, yr un mesuriadau a'r un gwaith pres cwbl berffaith ar raddfa lai. Roedd mor ddi-fai a swynol nes f'atgoffa'n ddiwrthdro, fel mae hi ryfeddaf a gwirionaf, o rywbeth nad oeddwn yn deall dim arno ac na chlywswn hyd yn oed sôn amdano.

"Peidiwch â deud dim," meddwn yn gyflym wrth MacCruiskeen, "ond ewch ymlaen â be dach chi'n neud ac mi wylia i yma a gofalu mod i ar f'eistedd."

Rhoes nod i mi yn gyfnewid a nôl dwy lwy de â charnau syth a rhoi'r carnau yn ei gist olaf. Fyddai hi fawr o gamp dyfalu beth ddaeth i'r fei. Agorodd hon a thynnu allan un arall gyda chymorth dwy gyllell. Defnyddiodd gyllyll, cyllyll bach a chyllyll llai, nes bod ganddo ddeuddeg cist fach ar y bwrdd, yr olaf o'u plith yn beth hanner maint bocs matsis. Roedd hi mor fach fel mai prin y gwelech chi'r gwaith pres o gwbl oni bai am ei lewych yn y golau. Welwn i ddim oedd ganddi'r un cerfiadau'n union arni gan mai digon i mi oedd bwrw cipolwg arni ac wedyn troi draw. Ond gwyddwn ym mhwll fy nghalon ei bod hi'r un ffunud â'r lleill. Ddwedais i ddim gair o'm pen gan fod fy meddwl yn berwi gan ryfeddod at ddeheurwydd y plismon.

"Roedd yr un ola 'na," meddai MacCruiskeen, gan gadw'r cyllyll, "yn waith tair blynedd, a blwyddyn eto i goelio fy mod wedi'i gneud. Oes gynnoch chi rotsiwn beth â phîn?"

Rhois fy mhîn iddo heb ddweud gair. Agorodd y lleiaf ohonynt â goriad fel blewyn a gweithio efo'r bîn nes oedd ganddo gist fach arall ar y bwrdd. Rhyfedda'r sôn roeddent i'w gweld yr un faint i mi ond ac iddynt ryw berspectif lloerig. Synnais gymaint at y syniad yma fel yr adferwyd fy llais ac meddwn:

"Dyma'r tri pheth ar ddeg mwya syfrdanol welais i erioed efo'i gilydd."

"Gwitsiwh chi rŵan was," meddai MacCruiskeen.

Roedd fy synhwyrau i gyd bellach gymaint ar bigau'r drain yn gwylio symudiadau'r plismon fel mod i bron yn medru clywed f'ymennydd yn clecian yn fy mhen pan sgrytiais fel petai'n sychu'n bysen grin. Bu'n trin a thrafod a phrocio efo'i bîn nes oedd ganddo wyth ar hugain o gistiau bychain ar y bwrdd a'r olaf o'u plith mor fach nes bod golwg pry arni neu smotyn o faw heblaw bod llewych ohoni. Pan edrychais arni drachefn gwelais beth arall yn ei hymyl fel rhywbeth dynnech chi o lygad coch ar ddiwrnod gwyntog sych ac yn y fan honno gwyddwn mai'r rhif cyfewin oedd naw ar hugain.

"Hwdiwch eich pîn," meddai MacCruiskeen.

Rhoes hi yn fy llaw hurt a mynd yn ei ôl at y bwrdd yn feddylgar. Tynnodd rywbeth o'i boced oedd yn rhy fach i mi'i weld a dechrau gweithio efo'r peth bach du ar y bwrdd yn ymyl y peth mwy oedd yn rhy fach i'w ddisgrifio.

Yn y fan hon dychrynais. Bellach nid rhyfeddol mo'r hyn a wnâi, ond echryslon. Caeais fy llygaid a gweddïo am iddo roi'r gorau iddi tra oedd o'n dal i wneud pethau roedd hi o leia'n ddichonol i ddyn eu gwneud. Pan edrychais wedyn roeddwn yn falch nad oedd dim byd i'w weld a'i fod heb roi rhagor o'r cistiau yn yr amlwg ar y bwrdd ond roedd yn gweithio ar y chwith efo'r peth anweledig yn ei law ar ddarn o'r bwrdd ei hun. Pan deimlodd fy ngolygon daeth ataf a rhoi chwyddwydr anferth i mi ac arno olwg powlen yn sownd wrth garn. Clywais y cyhyrau am fy nghalon yn tynhau'n boenus pan afaelais yn yr offeryn.

"Dowch yma at y bwrdd," meddai, "ac edrych yno nes i chi weld be welwch chi'n islygeidiol."

Pan welais y bwrdd roedd yn wag heblaw am y naw ar hugain o gistiau ond drwy gyfrwng y gwydr roeddwn mewn lle i ddweud bod ganddo ddwy eto allan yn ymyl y rhai olaf, y lleiaf oll bron hanner maint yn llai nag a wêl llygad dyn. Rhois yr offeryn gwydr yn ôl iddo a mynd at y gadair heb yngan gair. I dawelu fy meddwl a gwneud sŵn mawr dynol chwibanais *Y Cornicyll yn Canu'r Cadbibau.*

"Dyna chi ylwch."

Tynnodd ddwy sigarét grychlyd o'i boced a thanio'r ddwy ar yr un pryd a rhoi un ohonynt i mi.

"Wnes i Nymbar Twenti Tŵ," meddai, "bymtheng mlynadd yn ôl a dwi wedi gneud un arall eto bob blwyddyn ers hynny efo faint fynnir o waith nos ac oriau dros ben a gwaith ar dasg ac amsar a hannar yn achlysurol."

"Dwi'n eich dallt chi'n burion," meddwn.

"Chwe blynadd yn ôl ddechreuon nhw fynd yn anweledig, gwydr ai peidio. Does 'na neb erioed wedi gweld y pump ola wnes i am na does 'na'r un gwydr yn ddigon cry i'w gneud nhw'n ddigon mawr i synio amdanyn nhw go iawn fel y petha lleia wnaed erioed. Fedar neb mo ngweld i'n eu gneud nhw am fod f'offer bach i'n anweladwy ar ben hynny. Mae'r un dwi wrthi'n ei gneud rŵan bron cyn lleied â dim byd. Mi fasa Nymbar Wan yn dal miliwn ohonyn nhw ar yr un pryd ac mi fasa 'na le dros ben i glos pen-glin dynas tasan nhw 'di'u rholio. Y dyn a ŵyr lle daw hi i ben a dod i derfyn."

"Rhaid bod gwaith o'r fath yn hegar iawn ar y ll'gada," meddwn, yn benderfynol o gogio bod pawb yn ddyn cyffredin fel fi fy hun.

"Ddydd a ddaw," atebodd, "mi fydd gofyn i mi brynu sbectol efo bacha clustia aur. Mae'r print mân yn y papura newydd ac yn y ffurflenni swyddogol yn cloffi fy llygaid i."

"Cyn i mi fynd yn f'ôl i'r stafall ddydd," meddwn, "fyddai'n iawn gofyn i chi be oeddech chi'n ei berfformio efo'r offeryn piano bach 'na, y peth efo'r nobia a'r pinna pres?"

"Dyna f'offeryn cerdd personol i," meddai MacCruiskeen, "a f'alawon i fy hun roeddwn i'n eu chwara arno fo er mwyn tynnu boddhad preifat o'u hyfrydwch nhw."

"Roeddwn i'n gwrando," atebais, "ond chlywn i monoch chi."

"Dwi'n synnu dim yn reddfol-graff at hynny," meddai MacCruiskeen, "achos fy nghywreinbeth cysefin i ydi o. Mae dirgryniadau'r gwir noda mor uchel eu hamledd cain fel na does dim dichon i gwpan clust dyn eu gwerthfawrogi. Dim ond gin i mae cyfrinach y peth a'r ffordd agosatoch sydd iddo fo, dawn gyfrinachol ei amgylchynu. Be ddeudwch chi i hynny?"

Stryffagliais at fy nhraed i fynd yn f'ôl i'r stafell ddydd, gan dynnu llaw yn wan dros fy nhalcen.

"Dwi'n deud ei fod yn gyflawn i'r eithaf," atebais innau.

VI

Pan dreiddiais yn f'ôl i'r stafell ddydd trawais ar ddau
ŵr bonheddig o'r enw Sarjant Pluck a Mr Gilhaney a'r
rheini'n cynnal cyfarfod ynghylch pwnc beiciau.

"Does gin i ddim byd i'w ddeud wrth y gêr tri
chyflymdra," roedd y Sarjant wrthi'n ei ddweud, "hen
offeryn newyddllyd ydi o, mae'n lladdfa i'r coesa, mae
hannar y damweinia ar ei gownt o."

"Mae'n giamstar at y gelltydd," meddai Gilhaney,
"gystal bob tamad ag ail bâr o begla neu foto petrol
bach."

"Mae'n sglyfath o beth i'w diwnio," meddai'r Sarjant,
"fedri di sgriwio'r garrai haearn sy'n hongian ohono fo
nes na chei di ddim blewyn o afael ar y pedala. Neith o
byth stopio fel wyt ti isio. Run ffunud â phlatia gena sâl."

"Uwd o gelwydd," meddai Gilhaney.

"Ne begia ffidil diwrnod ffair," meddai'r Sarjant, "ne
wraig dena yng nghrombil gwely oer yn y gwanwyn."

"Dim ffiars o beryg," meddai Gilhaney.

"Ne gwrw du mewn stumog ciami," meddai'r Sarjant.

"Neno'r tad naci," meddai Gilhaney.

Fe'm gwelodd y Sarjant o gil ei lygad a throi i sgwrsio
â mi, gan dynnu ei holl sylw oddi ar Gilhaney.

"Roedd MacCruiskeen yn mynd drwy'i betha, decini,"
meddai.

"Roedd yn eglurhaol iawn," atebais yn sychlyd.

"Mae o'n bantomeim," meddai'r Sarjant, "yn siop-
pob-peth ar ddwy goes, feddyliech chi'n siŵr ei fod ar
weiars ac yn gweithio dan stêm."

"Yn llygad eich lle," meddwn.

"Dyn y diwn dio," meddai'r Sarjant wedyn, "ac yn

anwadal iawn, yn ddigon i fynd drwy ben rhywun.”

"Ynghylch y beic," meddai Gilhaney.

"Mi geith y beic ei ffeindio," meddai'r Sarjant, "pan ga i ailafael arno a'i ddychwelyd i'w wir berchennog yn ôl trefn briodol y gyfraith ac yn feddiangar. Fyddai'n dda gynnoch chi fod o gymorth yn y chwiliad?" gofynnodd i mi.

"Waeth gin i ddim," atebais.

Edrychodd y Sarjant ar ei ddannedd yn y gwydr am ysbaid fer ac wedyn rhoi ei legins am ei goesau a chydio yn ei ffon yn arwydd ei fod am ei throi hi. Roedd Gilhaney wrth y drws yn ei drin gael i ni fynd allan. Cerddodd y tri ohonom allan i'r canolddydd.

"Rhag ofn i ni beidio â tharo ar y beic cyn ei bod yn awr ginio," meddai'r Sarjant, "dwi wedi gadael cofnodiad swyddogol er gwybodaeth bersonol Plismon Fox fel y bydd yn hynod gybyddus â'r *res ipsa*," meddai.

"Ydach chi'n cyd-fynd â phedala trapia llygod?" gofynnodd Gilhaney.

"Pwy ydi Fox?" gofynnais innau.

"Plismon Fox ydi'r trydydd o'n plith," meddai'r Sarjant, "ond welwn i byth mono fo na chlywed sôn amdano am ei fod ar ei rawd byth a hefyd a byth oddi arno fo ac mae'n torri'i enw ar y llyfr gefn drymedd nos pan fydd hyd yn oed mochyn coed ynghwsg. Mae o cyn wirioned â llo gwlyb, dydi o byth yn holi a stilio'r cyhoedd ac mae'n sgwennu nodiada'n ddi-baid. Petai pedala trapia llygod yn gyffredinol mi fyddai ar ben ar feicia, mi fyddai farw'r bobol yn eu lluoedd."

"Be ddoth drosto fo i'w neud o fel'na?" gofynnais.

"Chefais i erioed ar ddeall yn iawn," atebodd y Sarjant, "na chael yr wybodaeth hysbysol go iawn ond roedd Plismon Fox ar ei ben ei hun mewn stafall breifat efo MacCruiskeen am awr gron ar ryw 23ain o Fehefin a byth ers y dydd hwnnw dio'm di deud gair o'i ben wrth neb ac mae o cyn wirioned â dwy geiniog a dima ac yn flin fel tair ceiniog. Ddeudais i wrthoch chi erioed amdana i'n gofyn i'r Arolygydd O'Corky am drapia llygod? Pam nad ydyn nhw'n eu gneud yn waharddol, me fi, neu'n eu gneud nhw'n arbenigedda 'run fath ag arsenig a gofyn i chi'u prynu mewn siop cemist a thorri'ch enw ar lyfr bach a golwg personoliaeth barchus arnoch chi?"

"Maen nhw'n giamstar at y gelltydd," meddai Gilhaney.

Poerodd y Sarjant boeriadau ar y lôn sych.

"Byddai gofyn Deddf Seneddol arbennig arnoch chi," meddai'r Arolygydd, "Deddf Seneddol arbennig."

"Pa ffordd dan ni'n mynd?" gofynnais, "neu i ba gyfeiriad dan ni'n ei gneud hi neu ydan ni ar ein ffordd yn ôl o rywle arall?"

Roeddem mewn gwlad ryfedd. Roedd yna nifer o fynyddoedd gleision o'n cwmpas o beth allech chi'i alw'n bellter parchus a llygedyn o ddŵr gwyn yn disgyn dros sgwyddau dau ohonynt a'r rheini'n cau amdanom ac yn myrraeth yn ormesol â'n meddyliau. Hanner ffordd tua'r mynyddoedd yma cliriai'r olygfa ac roedd yn llawn crychau a phantiau a lleiniau hir o gorsdir bras a phobl sifil yma a thraw yn ei ganol yn gweithio efo offer hir, glywech chi eu lleisiau'n galw dros y gwynt a chlecian troliau trymion ar y lonydd. Roedd adeiladau gwynion i'w gweld yn awr ac yn y man a gwartheg yn haldian yn ddiog yma a thraw ar drywydd porfa. Daeth criw o frain o goeden tra oeddwn yn gwylio a hedfan i lawr yn drist i gae lle'r oedd nifer o ddefaid yn eu cotiau mawr braf.

"Dan ni'n mynd lle dan ni'n mynd," meddai'r Sarjant, "dyma'r cyfeiriad iawn i le sy drws nesa ato fo. Mae 'na un peth mwy peryglus na'r pedal trap llygod."

Gadawodd y lôn a'n tynnu ni i mewn ar ei ôl drwy

wrych.

"Mae'n waradwyddus sôn felly am y trapia llygod," meddai Gilhaney, "achos mae 'nheulu i â'u sgidia ynddyn nhw ers cenedlaetha eu hil o'r oesoedd a fu a'r oesoedd a ddêl a bu farw pob copa walltog ohonyn nhw yn ei wely heblaw fy nghefnder oedd yn stwna efo pistona melin ddyrnu stêm."

"Dim ond un peth sy'n beryclach," meddai'r Sarjant, "a phlât llac ydi hwnnw. Mae plât llac yn beryg bywyd, fydd byw neb fawr o dro ar ôl llyncu un o'r rheini ac mae'n arwain yn anuniongyrchol at fygu."

"Does 'na ddim peryg llyncu trap llygod?" meddai Gilhaney.

"Mae gofyn bacha cryfion da arnoch chi," meddai'r Sarjant, "a digonedd o gwyr selio coch i'w lynu fo wrth daflod y genau. Ylwch wreiddia'r llwyn yna, mae golwg amheus arno a does dim gofyn warant."

Coeden lus fach ddiymhongar oedd hi, un o ledis y llwyth, dyweder, a chanddi bytiau sychion o wair a phlu defaid yn sownd yn ei brigau o'i chorun i'w sawdl. Roedd Gilhaney ar ei bedwar yn rhoi ei ddwylo drwy'r gwellt a'r gwreiddiach 'run fath ag un o'r anifeiliaid isaf. Ymhen munud tynnodd allan offeryn du. Roedd yn hir ac yn fain a golwg pín ddur fawr arno.

"Fy mhwmp i, neno'r tad!' gwaeddodd.

"Roeddwn i'n ama braidd," meddai'r Sarjant, "mae dod o hyd i'r pwmp yn ben llinyn ffodus allai roi help llaw i ni ar ein perwyl yn dditectifs preifat a phlismona craff. Dyro fo yn dy bocad a'i guddio fo, hwyrach bod 'na aelod o'r giang yn ein llygadu ni ac yn ein dilyn ni ac wrth ein sodla ni."

"Sut gwyddech chi ei fod o yn yr union gwr yna o'r byd?" meddwn i'n ddiniwed fel llo.

"Be ydi dy feddwl di o'r cyfrwy uchel?" gofynnodd Gilhaney.

"Mae cwestiyna fel cnocia cardotwyr, a'u hanwybyddu nhw pia hi," atebodd y Sarjant, "ond waeth gin i ddeud wrthat ti bod y cyfrwy uchel yn iawn yn ei le os oes digwydd bod fforch bres gynnoch chi."

"Mae cyfrwy uchel yn giamstar at y gelltydd," meddai Gilhaney.

Erbyn hyn roedden ni mewn cae cwbl wahanol ac yng nghwmni gwartheg gwynlliw, gwineuliw. Fe'n gwylient yn dawel fel yr ymlwybrem rhyngddynt a newid eu hosgo'n araf bach fel petaent am i ni weld yr holl fapiau ar eu hystlysau tewion. Rhoesant ar ddeall i ni eu bod yn ein nabod yn bersonol a chanddyn nhw feddwl mawr o'n teuluoedd a chodais fy het i'r olaf o'u plith fel yr awn heibio iddi fel arwydd o'm gwerthfawrogiad.

"Gafodd y cyfrwy uchel," meddai'r Sarjant, "ei fathu gan ryw gono o'r enw Peters dreuliodd ei oes dros y môr ar gefn camelod ac anifeiliaid uchel eraill – camel-lewpardiaid, eliffantod ac adar sy'n medru rhedag fel sgwarnogod a dodwy wya maint y bowlen welwch chi mewn londri stêm lle maen nhw'n cadw'r dŵr cemegol i dynnu'r tar o lodra dynion. Pan ddaeth o adra o'r drin doedd ganddo fo ddim i'w ddeud wrth ista ar gyfrwy isel ac un noson ar hap yn ei wely ddaru o fathu'r cyfrwy uchel yn sgil ei feddylwaith diderfyn a'i ymchwiliadau meddyliol. Does gin i ddim cof be oedd ei enw bedydd. Y cyfrwy uchel oedd tad y cyrn isel. Mae'n lladdfa ar y fforch ac yn codi llif o waed i'ch pen chi, mae'n hegar iawn ar yr ymysgaroedd."

"Pa ymysgaroedd?" holais.

"Ill dau," meddai'r Sarjant.

"Dwi'n ama dim nad hon ydi'r goedan," meddai Gilhaney.

"Synnwn i damaid," meddai'r Sarjant, "dyro dy ddwylo i mewn dan ei gwaelod hi a dechra byseddu rywsut-rywsut gael i ti ganfod o ran y ffeithia oes yno rywbeth heblaw ei dim byd ei hun hi.”

Gorweddodd Gilhaney ar ei fol ar y gwellt ym môn draenen ddu ac roedd yn ymbalfalu yn ei rhannau dirgel â'i ddwylo cryfion ac yn rhochian gan helcyd ei ymegnïo. Ymhen tipyn cafodd hyd i lamp beic a chloch a sefyll ar ei draed a'u rhoi'n gêl yn ei logell.

“Gwych o beth a chyflawnwyd yn foddhaus,” meddai'r Sarjant, “mae'n dangos rheidrwydd dyfalbarhad, does dim dwywaith nad ydi o'n ben llinyn, gawn ni hyd i'r beic raid chdi'm peryg.”

“Dda gin i ddim gofyn cwestiynau,” meddwn yn gwrtais, “ond dydi'r doethineb roes ni ar ben y ffordd i'r goeden yma ddim yn rhywbeth maen nhw'n ei ddysgu yn yr Ysgolion Cenedlaethol.”

“Nid hwn ydi'r tro cynta i 'meic i gael ei ddwyn,” meddai Gilhaney.

“Yn fy nydd inna,” meddai'r Sarjant, “roedd hannar y disgyblion yn yr Ysgolion Cenedlaethol yn mynd hyd lle efo digon o heintia yn eu hoprana i anrheithio cyfandir Rwsia a deifio llond cae o gnyda dim ond o edrych arnyn nhw. Mae hynny ar ben rŵan, mae gynnyn nhw archwiliada gorfodol, maen nhw'n sodro haearn yn y rhai gweddol ac yn tynnu'r rhai drwg efo peth fel y grafanc i dorri weiars.”

“Diolch i reidio beic yn gegagored mae hanner y gybôl,” meddai Gilhaney.

“Yn y byd sydd ohoni,” meddai'r Sarjant, “dio ddim yn beth rhyfedd gweld pob un o'r to sy'n codi, wrth eu Rhodd Mam, yn iachus eu dannadd a chanddyn nhw blatia wedi'u gneud gan y Cyngor Sir am y nesa peth i ddim.”

“Crensian dannadd hannar ffordd i fyny'r allt,” meddai Gilhaney, “dim byd gwaeth, mae'n rhygnu'r rhan fwya ohonyn nhw ac yn arwain yn y pen draw at iau fel hoelan glopa.”

"Yn Rwsia," meddai'r Sarjant, "maen nhw'n gneud dannadd o hen fysadd piano i hen wartheg ond gwlad arw ydi hi heb fawr o wareiddiad, gyst hi ffortiwn i chi mewn teiars."

Roeddem bellach yn mynd drwy wlad a'i llond o goed da durol lle'r oedd hi bob amser yn bump o'r gloch y pnawn. Dyma gwr teg o'r byd, heb nac ymchwiliadau na dadleuon, yn fwyn ac yn dwyn cwsg i'r meddwl. Doedd yna'r un anifail mwy na bawd dyn a dim sŵn mwy na'r sŵn wnâi'r Sarjant â'i drwyn, rhyw fath anarferol o gerddoriaeth 'run fath â'r gwynt yn y simdde. O bob tu i ni roedd tyfiant glas o garped rhedynog meddal a llinynnau tenau gwyrddion yn gwau drwyddo a llwyni geirwon yn brathu'u pennau allan yma a thraw ac yn torri ar draws boneddigeiddrwydd y cyflwyniad yn bur ddymunol. Wn i ddim pa mor bell y buom yn cerdded yn y wlad yma ond ymhen yr hir a'r hwyr dyma gyrraedd man lle'r arhosom heb fynd gam ymhellach. Rhoes y Sarjant ei fys ar ran neilltuol o'r tyfiant.

"Mi allai fod yn fan'na ond hwyrach ddim," meddai, "rhoi cynnig arni pia hi achos dycnwch yw mam pob dedwydd ac angen yw mam dibriod pob dyfais."

Fu Gilhaney fawr o dro cyn tynnu ei feic o'r rhan neilltuol honno o'r tyfiant. Tynnodd y mieri rhwng adenydd yr olwynion a byseddu ei deiars â bysedd cochion henffel a chaboli ei beiriant yn gysewin fanwl. Heb bwt o sgwrs cerddodd y tri ohonom yn ein holau at y lôn a rhoes Gilhaney ei droed ar y pedal yn arwydd ei fod yn ei chychwyn hi am adre.

"Cyn i mi ei throi hi," meddai wrth y Sarjant, "be dach chi'n feddwl go iawn o'r ymyl pren?"

"Mae'n ddyfais gyfforddus iawn," meddai'r Sarjant. "Mae'n rhoi mwy o sbonc i chi, mae'n braf iawn ar eich niwmatics gwynion chi."

"Mae'r ymyl pren," meddai Gilhaney yn ara deg, "yn beryg bywyd, mae'n chwyddo ar ddiwrnod gwlyb a dwi'n nabod dyn sy'n ddyledus am ei farw gwlyb truenus i hwnnw a dim arall."

Cyn i ni gael cyfle i wrando'n astud ar beth oedd ar fedr ei ddweud, roedd hanner ffordd ar hyd y lôn a'i gôt gynffon fain yn hwylio o'i ôl ar gynhaliaeth y gwynt godai gan ei wib ar ruthr gwyllt.

"Tipyn o gês," mentrais ddweud.

"Dyn cyfansoddol," meddai'r Sarjant, "yn gyfryngol gan mwya ond yn barablus o danbaid."

Dan gerdded yn dalog o'n cluniau aeth y ddau ohonom ar ein hynt tuag adre drwy'r pnawn, yn ei drwytho â mwg ein sigaréts. Tybiais y buasem yn ddiamau wedi mynd ar gyfeiliorn yn y caeau a'r parciau corsdir oni bai bod y lôn yn hwylus ddigon yn mynd o'n blaenau yn ôl i'r barics. Roedd y Sarjant yn distaw sugno bonion ei ddannedd a chanddo gysgod du ar ei dalcen fel petai'n het.

Wrth iddo gerdded trodd tuag ataf ymhen tipyn.

"Mae gan y Cyngor Sir lawar i ateb drosto," meddai.

Doeddwn i'n deall dim beth oedd ganddo, ond dywedais fy mod yn gytûn.

"Mae 'na un penbleth," meddwn, "sy'n boen yng nghefn fy mhen ac sy'n peri cryn dipyn o chwilfrydedd i mi. Ynghylch y beic. Chlywais i yn fy myw am waith ditectif cystal. Nid yn unig cawsoch chi hyd i'r beic coll ond cawsoch hyd i'r pennau llinynnau i gyd hefyd. Dwi'n ei chael hi'n gryn dreth arna i goelio be wela i, ac o bryd i'w gilydd mae arna i ofn edrych ar rai petha rhag ofn bod gofyn i mi'u coelio nhw. Be ydi cyfrinach eich pencampwriaeth gwnstablaidd?"

Chwarddodd am ben fy ymholiadau difri ac ysgwyd ei ben yn hynaws am ben fy ngwiriondeb.

"Roedd o'n beth hawdd," meddai.

"Sut hawdd?"

"Hyd yn oed heb y penna llinynna faswn i wedi dod i'r lan a chael hyd i'r beic ymhen yr hir a'r hwyr."

"Mae i'w weld yn rhyw hawstra pur anodd," atebais. 'Wyddech chi lle'r oedd y beic?"

"Gwyddwn."

"Sut?"

"Am mai fi rhoes o yna."

"Chitha ddwynodd y beic?"

"Ia'n tad."

"A'r pwmp a'r penna llinynna eraill?"

"Fi rhoes y rheini lle cafwyd nhw o'r diwadd hefyd."

"Pam felly?"

Atebodd o ddim mewn geiriau am funud ond daliai i gerdded yn gydnerth yn f'ymyl gan edrych cyn belled o'i flaen ag y gallai.

"Y Cyngor Sir sydd ar fai," meddai o'r diwedd.

Ddwedais i'r un gair, gan wybod yr ymhelaethai ar fai'r Cyngor Sir petawn i'n aros ddigon iddo feddwl am y bai i'r pen. Cyn pen dim trodd tuag ataf drachefn. Roedd ei wyneb yn ddifri.

"Ddaethoch chi ar draws y Ddamcaniaeth Atomig erioed, neu glywed sôn amdani?" holodd.

"Naddo," atebais.

Gwyrodd ei geg yn gyfrinachol tua'm clust.

"Fyddai'n syndod i chi gael ar wybod," meddai'n ddirgelaidd, "fod y Ddamcaniaeth Atomig ar waith yn y plwy yma?"

"Byddai'n wir," atebais.

"Mae'n gneud difrod di-ben-draw," meddai wedyn, "mae hannar y bobol yn diodda ganddo, mae'n waeth na'r frech wen."

Tybiais bod yn well i mi ddweud *rhywbeth*.

"Fyddai hi'n dda o beth," meddwn, "i Feddyg y Fferyllfa neu'r Athrawon Cenedlaethol ymgymryd â'r peth ta dach chi'n meddwl mai mater i ŵr y tŷ ydi o?"

"Y Cyngor Sir," meddai'r Sarjant, "ydi croen, cyrn a charna'r holl beth."

Daliai i edrych yn bryderus ac yn synfyfyriol fel petai'r hyn roedd yn ei archwilio yn ei ben yn annymunol mewn ffordd astrus iawn.

"Dydw i'n dallt na rhych na rhawn," meddwn i geisio'i fflonsio, "ar y Ddamcaniaeth Atomig."

"Mae Michael Gilhaney yn enghraifft o ddyn sydd agos â bod wedi'i dorri gan egwyddor y Ddamcaniaeth Atomig. Synnech chi o glywed mai beic ydi bron ei hanner o?"

"Mi'm synnai'n ddiamod," meddwn.

"Mae Michael Gilhaney bron yn drigain oed o fwrw cyfri'n fras ac os ydi o'r oed yna mae wedi treulio pymtheng mlynedd ar hugain ar gefn ei feic ar hyd y ffyrddfeydd creigiog ac i fyny ac i lawr y gelltydd ac i'r ffosydd dyfnion pan fydd y lôn yn mynd ar gyfeiliorn yn stryffîg y gaea. Mae o byth a hefyd yn mynd i rywle neilltuol neu'i gilydd ar gefn ei feic ar bob awr o fore gwyn tan nos neu'n dod yn ei ôl oddi yno ar bob awr arall. Oni bai bod ei feic o'n cael ei ddwyn bob dydd Llun does dim dwywaith na fasa dros ei hanner ffordd erbyn hyn."

"Hanner ffordd i ble?"

"Hanner ffordd i fod yn feic ei hun," meddai'r Sarjant.

"Gwaith dwylo doethineb ydi'ch sgwrs chi, dwi'n ama dim," meddwn, "achos dwi'n dallt na rhych na rhawn arni."

"Ddaru chi 'rioed astudio atomeg pan oeddech chi'n llanc?" gofynnodd y Sarjant, gan edrych arnaf yn holgar ac yn syn iawn."

"Naddo," atebais.

"Dyna chwiwladrad difrifol iawn," meddai, "ond er gwaetha hynny mi ddweda wrthoch chi'i hyd a'i lled hi. Mae pob peth yn cynnwys gronynnau bach ohono'i hun a'r rheini'n hedeg o gwmpas mewn cylchoedd cynghreiddig a chrymlinau a chylchrannau a ffigurau geometregol eraill rhif y gwlith rhy niferus i sôn amdanyn nhw'n dorfol, byth yn sefyll yn stond nac yn gorffwys ond yn chwyrlïo i ffwrdd ac yn gwibio hwnt ac yma ac yn eu holau drachefn, byth yn llonydd. Atomau ydi enw'r boneddigion bychain bach yma. Dach chi'n f'amgyffred i'n gall?"

"Ydw."

"Maen nhw mor fywiog ag ugain *leprechaun* yn dawnsio jig efo'i gilydd ar ben carreg fedd."

Ffigur del iawn, meddai Joe dan ei wynt.

"Dyna i chi ddafad rŵan," meddai'r Sarjant. "Be ydi dafad heblaw miliyna o ddarna bach o ddafadrwydd yn chwyrnellu o gwmpas ac yn gneud cyfrodedda astrus y tu mewn i'r ddafad? Be arall ydi hi heblaw hynny?"

"Does bosib na fasa hynny'n codi bendro ar y greadures," meddwn, "yn enwedig os ydi'r chwyrnellu ar fynd yn ei phen hi hefyd."

Edrychodd y Sarjant arnaf mewn modd y byddai yntau'n ddi-os yn ei alw'n *non-possum* ac yn *noli-me-tangere*.

"Does gin i 'mond un gair i'w ddeud am y sylw yna – lol botas maip," meddai'n biwis, "achos mae llinynna'r nerfa a phen y ddafad ei hun yn chwyrnellu yn y fargen a fedrwch chi ddiddymu un chwyrnelliad efo un arall a dyna chi – 'run fath â symleiddio sym rhannu pan fydd gynnoch chi bump uwchben y bar ac odano fo."

"A deud y gwir ddaru hynny ddim taro 'mhen i," meddwn.

"Mae atomeg yn ddamcaniaeth astrus iawn ac mae modd ei chlandro ag algebra ond byddai gofyn i chi fynd ati o radd i radd achos fedrech chi fod ar hyd y nos yn profi rhan ohoni efo llathenni mesur a chosinau ac offerynna eraill o'u bath ac wedyn yn y diwedd peidio â choelio be roeddech chi wedi'i brofi o gwbl. Petai hynny'n digwydd fyddai gofyn i chi fynd drosto fo'n ôl nes i chi gael man lle'r oeddech chi'n coelio'ch ffeithia a'ch ffigyra'ch hun fel mae *Algebra* Hall a Knight yn ei ddarlunio ac wedyn ailgydio o'r fan benodol honno nes eich bod chi'n coelio'r holl beth yn iawn heb ranna ohono fo dach chi'n eu hanner coelio nac amheuaeth yn eich pen yn eich brifo chi 'run fath â phan gollwch chi stydsan eich crys yn y gwely."

"Dach chi yn llygad eich lle," meddwn.

"Yn olynol ac yn ôl-ddilynol," meddai wedyn, "fedrwch chi fod yn saff o gasglu eich bod chitha wedi'ch gneud o atomau a'ch lloged a chynffon eich crys a'r offeryn dach chi'n ei ddefnyddio i dynnu'r gweddillion o ongl eich daint gwag. Ydach chi'n digwydd gwbod be sy'n digwydd pan darwch chi far haearn â gordd lo dda neu ag erfyn di-awch?"

"Be?"

"Pan syrthia'r gledren, mae'r atoma'n cael eu taro i lawr i waelod y bar ac yn cael eu cywasgu a'u gwasgu yno fel wya dan iâr dda. Ymhen tipyn efo treigl amser maen nhw'n nofio o gwmpas ac yn dod yn ôl ymhen yr hir a'r hwyr i'r lle'r oedden nhw cynt. Ond os daliwch chi i daro'r bar yn ddigon hir ac yn ddigon calad chân nhw ddim cyfla i neud hyn ac wedyn be sy'n digwydd?"

"Cwestiwn dyrys iawn."

"Gofynnwch i of am yr ateb iawn ac mi ddywed o fod y bar yn ymchwalu'n slo bach o dipyn i beth os dycnwch arni'n waldio'n hegar. Mi eith rhai o atoma'r bar i'r ordd a'r hannar arall i'r bwrdd neu'r garrag neu be bynnag sydd dan waelod y bar."

"Mae hynny'n bur hysbys," cytunais.

"Y gwir ganlyniad a'r canlyniad crynswth ydi bod

pobol dreuliodd y rhan fwya o'u hoes naturiol ar gefn beicia haearn yn mynd ar hyd ffyrddfeydd creigiog y plwy yma'n gweld drysu eu personoliaetha efo'u beicia o ganlyniad i gyfnewid atoma'r naill ar llall a synnech chi at gynifer o bobol yn y partha hyn sydd bron â bod yn hannar pobol ac yn hannar beicia."

Rhois ebwch o syndod oedd i'w glywed yn yr awyr fel pynjar go ddrwg.

"Ac mi synnech chi at gynifer o feicia sy'n hannar dynol bron yn hannar dyn, yn hannar gyfranogi o deulu dyn."

Yn ôl pob golwg does 'na ddim terfyn, meddai Joe. *Mae modd deud be fynnith rhywun yn y lle yma a bydd yn wir a bydd gofyn ei goelio.*

Fasa'n ddim byd gin i fy nghael fy hun y funud yma'n gweithio ar stemar ar ganol y môr mawr, meddwn, yn rholio'r rhaffa ac yn gneud y caledwaith dwylo caled. Fasa'n dda gin i fod ymhell o fa'ma.

Bwriais olwg o'm cwmpas. Roedd corsydd melynion a chorsydd duon wedi'u trefnu'n dwt o ddeutu'r lôn a bocsys hirsgwar wedi'u naddu ynddynt yma a thraw, pob un yn llawn dŵr melynfrown brownfelyn. Ymhell i ffwrdd ger yr awyr roedd pobl bychain bach yn eu cwman wrthi'n lladd mawn, yn torri tyweirch manwl eu siâp â'u rhofiau cywrain ac yn codi ohonynt gofeb dal ddwywaith uchdwr ceffyl a throl. Deuai eu sŵn at y Sarjant a minnau, yn cael ei ddanfon at ein clustiau'n rhad ac am ddim gan wynt y gorllewin, sŵn chwerthin a chwibanu a phytiau o benillion hen ganeuon y corsydd. Yn nes atom safai tŷ a gosgordd o dair coeden yng nghanol dedwyddwch haid o ieir, i gyd yn pigo ac yn turio ac yn cecru nerth esgyrn eu pennau wrth eu gwaith diarbed o gynhyrchu eu hwyau. Roedd y tŷ ei hun yn ddistaw ond codwyd nenlen o fwg diog uwchben y simne i ddangos bod pobl dan do wrthi'n ddiwyd. O'n blaenau ni âi'r lôn, yn rhedeg yn chwim dros y wlad wastad ac yn oedi ennyd i ddringo'n araf i fyny gallt oedd yn aros amdani mewn man lle'r oedd glaswellt uchel, clogfeini llwydion a choed crebachlyd breision. Doedd dim byd uwch ein pennau heblaw'r awyr, yn dangnefeddus, yn ddiamgyffred, yn anhraethol ac yn ddihafal, ac ynys deg o gymylau wrth eu hangor yn y gosteg ddwylath i'r dde o gwt ffarm Mr Jarvis.

Roedd yr olygfa'n wir ac yn ddiymwad ac yn groes i sgwrs y Sarjant, ond gwyddwn fod y Sarjant yn dweud y gwir a phetai gofyn i mi ddewis, dichon y byddai rhaid i mi gefnu ar wirionedd yr holl bethau syml yr edrychai fy llygaid arnynt.

Edrychais arno drwy gil fy llygad. Roedd yn ei brasgamu hi ac arwyddion o'i ddig at y Cyngor Sir ar ei wyneb bochgoch.

"Wyddoch chi'n ddiamheuol fod y beic yn ddynol?" gofynnais iddo, "Ydi'r Ddamcaniaeth Atomig cyn berycled ag y dwedwch chi?"

"Mae rhwng dwywaith a theirgwaith cyn berycled ag y gallai fod," atebodd yn brudd. "Ben bora fydda i'n meddwl yn aml ei bod bedeirgwaith, ac ar ben hynny, petaech chi'n byw yma am ddeuddydd dri ac yn rhoi tragywydd heol i'ch sylwgarwch a'ch archwiliadwyedd, wyddech chi o'r gorau cyn sicred ydi pendantrwydd sicrwydd."

"Doedd dim golwg beic ar Gilhaney," meddwn. "Doedd arno fo ddim olwyn ôl ac i'm tyb i doedd arno fo ddim olwyn flaen chwaith, ond thalais i fawr o sylw i'w du blaen."

Edrychodd y Sarjant arnaf yn bur dosturiol.

"Fedrwch chi ddim disgwyl iddo fo dyfu cyrn beic o'i wddw ond welais i o'n gneud petha mwy annisgrifiadwy na hynny. Sylwoch chi erioed ar ymddygiad rhyfadd beicia yn y cyffinia yma?"

"Ers fawr o dro dwi'r ochra yma."

Diolch i'r drefn, meddai Joe.

"Watsiwch chi'r beicia ta, os dach chi'n cael blas ar gael eich synnu rownd bedlan," meddai o'r diwedd. "Pan fydd dyn wedi mynd i'r fan lle mae'i hanner o neu fwy na'i hanner o'n feic, welwch chi ddim gymaint gan ei fod yn treulio cyn dipyn o'i amser yn pwyso efo un benelin ar walia neu'n sefyll efo un droed yn pwyso ar ymyl y pafin. Mae 'na betha eraill, wrth reswm, ynghlwm â merched a beics merched ac mi sonia i wrthoch chi am y rheini ar wahân rywbryd eto. Ond mae'r beic wedi'i wefru â dyn yn rhywbeth mawr ei swyn a'i ddwyster ac yn beryg bywyd."

Yn y fan hon daeth dyn efo cynffonau côt llaes ar daen y tu ôl iddo tuag atom ar wib, yn powlio'n hynaws i lawr y lôn heibio i ni o'r allt o'n blaenau. Fe'i gwyliais â llygaid chwe barcud, yn trio cael gwybod pa un oedd yn cario'r llall ac a oedd mewn gwirionedd yn ddyn a beic ar ei sgwyddau. Ond welwn i ddim, rywsut, oedd nac yn gofiadwy nac yn hynod.

Roedd y Sarjant yn sbecian yn ei lyfr nodiadau du.

"O'Feersa oedd nacw," meddai o'r diwedd. "Dim ond tair rhan ar hugain y cant ydi ei rif o."

"Mae'n dair rhan ar hugain y cant yn feic?"

"Ydi."

"Ydi hynny'n golygu bod ei feic hefyd dair rhan ar hugain y cant yn O'Feersa?"

"Ydi."

"Faint ydi Gilhaney?"

"Wyth a deugain."

"Mae O'Feersa'n is o lawer ta?"

"Mae hynny oherwydd y ffaith lwcus fod yna dri brawd tebyg yn y tŷ a'u bod nhw'n rhy dlawd i fod â beic ar wahân bob un. Dŵyr rhai pobol ddim mor ffodus ydyn nhw o fod yn dlotach na phobol eraill.

Chwe blynadd yn ôl enillodd un o'r tri brawd O'Feersa wobr ddecpunt yn *John Bull*. Pan ges i achlust o'r newydd yma, gwyddwn y byddai'n rhaid i mi gymryd camau rhag gweld dau feic newydd yn y teulu achos, dach chi'n dallt, dim ond hyn a hyn o feicia y medra i'u dwyn mewn wythnos. Doedd arna i ddim isio er dim bod â thri O'Feersa yn faen melin am 'y ngwddw. Drwy lwc roeddwn i lawiach â'r postmon. Y postmon! Brensiach y bratia a'n cato ni'r arglwydd o'r sywth a ll'godan yn ei logall!" Roedd cofio'r postmon fel petai'n rhoi lle i'r Sarjant chwerthin ei hochr chi'n ddi-ben-draw a gwneud ystumiau dyrys â'i ddwylo cochion.

"Y postmon?" meddwn.

"Un rhan ar ddeg a thrigain," meddai'n ddistaw.

"Rargian fawr!"

"Rownd ddeunaw milltir ar hugain ar gefn ei feic bob un diwrnod am ddeugain mlynedd, cenllysg, glaw neu beli eira. Does 'na fawr o obaith gostwng ei rif o dan hannar cant eto."

"Roesoch chi gil-dwrn iddo fo?"

"Debyg iawn. Efo dau o'r strapia bach 'na rowch chi am hybia beicia i'w cadw nhw'n ddestlus."

"A sut mae'r beicia-bobol 'ma'n bihafio?"

"Y beicia-bobol 'ma?"

"Ne'r bobol-feicia, dwi'n feddwl, ne beth bynnag ydi'r gair iawn – y rheini a chanddyn nhw ddwy olwyn o danyn nhw a chyrn."

"Mae ymddygiad beic ac ynddo gryn dipyn o ddyn," meddai, "yn gyfrwys iawn ac yn hollol hynod. Welwch chi fyth monyn nhw'n symud ohonyn nhw'u hunain ond ddowch chi ar eu traws nhw yn y llefydd lleia tebygol yn annisgwyl. Welsoch chi erioed feic yn pwyso yn erbyn dresal cegin gynnes pan mae'n tresio bwrw'r tu allan?"

"Do."

"Heb fod ymhell o'r tân?"

"Ia."

"Yn ddigon agos at y teulu i glywed y sgwrs?"

"Ia."

"Heb fod ymhell iawn o lle maen nhw'n cadw'r bwyd?"

"Sylwais i ddim ar hynny. Does bosib eich bod yn deud wrtha i fod y beicia 'ma'n *bwyta bwyd?*"

"Welodd neb erioed monyn nhw'n gneud, ddaliodd neb monyn nhw â llond ceg o stecsan. Y cwbwl wn i ydi bod y bwyd yn diflannu."

"Be!"

"Dydi o mo'r tro cynta i mi sylwi ar friwsion wrth olwynion blaen rhai o'r boneddigion yma."

"Mae hyn oll yn ergyd drom i mi," meddwn.

"Does 'na neb yn dal dim sylw arno fo," atebodd y Sarjant. "Mae Mick yn meddwl mai Pat ddaeth ag o i mewn a Pat yn meddwl mai Mick oedd yn gyfrifol. Ychydig iawn o'r bobol sydd ag obadeia be sy ar fynd yn y plwy 'ma. Mae 'na betha eraill mae'n well gin i beidio sôn llawar amdanyn nhw. Un tro roedd yma athrawes efo beic newydd. Fuo hi ddim yma fawr o dro cyn i Gilhaney ei gwadnu hi am y wlad unig ar gefn ei beic benywaidd hi. Fedrwch chi ddirnad anfoesoldeb hynna?"

"Medraf."

"Ond digwyddodd gwaeth. Sut bynnag daeth beic Gilhaney i ben, mi'i gadawai ei hun yn pwyso lle byddai'r athrawes ifanc yn rhuthro allan i fynd i rywle ar gefn ei beic ar frys. Doedd dim golwg o'i beic hi ond dacw feic Gilhaney yn pwyso yno'n gyfleus ac yn gneud ei ora i gogio'i fod yn fach ac yn gyfforddus ac yn ddeniadol. Oes gofyn i mi'ch hysbysu o'r canlyniad neu o be ddigwyddodd?"

Dim ffiars o beryg, meddai Joe'n daer. *Chlywais i erioed sôn am ddim byd mor ddig'wilydd a phenchwiban. Roedd yr athrawes yn ddi-fai, wrth reswm pawb, ddaru hi ddim ymbleseru a wyddai hi ddim.*

"Nac oes," meddwn.

"Wel dyna hi i chi. Mae Gilhaney'n cael diwrnod i'r brenin efo beic y ledi ac o chwith y tu ôl ymlaen ac mae'n amlwg fod gan y ledi yn yr achos yma rif eitha uchel – pymtheg ar hugain neu ddeugain ddeudwn i, er gwaetha newydd-deb y beic. Mae 'ngwallt i wedi britho gryn dipyn o drio rheoli pobol y plwy 'ma. O adael i betha fynd yn rhy bell mi fyddai wedi canu arnon ni i gyd. Fyddai gynnoch chi feicia isio'r bleidlais ac mi gaen nhw seddi ar y Cyngor Sir a gneud y ffyrdd yn waeth o lawer nag ydyn nhw yn ôl eu cymhelliad cudd eu hunain. Ond yn groes i hynna ac ar y llaw arall, mae beic yn gydymaith gwerth chweil, mae iddo fo gyfaredd fawr."

"Sut mae gwbod oes gan ddyn lawer o feic yn ei wythienna?"

"Os ydi'i rif o dros hanner cant, fedrwch chi ddeud yn ddigamsyniol ar ei gerddediad o. Fydd o'n cerdded yn sydyn bob gafael a byth yn ista i lawr, ac yn pwyso ar y pared â'i benelin ar led ac yn aros felly drwy'r nos yn ei gegin yn lle mynd i'r gwely. Os cerddith o'n rhy ara deg neu stopio ar ganol y lôn, syrthio'n glewt fydd ei hanes o a bydd gofyn i rywun o'r tu allan ei godi a'i roi ar fynd eto. Dyma'r llanast anffodus mae'r postmon wedi'i feicio'i hun iddo a go brin i'm tyb i y medar o fyth ei feicio'i hun ohono fo."

"Go brin i'm tyb i yr a' i fyth ar gefn beic," meddwn.

"Mae rhyw fymryn yn lles i chi ac yn eich gneud yn wydn ac yn rhoi haearn i chi. Ond mae cerdded yn rhy bell yn rhy aml yn rhy gyflym yn beryg bywyd i chi. Mae clecian di-dor eich traed ar y lôn yn peri bod rhywfaint o lôn yn dod i fyny i mewn i chi. Pan fo farw dyn mae'n dychwelyd i'r pridd, meddan nhw, ond mae gormod o gerdded yn eich llenwi chi â phridd yn gynt o lawer (neu'n claddu darna ohonach chi ar hyd y lôn) ac yn dod â'ch marw chi hanner ffordd i gwfwrdd â chi. Nid peth hawdd mo gwbod be ydi'r ffordd ora o'ch symud eich hun o'r naill le i'r llall."

Ar ôl iddo orffen siarad fe'm cawn fy hun yn cerdded yn sionc ac yn ysgafn ar fodiau fy nhraed er mwyn estyn f'oes. Roedd fy mhen yn heigio gan ofnau a phryderon amryfath.

"Chlywais i erioed sôn am y petha 'ma o'r blaen," meddwn, "na gwbod erioed fod modd i'r digwyddiada 'ma ddigwydd. Datblygiad newydd ydi o ta ydi o'n hanfod hynafol?"

Cymylodd wyneb y Sarjant a phoerodd yn feddylgar tua theirllath o'i flaen ar y lôn.

"Ddweda i gyfrinach wrthoch chi," meddai'n gyfrinachol iawn dan ei wynt. "Roedd fy hen daid yn dair a phedwar ugain pan fuo farw. Am flwyddyn cyn ei farw, ceffyl oedd o!"

"Ceffyl?"

"Ceffyl o ran pob peth heblaw'r allanolion allanol. Mi dreuliai'r diwrnod yn pori mewn cae neu'n byta gwair mewn stabal. Fel arfer roedd yn ddiog ac yn ddistaw ond o bryd i'w gilydd mi âi am dro ar garlam chwim, yn clirio'r gwrychoedd yn grand o'i go. Welsoch chi erioed ddyn ar ei ddwy goes ar garlam?"

"Naddo wir."

"Mae'n wledd i'r llygaid meddan nhw. Byddai'n haeru byth a hefyd iddo ennill y Grand National pan oedd yn iau. Ac yn mynd drwy ben ei deulu'n rhaffu straeon y neidiau dyrys a'u huchdwr ofnadwy."

"Am wn i mai gormod o fynd ar gefn ceffyl ddaeth â'ch hen daid i'r cyflwr yma?"

"Dyna'i hyd a'i lled hi. Roedd Dan ei hen geffyl o yn groes ac yn rotsiwn helynt, yn dod i'r tŷ gefn nos ac yn myrrath â gennod ifanc liw dydd ac yn gneud trosedda ditiadwy, nes buo rhaid eu saethu o. Doedd gan yr heddlu fawr o gydymdeimlad, heb fod yn dallt petha'n iawn y dyddia hynny. Fyddai rhaid iddyn nhw restio'r ceffyl, me nhw, a'i gyhuddo fo a'i ddwyn o gerbron y Sesiwn Fach nesa oni bai'i fod yn cael ei ddifa. Felly ddaru'r teulu ei saethu o ond o'm rhan i, fy hen daid saethon nhw a'r ceffyl sy wedi'i gladdu draw ym Mynwent Cloncoonla."

Wedyn aeth y Sarjant i synfyfyrio o gofio am ei hendeidiau ac roedd yn atgofus ei fryd am yr hanner milltir nesaf nes i ni gyrraedd y barics. Cytunodd Joe a fi'n ddistaw bach mai'r datgeliadau yma oedd y syndod mwyaf yng nghadw i ni ac yn aros i ni gyrraedd y barics.

Pan gyrhaeddom lediodd y Sarjant y ffordd i mewn dan ochneidio. "Y Cyngor Sir," meddai, "ydi croen, cyrn a charna'r holl beth."

VII

Darfu i'r ysgytwad dybryd ges i toc wedi mynd yn ôl i'r barics efo'r Sarjant ddwyn i'm cof y cysur aruthrol rydd athroniaeth a chrefydd mewn adfyd. Maent fel petaent yn goleuo mannau tywyll ac yn dwyn nerth i ddiodde'r pwysau anghynefin. Doedd de Selby, debyg iawn, fyth ymhell o'm meddwl. Mae i'w weithiau i gyd – ond yn arbennig *Golden Hours* – yr hyn alwai dyn yn rhin wellhaol. Maent yn codi'r galon mewn modd a gysylltwn fynychaf â gwirodydd sy'n adfywio ac yn distaw adfer y feinwe ysbrydol. Gobeithio nad i'r rheswm nodwyd gan y gŵr hynod, du Garbandier, y mae priodoli cynneddf lesol ei lên, sef "hyfrydwch darllen tudalen o de Selby yw ei bod yn ein harwain yn anochel at yr argyhoeddiad braf o beidio â bod, o blith y penbyliaid oll, y mwyaf."[1] Mae hyn i'm tyb i yn gorddweud un o gyneddfau mwyaf clên de Selby. Mae boneddigeiddrwydd dynoli ei waith i'w weld i mi erioed yn well yn hytrach nag yn waeth o ymwthio yma a thraw ei fân ffaeleddau, yn fwy truenus fyth am ei fod yn synio am rai ohonynt yn binaclau ei fedr deallusol yn hytrach nag arwyddion o'i wendid fel bod dynol.

Yn sgil ei argyhoeddiad bod prosesau arferol byw yn rhithiol, yn naturiol ddigon ni thalai fawr o sylw i helbulon bywyd a mewn gwirionedd ni chynigia fawr o awgrym o ran sut y dylid mynd i'r afael â nhw. Hwyrach ei bod yn werth adrodd stori Bassett[2] yn hyn o beth. Yn ystod dyddiau de Selby yn Bartown cafodd y gair o fod yn dipyn o ddoethur

---

[1] "Le Suprème charme qu'on trouve a lire une page de de Selby est qu'elle vous conduit inexorablement a l'heureuse certitude que des sots vous n'êtes pas le plus grand."

[2] Yn *Lux Mundi*.

"due possibly to the fact that he was known never to read newspapers". Roedd llanc yn y dref mewn byd mawr ynghylch rhywbeth ynglŷn â merch a chan deimlo bod hyn yn pwyso ar ei feddwl a pheryg iddo'i daro oddi ar ei echel aeth ar ofyn cyngor de Selby. Yn hytrach na bwrw allan yr un felltith yma ar feddwl y llanc, fel y gallesid ei wneud yn hawdd, tynnodd de Selby sylw'r llanc at tua hanner cant o broblemau annelwig a phob un o'r rhain yn creu anawsterau'n ymestyn dros dragwyddol-debau ac yn bychanu pos y ferch ifanc yn ddiddymdra. Gan hynny aeth y llanc – ddaethai i'r tŷ gan ofni posibilrwydd rhywbeth drwg – oddi yno'n gwbl argyhoeddedig o'r gwaethaf ac yn ystyried gwneud amdano'i hun. Fel y bu hi cyrhaeddodd adref mewn pryd i'w swper ar yr awr arferol, diolch i ymyriad ffodus ar ran y lleuad gan iddo fynd tuag adref heibio'r harbwr a chael bod y môr ddwy filltir ar drai. Chwe mis yn ddiweddarach enillodd iddo'i hun chwe mis o garchar efo llafur caled ar gownt deunaw cyhuddiad yn cynnwys lladrad a throseddau ynghlwm ag ymyrraeth â rheilffyrdd. Naw wfft i'r doethor yn gynghorwr.

Fel y dywedais eisoes, fodd bynnag, mae de Selby yn cynnig cynhaliaeth i'r meddwl o'i ddarllen yn wrthrychol er mwyn cael beth sydd yno i'w ddarllen. Yn y *Layman's Atlas*[3] mae'n ymdrin yn groyw â phrofedigaeth, henaint, cariad,

---

[3] Bellach yn brin iawn ac yn beth gwerth ei gasglu. Mae du Garbandier, yn goeglyd yn ôl ei arfer, yn gwneud yn fawr o'r ffaith i'r dyn cyntaf i agraffu'r *Atlas* (Watkins) gael ei daro â mellten yr union ddiwrnod y cwblhaodd y dasg. Digon diddorol yw nodi i Hatchjaw, fel arall yn ddibynadwy, gynnig yr awgrym fod yr *Atlas* ar ei hyd yn annilys ac yn waith "another hand", gyda chyffroi achosion yr un mor bryfoclyd â'r ddadl Bacon-Shakespeare. Mae ganddo ddadleuon lawer sy'n ddyfeisgar os nad yn gwbl argyhoeddiadol, nid y lleiaf ohonynt ei bod yn hysbys i de Selby dderbyn cryn freindaliadau o'r llyfr hwn nad ysgrifennodd, "a procedure that would be of a piece with the master's ethics". Nid yw'r ddamcaniaeth, fodd bynnag, yn un fydd yn mynd â bryd y myfyriwr difrif.

pechod, angau a'r pethau eraill o bwys yn ein bod. Dim ond tua chwe llinell mae'n eu rhoi iddynt, mae'n wir, ond mae hyn oherwydd ei haeriad ysgubol eu bod i gyd yn "ddianghenraid". Er dirfawr syndod, mae'n gwneud y datganiad yma yn ganlyneb uniongyrchol ei ddarganfyddiad bod y ddaear, ymhell o fod yn belen, "ar lun selsigen".

Mae amryw o esbonwyr beirniadol de Selby yn addef eu bod yn amau bod de Selby yn rhoi lle iddo'i hun gael rhyw hwyl fach anarferol ynghlwm â'r ddamcaniaeth hon ond mae fel pe'n dadlau'r mater yn ddigon difrif ac yn bur argyhoeddiadol.

Mae'n dilyn ei drywydd arferol sef tynnu sylw at y camdybiaethau ynghlwm â'r cysyniadau sydd ohoni ac wedyn yn distaw gynnig ei gynllun ei hun yn lle'r un mae wedi'i danseilio.

Yn sefyll mewn man ar y ddaear ragdybiedig amgron, meddai, yn ôl pob golwg mae yna bedwar prif cyfeiriad i symud iddynt, sef y gogledd, y de, y dwyrain a'r gorllewin. Ond nid oes gofyn fawr o waith meddwl i weld nad oes ond dau mewn gwirionedd yn ôl pob golwg gan fod y gogledd a'r de yn dermau diystyr mewn perthynas â sfferoid ac yn gallu goblygu symud i ddim ond *un* cyfeiriad, felly hefyd y dwyrain a'r gorllewin. Gellir cyrraedd unrhyw fan ar y cylch gogledd-dde drwy deithio i'r naill "gyfeiriad" neu'r llall, ac mae'r unig wahaniaeth ymddangosiadol rhwng y ddwy "ffordd" ynghlwm ag ystyriaethau allanol amser a phellter, y ddau eisoes yn ddangosedig rithiol. Felly un cyfeiriad yw gogledd-dde ac yn ôl pob golwg dwyrain-orllewin yn un arall. Yn hytrach na phedwar cyfeiriad dim ond dau sydd. Gellir casglu ar ei ben,[4] meddai de Selby, fod camdybiaeth debyg eto yn ymfodol yma ac nad oes mewn

---

[4] O bosib yr un man gwan yn y ddadl.

gwirionedd ond un cyfeiriad – y gellir yn briodol ei alw'n hynny – dichonol, oherwydd os gedy dyn unrhyw fan ar y ddaear gron, yn symud ac yn dal i symud i unrhyw "gyfeiriad" yn y pen draw cyrhaeddir y man cychwyn drachefn.

Mae cymhwyso'r casgliad yma at ei ddamcaniaeth mai "selsigen yw'r ddaear" yn ddadlennol. Mae'n priodoli'r syniad bod y ddaear yn amgrwn i'r ffaith fod bodau dynol yn symud yn barhaol i ddim ond un cyfeiriad hysbys (er eu bod yn argyhoeddedig eu bod yn rhydd i symud i unrhyw gyfeiriad) a bod yr un cyfeiriad hwn mewn gwirionedd o gwmpas cylchedd crwn daear sydd mewn gwirionedd ar lun selsigen. Go brin y gellir amau – o dderbyn mai camdybiaeth yw cyfeirioldeb lluosog – mai camdybiaeth arall yw sfferigedd y ddaear a fyddai'n anochel yn deillio ohono. Mae de Selby yn cyffelybu safle bod dynol ar y ddaear i safle dyn ar weiren dynn sy'n gorfod dal i gerdded ar hyd y weiren neu farw, serch ei fod yn gwbl rydd o ran popeth arall. Canlyniad symud yn y rhod gyfyngedig hon yw'r geuddrych parhaol sy'n mynd yn gyffredin dan yr enw "bywyd" ynghyd â'i gyfyngiadau, ei gystuddiau a'i anghysondebau cydredol dirifedi. Os oes modd dod o hyd i ffordd, medd de Selby, o ddarganfod yr "ail gyfeiriad," h.y. ar hyd "baril" y selsigen, bydd byd o deimladau a phrofiadau cwbl newydd yn agored i'r ddynoliaeth. Bydd dimensiynau newydd ac annirnadwy yn disodli'r drefn sydd ohoni a "diangenrheidiau" niferus bodolaeth "uncyfeiriol" yn diflannu.

Mae'n wir bod de Selby braidd yn niwlog o ran sut yn union y mae dod o hyd i'r cyfeiriad newydd hwn. Nid drwy unrhyw isrannu microsgopaidd bwyntiau'r cwmpawd y mae ei ganfod, mae'n ein rhybuddio, ac ychydig y gellir ei ddisgwyl o wibio'n sydyn yma a thraw gan obeithio gweld ffawd ffodus yn ymyrryd. Mae'n amau a fyddai coesau dyn yn addas i groesi'r "*caelestium hydredol*" ac mae fel pe'n awgrymu bod angau bron yn wastad yn bresennol pan ddarganfyddir y cyfeiriad newydd. Fel y dengys Bassett â phob rheswm, rhydd hyn gryn dipyn o liw i'r holl ddamcaniaeth ond awgryma ar yr un pryd na wna de Selby ond datgan mewn modd tywyll ac astrus rywbeth sy'n dra hysbys ac a dderbynnir yn gyffredin.

Fel arfer mae tystiolaeth iddo arbrofi'n breifat. Yn ôl pob golwg roedd o'r farn ar un adeg mai disgyrchedd oedd "ceidwad carchar" y ddynoliaeth, yn ei chadw ar linell un cyfeiriad ebargofiant, a bod rhyddid yn y pen draw i ryw gyfeiriad tuag i fyny. Archwiliodd awyrennu fel meddyginiaeth a hynny heb lwyddiant ac wedyn treulio rhai wythnosau'n cynllunio "pympiau barometrig" a gâi eu gweithio gan arian byw a gwifrau i glirio dylwanwad disgyrchedd oddi ar arwynebeddau enfawr o'r ddaear. Yn ffodus i bobl y fro yn ogystal â'u celfi symudol, ni chafodd fawr o ganlyniad yn ôl pob golwg. Ymhen yr hir a'r hwyr tynnwyd ei sylw oddi ar y gwaith hwn gan helynt rhyfedd y blwch dŵr.[5]

Fel yr awgrymais eisoes, cyn pen tua dwy funud i mi fod yn ôl yn y stafell ddydd wen efo Sarjant Pluck rhoeswn lawer am gipolwg ar arwyddbost yn rhoi pen ffordd ar hyd "faril" y selsigen.

Prin roeddem drwy'r drws na gwyddem yn ddigamsyniol fod yna ymwelydd. Roedd ganddo stribedi lliw swydd uchel ar ei frest ond roedd yn ei las plismon ac ar ei ben het plismon ac arni fathodyn arbennig swydd uchel yn disgleirio'n danbaid. Roedd yn dew ac yn grwn iawn, a choesau a breichiau gyda'r lleiaf

---

[5] Gweler Hatchjaw: *The de Selby Water-Boxes Day by Day.* Rhoddir y cyfrifiadau'n llawn a mynegir yr amrywiadau beunyddiol mewn graffiau campus o groyw.

fyw, a thymer ddrwg a hunanfaldod yn codi gwrychyn ei wrych mawr o fwstash. Edrychodd y Sarjant arno'n syn ac wedyn ei saliwtio'n filwrol.

"Arolygydd O'Corky!" meddai.

"Beth yw ystyr gwacter y swyddfa yn ystod oriau arferol?" harthiodd yr Arolygydd.

Roedd sŵn ei lais yn gras fel rhwbio cardbord bras ar bapur swnd ac roedd yn amlwg nad oedd yn ddiddig ynddo'i hun nag â phobl eraill.

"Roeddwn allan," atebodd y Sarjant gyda pharch, "ar ddyletswydd brys a phlismona gyda'r mwyaf difrif."

"Wyddech chi fod dyn o'r enw Mathers wedi'i ddarganfod mewn fforch ffos nid nepell ddwyawr yn ôl â'i fol wedi'i agor â chyllell neu offeryn miniog?"

Byddai dweud bod hyn yn beth annisgwyl oedd yn ymyrryd yn bur ddifrifol â falfiau fy nghalon 'run fath â dweud y byddai procer gwynias yn twymo eich wyneb petai rhywun yn cymryd yn ei ben ei roddi yno. Rhythais ar y Sarjant ac wedyn ar yr Arolygydd ac wedyn yn ôl a'm perfedd yn crynu drwyddynt gan bryder.

Yn ôl pob golwg mae ein cyfaill ni'n dau Finnucane yn y cyffiniau, meddai Joe.

"Gwyddwn, siŵr iawn," meddai'r Sarjant.

Rhyfedd iawn. Sut medra fo a fonta allan efo ni ar drywydd y beic ers pedair awr?

"A pha gamau rydych wedi'u cymryd a sawl cam?" harthiodd yr Arolygydd.

"Camau breision a chamau i'r cyfeiriad iawn," atebodd y Sarjant yn ddigyffro. "Wn i pwy ydi'r llofrudd."

"Pam felly mae o heb ei restio i'r ddalfa?"

"Mae o," meddai'r Sarjant yn hawddgar.

"Lle?"

"Yma."

Dyma'r ail daranfollt. Ar ôl i mi fwrw cipolwg y tu ôl

i mi heb weld llofrudd daeth yn amlwg i mi mai myfi oedd testun sgwrs breifat y ddau Blismon. Phrotestiais i ddim gan fod fy llais wedi mynd a'm ceg yn sych grimp.

Roedd yr Arolygydd O'Corky wedi gwylltio ormod i fod yn falch o ddim byd mor syfrdanol â'r hyn ddwedodd y Sarjant.

"Pam felly nad ydi o'n gaeth yn y gell dan oriad ddwyffordd a chlo clap?" rhuodd.

Am y tro cyntaf roedd golwg wedi torri ei grib a braidd yn benisel ar y Sarjant. Cochodd ei wyneb fwy fyth a bwriodd ei olygon ar y llawr cerrig.

"A dweud y gwir," meddai o'r diwedd, "dwi'n cadw fy meic yno."

"Wela i," meddai'r Arolygydd.

Gwyrodd yn sydyn a sodro clipiau duon am odre'i drowsys a phwyo'r llawr â'i draed. Am y tro cyntaf gwelais y buasai'n pwyso ar y cownter ag un benelin.

"Gofalwch eich bod yn rheoleiddio eich afreoleidddra yn y fan a'r lle," galwodd i ganu'n iach, "ac unioni eich anuniondeb a rhoi'r llofrudd yn y caets cyn iddo ddiberfeddu'r wlad benbaladr."

Wedyn roedd wedi mynd. Daeth sŵn crensian garw ar y gro atom yn arwydd bod yr Arolygydd yn pleidio'r dull hen ffasiwn o fynd ar gefn ei feic o'r stepan ôl.

"Rŵan ta," meddai'r Sarjant. Tynnodd ei gap a mynd at gadair ac eistedd arni, yn ymlacio ar ei ben ôl niwmatig llydan. Tynnodd gadach coch o boced ei frest ac adleoli'r dafnau o chwys o'i wynepryd helaeth ac agor botymau ei diwnig fel pe i ryddhau ar adain yr helynt dan glo yno. Wedyn dechreuodd archwilio'n wyddonol gyfewin fanwl wadnau a blaenau ei sgidiau heddlu, arwydd ei fod yn mynd i'r afael â rhyw broblem fawr.

"Be ydi'ch poen meddwl chi?" gofynnais yn bur awyddus bellach i weld trafod beth ddigwyddodd.

"Y beic," meddai.

"Y beic?"

"Sut medra i'i droi o o'r gell?" gofynnodd.

"Dwi wedi'i gadw fo erioed mewn carchariad unigol pan na fydda i ar ei gefn o i ymorol na dydi o ddim yn byw bywyd personol gelyniaethus i fy nihafalrwydd fy hun. Fedra i ddim bod yn rhy ofalus. Mae gofyn i mi reidio reidiau pell ar fy reidiau heddlu."

"Deud ydach chi y dylwn i gael fy nghloi yn y gell a nghadw yno o olwg y byd?"

"Glywsoch chi strycsiwns yr Arolygydd, siawns?"

Gofynna ai tynnu coes ydi'r holl beth, meddai Joe.

"Tynnu coes ydi hyn i gyd at ddibenion difyrru?"

"Os cymrwch hi fel'na fydda i dan ddyled i chi'n ddiben-draw," meddai'r Sarjant yn daer, "ac mi gofia i amdanoch chi â theimlad didwyll. Byddai'n arwydd mawrfrydig ac yn ddarn anhraethol o ardderchogrwydd o'r mwyaf ar ran yr ymadawedig."

"Be?" ebychais.

"Rhaid i chi gofio bod troi pob dŵr i'ch melin eich hun yn un o reoliadau gwir ddoethineb fel dywedais wrthoch chi'n ddistaw bach. Dilyn y rheol yma o'm rhan i sy'n eich gneud chi'n llofrudd heno 'ma.

"Roedd ar yr Arolygydd angen carcharor caeth fel y peth lleiaf fyw fyd bosib at ei *bonhomie* iselwael a'i *mal d'esprit*. Eich anffawd bersonol chi oedd bod yn bresennol yn gyfagos ar y pryd ond yn yr un modd fy ffawd dda a fy lwc dda bersonol i. Does dim dewis ond eich mystyn chi am y drosedd ddifrifol."

"Fe mystyn i?"

"Eich crogi chi gerfydd eich corn gwddw cyn awr brecwast."

"Mae hynna'n annheg ofnadwy," meddwn yn geciog, "mae'n anghyfiawn… yn hen dro gwael… yn ddieflig." Cododd fy llais i dremolo tenau o ofn.

"Dyna'r ffordd dan ni'n gweithio'r ochra yma,"

eglurodd y Sarjant.

"'Na'i wrthsefyll," gwaeddais, "'na'i wrthsefyll hyd angau ac ymladd dros fy modolaeth hyd yn oed os colla i f'einioes yn yr ymgais."

Gwnaeth y Sarjant ystum cysurlon i wneud yn fach o'r sefyllfa. Tynnodd getyn anferthol a phan sodrodd o yn ei geg roedd golwg homer o fwyell arno.

"Ynglyn â'r beic," meddai ar ôl ei roi ar waith.

"Pa feic?"

"F'un i. Fyddai'n drafferth i chi taswn i'n peidio â'ch bario chi'r tu mewn i'r gell? Does arna i ddim isio bod yn hunanol ond rhaid i mi feddwl yn ofalus am fy meic. Dydi pared y stafell ddydd yma'n ddim ffit iddo fo."

"Dwi'n malio dim," meddwn i'n ddistaw.

"Gewch chi aros yn y cyffiniau ar barôl a rhyddhad amodol nes cawn ni amser i godi'r grocbren uchel yn yr iard gefn."

"Sut gwyddoch chi na lwydda i ddianc?" gofynnais, gan feddwl ei bod yn well dod i wybod holl feddyliau a bwriadau'r Sarjant er mwyn i mi fod yn siŵr go iawn o ddianc.

Gwenodd arnaf i'r graddau y rhoddai pwysau ei getyn le iddo wneud.

"Wnaech chi mo hynny," meddai, "fyddai hi ddim yn anrhydeddus ond hyd yn oed pe bai, mater bach fyddai dilyn trywydd eich teiar ôl ac ar wahân i weddill pob dim arall fyddai'r Plismon Fox yn siŵr o'ch dal chi ar ei liwt ei hun ar y cyrion. Fyddai dim gofyn warant."

Eisteddodd y ddau ohonom yn ddistaw am dipyn yn hel meddyliau, yntau'n meddwl am ei feic a minnau am fy marwolaeth.

Gyda llaw, meddai Joe, *mae gin i ryw go i'n ffrind ni ddeud na fedrai'r gyfraith ddim cyffwrdd pen ei bys arnon ni ar gorn dy anhysbysrwydd cynhenid.*

Ti yn llygad dy le, meddwn, on i 'di anghofio hynny.

Fel y mae hi, decini na fyddai fawr mwy na phwynt trafod.
Mae'n werth sôn amdano, meddwn.
'Rarglwydd, ydi.
"Gyda llaw," meddwn wrth y Sarjant, "gawsoch chi hyd i fy watsh Americanaidd i mi?"
"Mae'r mater dan ystyriaeth ac yn cael dyledus sylw," meddai'n swyddogol.
"Ydach chi'n cofio i chi ddeud wrtha i na doeddwn i ddim yma o gwbwl am na doedd gin i ddim enw a mhersonoliaeth i'n anweledig i'r gyfraith?"
"Ddeudais i hynny."
"Sut felly gellir fy nghrogi i am lofruddiaeth, hyd yn oed os gwnes i hi, a nad oes yna ddim achos llys nac ymholiadau rhagarweiniol na'r un gwrandawiad gerbron Comisiynydd yr Heddwch Cyhoeddus?"
Wrth wylio'r Sarjant fe'i gwelais yn tynnu'r cetyn o'i geg ac yn plethu'i aeliau'n grychiadau cordeddus. Gwelwn fod f'ymholiad yn peri pryder dybryd iddo. Cuchiodd arnaf ac wedyn cuchio ar ddwywaith, yn rhythu arnaf yn gywasgedig ar hyd llinell ei edrychiad cyntaf.
"Wel yr andros annwyl!" meddai.
Am dri munud eisteddodd gan ddwys ystyried yr achos wnaethwn. Roedd yn gwgu mor aruthrol a rhychau mor ddwfn nes gyrru'r gwaed o'i wyneb gan ei adael yn ddu ac yn fygythiol.
Wedyn siaradodd.
"Ydach chi'n gwbl ddiamheuaeth eich bod yn ddienw?" gofynnodd.
"Yn ddiamheuol sicir."
"Mick Barry, tybed?"
"Naci."
"Charlemagne O'Keefe?"
"Naci."
"Syr Justin Spence?"

"Nid hwnna."

"Kimberley?"

"Naci."

"Bernard Fann?"

"Naci."

"Joseph Poe neu Nolan?"

"Naci."

"Un o'r teulu Garvin neu Moynihan?"

"Nid y nhw."

"Rosencranz O'Dowd?"

"Naci."

"O'Benson tybed?"

"Nid O'Benson."

"Tylwyth Quigley, Mulrooney neu Hounimen?"

"Naci."

"Tylwyth Hardimen neu Merrimen?"

"Nid y nhw."

"Peter Dundy?"

"Naci."

"Scrutch?"

"Naci."

"Yr Arglwydd Brad?"

"Nid y fo."

"Tylwyth O'Growney, O'Roarty neu Finnehy?"

"Naci."

"Dyna ddarn anhygoel o nacáu ac ymwadu," meddai.
Rhoes lyfiad eto i'w wyneb â'r cadach coch i sychu'r
gwlybaniaeth.

"Parêd syfrdanol o ddimbydwch," meddai wedyn.

"Nid Jenkins mo f'enw i chwaith," dadlennais.

"Roger MacHugh?"

"Nid Roger."

"Sitric Hogan?"

"Naci."

"Nid Conroy?"

"Naci."

"Nid O'Conroy?"

"Nid O'Conroy."

"Ychydig iawn sydd eto o enwa allai fod arnoch, felly," meddai. "Dim ond dyn du allai fynd dan enw gwahanol i'r rheini dwi wedi'u hadrodd. Neu ddyn coch. Nid Byrne?"

"Naci."

"Wel dyma i ni botas a hannar," meddai'n brudd. Plygodd yn ei ddyblau i roi tragywydd heol i'r ymennydd dros ben roedd ganddo yn nhu ôl ei ben.

"Nefi wen blŵ las binc," meddai dan ei wynt.

Dwi'n meddwl ein bod ni wedi ennill y dydd.

Dan ni ddim wedi cyrraedd y lan eto, atebais.

Er hynny dwi'n meddwl y medran ni laesu dwylo. Mae'n amlwg na chlywodd o 'rioed sôn am Signor Bari, mwyalchen fwynlais Milano.

Nid dyma'r funud i gellwair, ddyliwn.

Neu J. Courtney Wain, yr ymchwilydd preifat a'r aelod o'r Bar Mewnol. Wyth mil gini wedi'i nodi ar y brîff. Achos hynod y dynion pengoch.

"Myn brain i!" meddai'r Sarjant yn sydyn. Cododd i gamu ar hyd y stafell.

"Dwi'n meddwl y medrwn ni ddod i'r lan yn yr achos," meddai'n hynaws, "a'i gadarnhau'n ddiamod."

Doeddwn i'n hidio fawr am ei wên a gofynnais iddo egluro.

"Digon gwir," meddai, "na fedrwch chi ddim cyflawni trosedd ac na fedar braich dde'r gyfraith ddim rhoi bys arnoch waeth pa mor droseddgar y buoch. Mae unrhyw beth wnewch chi'n gelwydd a does dim byd ddigwydd i chi'n wir."

Nodiais i gytuno, yn ddigon cyfforddus.

"Am y rheswm hwnnw'n unig fedrwn ni fynd â chi i

grogi'r einioes ohonoch a dydach chi ddim wedi'ch crogi o gwbwl a does yna'r un cofnod i'w neud yn y golofn farwolaetha. Dydi'r farwolaeth neilltuol y byddwch farw drwyddi ddim hyd yn oed yn farwolaeth (sy'n ffenomenon isradd ar ei gorau) dim ond haniaeth afiach yn yr iard gefn, dimbydwch negyddol wedi'i ddirymu a'i neud yn wacter gan fygu a thorri llinyn y cefn. Nid celwydd deud eich bod wedi cael dyrnod derfynol y forthwyl y tu ôl i'r barics, ar yr un pryd mae'n wir deud na ddigwyddodd dim byd i chi."

"Deud ydach chi, am na does gin i ddim enw, na fedra i ddim marw ac na fedrir eich dal chi'n atebol am farwolaeth hyd yn oed os lladdwch chi fi?"

"Dyna'i hyd a'i lled hi," meddai'r Sarjant.

Teimlwn mor ddigalon a mor llwyr siomedig fel y daeth dagrau i'm llygaid a chwyddodd talp o awchlymder anhraethol yn athrist yn fy ngwddw. Dechreuais deimlo i'r byw bob gronyn o'm dynoldeb cyfradd. Roedd y bywyd fyrlymai ar flaenau fy mysedd yn wirioneddol a bron yn boenus ei ddwyster ac felly hefyd harddwch fy wyneb cynnes a dynoldeb llac f'aelodau ac iechyd sbriws fy ngwaed coch cyfoethog. Roedd ei adael i gyd heb reswm da a chwalu'r ymerodraeth fach yn ddernynnau bychain yn rhywbeth rhy boenus hyd yn oed i wrthod meddwl amdano.

Y peth nesaf o bwys ddigwyddodd yn y stafell ddydd oedd y Plismon MacCruiskeen yn dod i mewn. Brasgamodd i mewn at gadair a thynnu ei lyfr nodiadau du a dechrau craffu ar y cofnodion yn dwyn ei lofnod ei hun, ar yr un pryd â phlethu ei wefusau'n rhywbeth tebyg i grych.

"Gymrist ti'r darlleniada?" gofynnodd y Sarjant.

"Do," meddai MacCruiskeen.

"Darllenna nhw gael i mi'u clywed nhw," meddai'r Sarjant, "a gael i mi dynnu cymariaetha meddyliol y tu mewn i du mewn fy mhen mewnol."

Llygadodd MacCruiskeen ei lyfr yn graff.[6]

"Deg pwynt pump," meddai.

"Deg pwynt pump," meddai'r Sarjant. "A be oedd y darlleniad ar y trawst?"

"Pump pwynt tri."

"A faint ar y lifer?"

"Dau pwynt tri."

"Mae dau pwynt tri yn uchel," meddai'r Sarjant. Rhoes gefn ei ddwrn rhwng llifiau ei ddannedd melynion a dechrau clandro ei gymariaethau meddyliol. Ar ôl pum munud cliriodd ei wyneb ac edrychodd drachefn ar MacCruiskeen.

"Oedd yna gwymp?" gofynnodd.

"Cwymp ysgafn am hanner awr wedi pump."

"Mae hanner awr wedi pump braidd yn hwyr os mai cwymp ysgafn oedd o," meddai. "Roist ti siarcol yn ddecha yn y twll aer?"

"Do," meddai MacCruiskeen.

---

[6] O graffu ar hap am ennyd ar lyfr nodiadau'r Plismon rwyf mewn lle i roi yma ffigyrau cymharol darlleniadau wythnos. Am resymau amlwg mae'r ffigyrau eu hunain yn ffug:

DARLLENIAD PEILOT	DARLLENIAD AR Y TRAWST	DARLLENIAD AR Y LIFER	NATUR Y CWYMP *(os oedd o gwbl, gyda threigl amser)*
10.2	4.9	1.25	Ysgafn 4.15
10.2	4.6	1.25	Ysgafn 18.16
9.5	6.2	1.7	Ysgafn 7.15 (gyda thalpiau)
10.5	4.25	1.9	Dim
12.6	7.0	3.73	Trwm 21.6
12.5	6.5	2.5	Du 9.0
9.25	5.0	6.0	Du 14.45 (gyda thalpiau)

"Faint?"

"Saith pwys."

"Wyth ddwedwn i," meddai'r Sarjant.

"Roedd saith yn hen ddigon," meddai MacCruiskeen, "os cofi di fod y darlleniad ar y trawst yn disgyn ers pedwar diwrnod. Rois i brawf ar y wennol ond doedd dim golwg bod symudiad na llacrwydd ynddi."

"Faswn i'n dal i ddeud wyth i chwara'n saff," meddai'r Sarjant, "ond os ydi'r wennol yn dynn, does dim gofyn pryder ofnus."

"Ddim o gwbwl," meddai MacCruiskeen.

Cliriodd y Sarjant yr holl linellau pendroni oedd ar ei wyneb a sefyll ar ei draed a tharo'i ddwylo fflat ar bocedi'i frest. "Reit ta," meddai.

Gwyrodd i roi'r clipiau ar ei fferau.

"Rhaid i mi fynd rŵan i lle dwi'n mynd," meddai, "a tyrd di," meddai wrth MacCruiskeen, "efo fi i'r tu allan am ddau funud gael imi dy hysbysu di'n swyddogol am ddigwyddiada diweddar."

Aeth y ddau ohonynt allan efo'i gilydd, gan fy ngadael i yn f'unigrwydd digalon a digysur. Fu MacCruiskeen fawr o dro ond roeddwn yn unig am yr ennyd bychan bach hwnnw. Pan ddaeth yn ei ôl rhoes sigarét i mi oedd yn gynnes ac yn grychlyd o'i boced.

"Dwi'n cael ar ddallt eu bod nhw am eich mystyn chi," meddai'n hynaws.

Nodiais yn ateb.

"Adeg sâl o'r flwyddyn, mi gyst ffortiwn," meddai. "Choeliech chi fawr be ydi pris coed."

"Fyddai coeden ddim yn gneud y tro?" gofynnais, yn rhoi llafar i chwiw wamalu wag.

"Go brin byddai hynny'n briodol," meddai, "ond mi sonia i amdano wrth y Sarjant yn ddistaw bach."

"Diolch."

"Ddeng mlynadd ar hugain yn ôl," meddai, "oedd y

crogi dwytha gafon ni yn y plwy yma. Dyn enwog iawn o'r enw MacDadd oedd o. Ganddo fo oedd y record can milltir ar deiar solat. Rhaid i mi ddeud wrthach chi be wnaeth y teiar solat iddo fo. Roedd rhaid i ni grogi'r beic."

"Crogi'r beic?"

"Roedd MacDadd wenwyn siort ora i ddyn arall o'r enw Figgerson ond aeth o ddim ar gyfyl Figgerson. Mi wyddai sut yr oedd pethau a rhoes andros o gweir i feic Figgerson efo trosol. Wedyn aeth hi'n daro rhwng MacDadd a Figgerson a chafodd Figgerson – dyn tywyll efo sbectol – ddim byw i wbod pwy enillodd. Mi gafwyd gwylnos fawr ac mi'i claddwyd efo'i feic. Welsoch chi arch siâp beic erioed?"

"Naddo."

"Mae'n ddarn cywrain iawn o goedwaith, byddai gofyn i chi fod yn giamstar o saer coed i gael hwyl ar y cyrn heb sôn am y pedalau a'r stepan ôl. Ond hen beth troseddol sâl oedd y llofruddio a fedren ni ddim cael hyd i MacDadd am dipyn go lew na gneud yn saff lle'r oedd y rhan fwyaf ohono fo. Roedd gofyn i ni restio ei feic yn ogystal ag ynta a ddaru ni wylio'r ddau ohonyn nhw dan wyliadwriaeth gudd am wythnos i weld lle'r oedd y rhan fwyaf o MacDadd ac a oedd y beic gan mwya yn nhrowsus MacDadd *pari passu* os dach chi'n gweld be sy gin i."

"Be ddigwyddodd?"

"Rhoes y Sarjant ei ddyfarniad ar ddiwedd yr wythnos. Roedd mewn lle cas ofnadwy gan ei fod yn ffrindia clòs MacDadd ar ôl oria gwaith. Condemniodd y beic a'r beic a grogwyd. Ddaru ni gofnodi *nolle prosequi* yn y dyddlyfr o ran yr amddiffynnydd arall. Welais inna mo'r mystyn achos dwi'n ddyn gwachul ac mae fy stumog i'n adweithiol ar y naw."

Cododd a mynd at y ddresel a thynnu ei flwch

cerddoriaeth wnâi seiniau rhy gyfrin denau i neb ond yntau eu clywed. Wedyn eisteddodd yn ei ôl yn ei gadair, rhoi ei ddwylo drwy'r strapiau dwylo a dechrau ei ddiddanu ei hun â'r gerddoriaeth. Gellid casglu'n fras ar ei wyneb beth chwaraeai. Roedd iddo ryw foddhad llawen a blas y pridd arno, arwydd ei fod yn ymhél â chaneuon sgubor swnllyd croch a chaneuon calonnog y môr ac ymdeithganau trystiog praff. Roedd y distawrwydd yn y stafell mor anghyffredin o dawel fel bod ei ddechrau i'w glywed braidd yn swnllyd wedi i rywun gyrraedd pen y daith yn llonyddwch llwyr ei ddiwedd.

Does wybod yn y byd am ba hyd y parhaodd yr ysbaid annaearol yma nac am ba hyd y buom yn gwrando'n astud ar ddim byd. Blinodd fy llygaid innau ar segurdod a chau fel tŷ tafarn am ddeg o'r gloch. Pan agoron nhw drachefn gwelais fod MacCruiskeen wedi rhoi'r gorau i'r gerddoriaeth a'i fod yn hwylio i roi ei ddillad a'i grysau Sul drwy'r mangl. Tynasai fangl mawr rhydlyd o gysgod y pared a thynnu blanced oddi arno ac roedd yn sgriwio i lawr y sbring pwysedd ac yn troelli'r olwyn law ac yn ailwampio'r peiriant â dwylo deheuig.

Wedyn aeth at y dresal a thynnu pethau bach fel batris sychion o ddrôr a hefyd teclyn fel fforch a chasgenni gwydr a gwifrau ynddynt a phethau eraill llai cain yr olwg heb fod yn annhebyg i'r lampau tywydd mawr mae'r Cyngor Sir yn eu defnyddio. Rhoes y pethau mewn gwahanol rannau o'r mangl a phan oedd wedi rhoi'r rhain i gyd yn eu lle wrth ei fodd, roedd golwg fwy fel offeryn gwyddonol bras ar y mangl na pheiriant i wasgu dillad yn sych.

Awr dywyll oedd awr y dydd bellach, yr haul ar fin diflannu'n gyfan gwbl yn y gorllewin coch a thynnu'r golau i gyd. Daliai MacCruiskeen i ychwanegu pethau bychain cywrain at ei fangl a gosod offer gwydr anhraethol o gywrain am y coesau metal ac ar y rhan uchaf. Pan oedd bron wedi gorffen ei waith roedd y stafell bron yn ddu, ac weithiau saethai gwreichion glas pigog o waelod ei law pan oedd wrth ei gwaith.

O dan y mangl yng nghanol y crefftwaith haearn bwrw sylwais ar flwch du a gwifrau lliw yn dod ohono ac roedd sŵn tician bach i'w glywed fel petai yna gloc ynddo. At ei gilydd dyma'r mangl mwyaf cymhleth welais yn fy myw ac o ran cymhlethdod roedd yn frenin i du mewn melin ddyrnu stêm.

Wrth fynd heibio i'm cadair i nôl rhyw atodyn eto, gwelodd MacCruiskeen fy mod wedi deffro ac yn ei wylio.

"Peidiwch â phoeni o'i gweld yn nosi," meddai wrthyf, "achos dwi'n mynd i gynnau'r golau ac wedyn ei roi drwy'r mangl er difyrrwch a hefyd er gwirionedd gwyddonol."

"Ddwedsoch chi eich bod yn mynd i roi'r golau drwy'r mangl?"

"'Rhoswch gael i chi weld."

Gan y gwyll fedrwn i ddim canfod beth wnaeth nesaf na pha nobiau bwysodd ond ymddangosodd golau rhyfedd rywle ar y mangl. Golau lleol oedd hwn heb fod yn ymestyn fawr y tu allan i'w lewych ei hun ond nid smotyn o olau oedd o nac ychwaith golau siâp bar. Nid oedd yn gwbl gyson ond ni ddawnsiau fel golau cannwyll. Golau oedd o fel na welir yn aml yn y wlad yma, wedi'i wneud hwyrach o ddefnyddiau crai o dramor. Hen olau caddugol oedd o, yn union fel petai llecyn bach rywle ar y mangl heb dywyllwch.

Mae beth ddigwyddodd nesa'n syfrdanol. Gwelwn amlinell bŵl MacCruiskeen wrth ei waith ar y mangl. Addasodd bethau â'i fysedd craff, yn gwyro am funud i weithio ar y dyfeisiau isaf ar yr haearnwaith. Wedyn cododd i'w lawn faint a dechrau troi olwyn y mangl, yn araf bach, yn gyrru cloncian gwichlyd o gwmpas y barics. Y funud y trodd yr olwyn, dechreuodd y golau anghyffredin newid ei wedd a'i safle mewn dull hynod anodd. Gyda phob troad âi'n ddisgleiriach ac yn galetach ac ysgwyd ag ysgytwad mor fain a chain fel y cyrhaeddodd sadrwydd heb ei debyg dan haul drwy ddiffinio â'i ysgytwadau allanol ddau derfyn ystlysol y man lle'r oedd yn ddiamau. Aeth yn fwy haearnaidd a mor gryf ei welwder dulas nes staenio sgrîn fewnol fy llygaid fel ei fod yn dal i fod o'm blaen o bob tu pan dynnais fy ngolygon oddi ar y mangl i wneud fy ngorau i gadw'm golwg. Daliai MacCruiskeen i droi'r handlen yn araf nes yn sydyn, er arswyd dychrynllyd dudew i mi, roedd y golau fel pe'n ffrwydro ac yn diflannu ac ar yr un pryd roedd yna waedd uchel yn y stafell, gwaedd na allasai ddod o wddw dyn.

"Be oedd y gweiddi 'na?" meddwn wrtho'n grynedig.

"Ddweda i wrthoch chi mhen chwinciad," gwaeddodd, "os dwedwch chi wrtha i be oedd geiriau'r waedd yn eich tyb chi. Be ddwedech chi oedd yn y waedd ta?"

Dyma gwestiwn roeddwn eisoes yn ei glandro yn fy mhen. Rhuasai'r llais annaearol rywbeth yn gyflym iawn a thri neu bedwar o eiriau wedi'u cywasgu'n un waedd fratiog. Wyddwn i ddim beth oedd i sicrwydd ond tarodd sawl ymadrodd fy mhen efo'i gilydd ar amrantiad a gallasai unrhyw un fod yn eiriau'r waedd. Roedden nhw'n iasol o debyg i waeddau cyffredin glywswn megis *Pawb allan i Tinahely a Shillelagh! C'mon midffîld! Gwyliwch y gris! Rhowch ben arno fo!* Gwyddwn, fodd bynnag, na allai'r waedd fod mor wirion a dibwys am iddi fy nghyffroi mewn modd na all ond rhywbeth tynghedus a dieflig ei wneud.

Edrychai MacCruiskeen arnaf a chwestiwn yn ei lygad.

"Fedrwn i mo'i dirnad," meddwn, yn niwlog ac yn llipa, "ond rhyw siarad rheilffordd dwi'n meddwl."

"Dwi'n gwrando ar waeddau a sgrechfeydd ers blynyddoedd," meddai, "ond fedra i byth ddal y geiria i sicrwydd. Fasach chi'n deud ei fod o'n deud 'Paid â phwyso mor galad'?"

"Na faswn."

"Yr ail ffefrynna sy'n ennill bob tro?"

"Nid hynny."

"Mae'n hen bos anodd," meddai MacCruiskeen, "yn bwynt dyrys cyfansawdd. Dowch i ni roi cynnig eto arni."

Y tro yma sgriwiodd rholeri'r mangl i lawr mor dynn nes eu bod yn gerain a nes ei bod bron yn amhosib troi'r olwyn. Y golau teneuaf a meinaf ddychmygwn erioed oedd y golau ddaeth i'r fei, fel tu mewn min rasel finiog, a'r dwysâd ddeuai iddo gyda throi'r olwyn yn rhywbeth rhy gain i'w wylio hyd yn oed drwy gil y llygad.

Yr hyn ddigwyddodd o'r diwedd oedd nid gwaedd ond sgrech fain, sŵn heb fod yn annhebyg i gri llygod mawr ond yn feinach o lawer nag unrhyw sŵn y gallai na dyn nac anifail ei wneud. Unwaith eto tybiais i eiriau gael eu defnyddio ond roedd eu hunion ystyr a'r iaith y perthynent iddi yn gwbl annelwig.

"'Dau fanana am geiniog'?"

"Nid bananas," meddwn.

Crychodd MacCruiskeen ei dalcen yn gegrwth.

"Dyma un o'r posau mwya cywasgedig a dyrys welais i yn fy myw," meddai.

Rhoes y flanced yn ei hôl dros y mangl a'i wthio o'r neilltu ac wedyn cynnau lamp ar y pared drwy bwyso rhyw nobyn yn y tywyllwch. Roedd y golau'n llachar ond yn grynedig ac yn ansad a wnâi mo'r tro o gwbl i ddarllen. Eisteddodd yn ôl yn ei gadair fel pe bai'n aros i gael ei holi a'i ganmol am y pethau rhyfedd wnaethai.

"Be ydi'ch barn bersonol chi ar hynna i gyd?"

gofynnodd.

"Be oeddech chi'n neud?" gofynnais.

"Mystyn y golau."

"Dwi'm yn dallt be sy gynnoch chi."

"Ddweda i wrthoch chi ei hyd a'i lled hi," meddai, "a dangos yn fras ei siâp hi. Wnaiff hi ddim drwg i chi wbod petha anarferol achos mi fyddwch yn farw gelain ymhen deuddydd ac yn y cyfamser gewch chi'ch dal yn incognito ac yn incommunicado. Glywsoch chi sôn erioed am *omnium*?"

"Omnium?"

"Omnium ydi'r enw iawn arno fo er na chewch chi mono fo yn y llyfra."

"Ydach chi'n siŵr mai dyna'r enw iawn?" Chlywswn i erioed mo'r gair o'r blaen heblaw yn Lladin.

"Sicir."

"Pa mor sicir?"

"Mae'r Sarjant yn deud."

"Ac ar be mae omnium yr enw iawn?"

Gwenodd MacCruiskeen arnaf yn oddefgar.

"Omnium ydach chi ac omnium ydw i a dyna be ydi'r mangl a fy sgidia i a'r gwynt yn y simna hefyd."

"Diolch am y goleuni yna," meddwn.

"Mae'n dod ar donnau."

"Pa liw?"

"Pob lliw."

"Yn uchel ta'n isel?"

"Y ddau."

Roedd llafn fy chwilfrydedd stilgar wedi'i hogi ond gwelwn mai taro mwy o amheuaeth ar y mater wnâi fy nghwestiynau yn hytrach na'i ddatrys. Tewais nes i MacCruiskeen siarad drachefn.

"Mae rhai pobol," meddai, "yn ei alw'n egni ond omnium ydi'r enw iawn achos mae 'na fwy o lawer nag egni'r tu mewn iddo, beth bynnag ydi o. Omnium ydi'r hanfod mewnol cynhenid hanfodol sydd ynghudd y tu mewn i wraidd cnewyllyn pob peth ac mae'n wastad 'run fath."

Nodiais yn ddoeth.

"Dydi o byth yn newid. Ond mae'n ei amlygu'i hun mewn cant a mil o ffyrdd ac mae'n wastad yn dod ar donnau. Ylwch chi'r golau a'r mangl rŵan."

"Ffwr â chi," meddwn.

"Yr un omnium ydi'r golau ar don fer ond os daw o ar don hwy mae ar ffurf sŵn, neu sain. Efo fy nyfeisiau fy hun fedra i fystyn pelydryn nes iddo fynd yn sain."

"Wela i."

A phan fydd gin i waedd wedi'i chau yn y blwch 'na efo'r weiars, fedra i'i gwasgu hi nes ca i wres a choeliech chi fawr mor gyfleus ydi hynny yn y gaea. Welwch chi'r lamp cw ar y pared?"

"Gwela."

"Cywasgwr cywrain a theclyn cyfrinachol sy'n gweithio hwnna, wedi'u cysylltu â'r blwch efo'r weiars. Mae'r blwch yn llawn sŵn. Dros yr ha fydda i a'r Sarjant yn treulio'n hamsar rhydd yn casglu synau fel bod gynnon ni olau a gwres at ein bywyd swyddogol yn y gaea tywyll. Dyna pam mae'r gola'n mynd i fyny ac i lawr. Mae rhai o'r synau'n fwy swnllyd na'r lleill ac mi fydd y ddau ohonon ni wedi'n dallu os down ni at yr adeg pan oedd y chwaral yn gweithio ym mis Medi'r llynadd. Mae yn y blwch rywle a does dim dwywaith na ddaw o allan ymhen yr hir a'r hwyr yn anochel."

"Gwaith tanio?"

"Deinameiteiddio ac ymlosgiada aflywodraethus o'r math mwya pellgyrhaeddol. Ond omnium ydi hanfod pob peth. Tasach chi'n medru dod o hyd i'r don iawn sy'n gneud coedan, fedrach chi ennill craig o bres o bren i'w allforio."

"A phlismyn a gwartheg, ydyn nhw i gyd ar donna?"

"Ar don mae pob peth ac omnium sydd wrth graidd yr holl gybôl oni bai mod i'n Holandiad o'r Iseldiroedd pell. Duw mae rhai pobol yn ei alw fo ac mae 'na enwa eraill ar rywbeth sy'r un ffunud ag o ac omnium ydi'r peth hwnnw hefyd i'r un fargen."

"Caws?"

"Ia. Omnium."

"Bresys hyd yn oed?"

"Bresys hyd yn oed."

"Welsoch chi erioed ddarn ohono fo neu pa liw ydi o?"

Gwenodd MacCruiskeen yn gam a lledu'i ddwylo'n wyntyllau coch.

"Dyna'r potas mwya," meddai. "Tasach chi'n medru deud be mae'r gwaedda'n ei olygu hwyrach basa hynny'n ddeunydd yr atab."

"A hyrddwynt a dŵr a bara brown a theimlad cenllysg ar ben noeth, omnium ar don wahanol ydi'r rheini i gyd?"

"Omnium bob un."

"Fedrech chi ddim cael darn a'i gario fo yn eich wasgod fel y medrech chi newid y byd i'ch taro chi pan oedd hi'n eich taro chi?"

"'Dyna'r potas mwya fyw fyd bosib a diwrthdro. Tasa gynnoch chi sachaid ohono fo neu hyd yn ond hannar llond bocs matsys bach ohono fo, fedrach chi neud unrhyw beth a hyd yn oed gneud be oedd dim modd ei alw fo wrth yr enw yna."

"Dallt yn iawn."

Ochneidiodd MacCruiskeen a mynd drachefn at y dresal a thynnu rhywbeth o'r ddrôr. Pan eisteddodd drachefn wrth y bwrdd dechreuodd symud ei ddwylo drwy'i gilydd, yn gwneud dolenni a chyfrodeddiadau dyrys â'i fysedd fel petaent yn gweu rhywbeth ond doedd dim golwg o weill ynddynt, dim byd i'w weld ond ei ddwylo noeth.

"Gweithio ar y gist fach dach chi eto?" gofynnais.

"Ia," meddai.

Eisteddais yn ei wylio'n ddidaro, yn meddwl fy meddyliau fy hun. Am y tro cyntaf cofiais pam rhoeswn dro anffodus am y fan yma a'm cael fy hun mewn lle rhyfedd. Nid fy watsh ond y blwch du. Lle'r oedd o? Pe gwyddai MacCruiskeen yr ateb tybed ddywedai wrthyf o'i holi? Pe na ddihangwn drwy hap a damwain yn groeniach rhag bore'r crogwr, chawn i mo'i weld fyth na gwybod beth oedd ynddo, gwybod gwerth yr arian na chawn fyth ei wario, gwybod mor hardd allasai fod fy nghyfrol ar de Selby? Fyddai i mi fyth weld John Divney eto? Lle'r oedd o bellach? Lle'r oedd fy watsh?

Does gin ti ddim watsh.

Roedd hynny'n ddigon gwir. Teimlwn f'ymennydd yn llanast ac yn llawn cwestiynau a dryswch dall a theimlwn hefyd dristwch y twll roeddwn ynddo yn codi eto yn fy ngwddw. Teimlwn yn unig fel hen wylan fôr, ond a gobaith bach y dihangwn yn groeniach yn y pen draw un.

Roeddwn wedi penderfynu holi a wyddai rywbeth am y blwch arian pan dynnwyd fy sylw gan rywbeth arall syfrdanol.

Hyrddiwyd y drws ar agor ac i mewn â Gilhaney, yn wynepgoch ac yn pwffian gan y lôn arw. Stopiodd o ddim yn iawn nac eistedd ond dal i symud yn aflonydd o gwmpas y stafell ddydd, heb dalu blewyn o sylw i mi. Roedd MacCruiskeen wedi cyrraedd man cyfewin fanwl ar ei waith a'i ben bron ar y bwrdd i ymorol bod ei fysedd yn gweithio'n iawn heb fynd o chwith yn ddybryd. Ar ôl mynd heibio i'r anhawster edrychodd i fyny drwy gil ei lygad ar Gilhaney.

"Beic sy dan sylw?" meddai'n ddidaro.

"Dim ond coed," meddai Gilhaney.

"A be ydi dy newydd di am goed?"

"Mae yna giwed o'r Iseldiroedd wedi codi prisiau coed, mi fyddai cost crocbren dda yn costio ffortiwn."

"Dyna i chdi'r Iseldirwyr i'r dim," meddai MacCruiskeen â thinc olygai ei fod yn gyfarwydd â'r fasnach bren o'i chwr.

"O godi crocbren dri dyn efo trapddor da a grisiau boddhaol fasach chi dlotach o ddecpunt, a hynny heb na rhaffa na llafur."

"Mae decpunt yn bres mawr am grogwr," meddai MacCruiskeen.

"Ond mi gyst crocbren ddeuddyn a sgydfa yn lle'r trapddor mecanyddol ac ysgol i'r grisia'r rhan ora o chwephunt, rhaff ar ben hynny."

"Ac yn ddrud am yr un pris," meddai MacCruiskeen.

"Ond mae'r grocbren ddecpunt yn well peth, mae'n fwy steilus," meddai Gilhaney. "Mae 'na ryw swyn i grocbren sy'n raenus ac yn foddhaol."

Welais i ddim yn iawn beth ddigwyddodd nesaf am fy mod yn gwrando ar y sgwrs ddidrugaredd yma hyd yn oed â'm llygaid. Ond digwyddodd rhywbeth syfrdanol eto. Roedd Gilhaney wedi dynesu at MacCruiskeen i siarad i lawr ag o'n ddifrif ac yn ôl beth ddeallais i, drwy amryfusedd stopiodd yn stond yn lle dal i fynd i gadw'i gydbwysedd pensyth. Y canlyniad oedd iddo syrthio'n glec, hanner ar MacCruiskeen yn ei gwman a hanner ar y bwrdd, a dod â'r ddau i'w ganlyn yn bentwr o weiddi a choesau a chybolfa ar lawr. Roedd wyneb y Plismon pan welais o yn ddigon i godi braw ar ddyn. Roedd yn lliw eirinen biws gan gynddaredd, ond llosgai ei lygaid fel coelcerthi yn ei dalcen ac roedd yn glafoerio ewyn. Ynganodd o'r un gair am dipyn, dim ond oernadau gwylltineb y gors a'r goedwig, rhochiadau gorffwyll a chleciau cas cythreulig. Aethai Gilhaney i swatio wrth y pared a'i godi'i hun gyda'i gymorth ac wedyn cilio at y drws. Pan ddaeth MacCruiskeen o hyd i'w dafod eto llefarodd yr iaith fwyaf aflan ynganwyd erioed a bathu geiriau butrach na'r geiriau butraf ynganwyd erioed ar wyneb daear. Rhoes enwau ar Gilhaney rhy amhosib ac ysglyfaethus i'w sgwennu â llythrennau hysbys. Roedd dros dro'n lloerig gan lid oherwydd ymhen yr hir a'r hwyr rhuthrodd at y dresal lle cadwai ei holl drugareddau a thynnu pistol cywrain a'i chwifio o gwmpas y stafell i fygwth y ddau ohonom a phob un dim bregus yn y tŷ.

"Ar eich pedwar, y ddau ohonoch chi, ar lawr," rhuodd, "a pheidiwch â rhoi'r gora i chwilio am y gist 'na daroch chi ar lawr nes i chi gael hyd iddi!"

Llithrodd Gilhaney at ei liniau'n syth a minnau'r un fath heb fynd i'r drafferth o edrych ar wyneb y Plismon gan fy mod yn cofio'n union sut olwg oedd arno'r tro diwethaf y'i gwelais. Ymgripiodd y ddau ohonom o gwmpas y llawr yn dila, yn llygadu ac yn byseddu i gael hyd i rywbeth nad oedd dim dichon na'i deimlo na'i weld ac a oedd mewn gwirionedd yn rhy fach i fod ar goll o gwbl.

Mae hyn yn ddifyr. Gei di dy grogi am ladd dyn na lofruddiaist ti mono fo a rŵan gei di dy saethu am beidio â dod o hyd i rywbeth mân mân nad ydi o, yn ôl pob tebyg, yn bod o gwbwl ac na chollaist ti mono fo beth bynnag.

Dwi'n haeddu'r cwbwl, atebais, am beidio â bod yma o gwbwl, i ddyfynnu geiria'r Sarjant.

Anhawdd cofio am ba hyd y bu Gilhaney a minnau wrth ein gwaith rhyfedd. Deng munud neu ddeng mlynedd, hwyrach, a MacCruiskeen ar ei eistedd yn ein hymyl, yn byseddu'r haearn ac yn rhythu'n giaidd arnom yn ein cwman. Wedyn daliais Gilhaney yn ciledrych arnaf ac yn rhoi winc fawr. Toc caeodd ei fysedd, codi ar ei draed efo cymorth handlen y drws a mynd at lle'r oedd MacCruiskeen, dan wenu ei wên fylchog.

"Dyma chdi a dyma hi," meddai gan estyn ei law

ynghau.

"Dyro hi ar y bwrdd," meddai MacCruiskeen yn dawel.

Rhoes Gilhaney ei law ar y bwrdd a'i hagor.

"Gei di fynd o'ma rŵan ac ymadael," meddai MacCruiskeen wrtho, "a gadael yr adeilad at ddiben mynd ynghylch y coed."

Ar ôl i Gilhaney fynd gwelais fod y rhan fwyaf o'r gynddaredd wedi cilio o wyneb y Plismon. Eisteddodd am dipyn heb ddweud dim wedyn rhoi ei ochenaid arferol a chodi.

"Mae gin i fwy i'w neud heno," meddai wrthyf yn gwrtais, "felly ddangosa i chi lle'r rydach i gysgu dros y nos dywell."

Cyneuodd olau rhyfedd ac iddo wifrau a blwch bychan bach llawn synau bychain a'm harwain i stafell lle'r oedd dau wely gwyn a dim byd arall.

"Mae Gilhaney'n meddwl ei fod yn dipyn o dderyn ac yn athrylith," meddai.

"Hwyrach ei fod a hwyrach ddim," meddwn dan fy ngwynt.

"Tydi o'n fawr ystyried hap a damwain cyd-drawiadol."

"Does arno fo ddim golwg dyn fyddai'n malio rhyw lawer."

"Pan ddeudodd o fod y gist ganddo roedd o'n meddwl fy ngneud yn bric pwdin a'm dallu drwy roi ei fawd yn fy llygad."

"Dyna sut roedd pethau i'w gweld."

"Ond drwy hap a damwain prin mi *ddaru* gau ei law ar hap ar y gist a'r gist a dim arall roes o'n ôl ymhen yr hir a'r hwyr ar y bwrdd."

Yma cafwyd peth distawrwydd.

"Pa wely?" gofynnais.

"Hwn," meddai MacCruiskeen.

VIII

Ar ôl i MacCruiskeen fynd ar flaenau'i draed o'r stafell yn ddistaw bach fel nyrs ddechau a chau'r drws heb smic, fe'm cefais fy hun yn sefyll wrth erchwyn y gwely ac yn meddwl yn hurt beth wnawn i ag o. Roedd fy nghorff yn llesg a'm meddwl wedi fferru. Roedd gen i ryw deimlad rhyfedd o gwmpas fy nghoes chwith. Tybiwn ei bod yn ymledu fel petai – bod ei natur brennaidd yn ymestyn yn araf ar hyd fy nghorff drwyddo draw, gwenwyn pren sych yn fy lladd fesul modfedd. Cyn hir byddai f'ymennydd wedi'i newid yn bren yn gyfangwbl ac wedyn byddwn yn farw. Roedd hyd yn oed y gwely'n bren, nid metal. Pe bawn yn gorwedd ynddo –

Nei di ista i lawr er mwyn y Tad yn lle sefyll yna fel twmffat, meddai Joe yn sydyn.

Dwi'm yn siŵr be na' i nesa os peidia i â sefyll, atebais. Ond eisteddais i lawr er mwyn y Tad.

Does 'na ddim byd anodd ynghlwm â gwely, mae hyd yn oed plentyn yn medru dysgu sut i iwsio gwely. Tynna amdanat a mynd i'r gwely a gorwedd arno fo a dal i orwedd arno fo hyd yn oed os dio'n gneud i ti deimlo'n wirion.

Gwelais mai doeth oedd hyn a dechrau tynnu amdanaf. Roeddwn wedi blino bron ormod i wneud y dasg syml honno. Pan oedd fy nillad i gyd ar lawr roedd yna lawer iawn mwy ohonyn nhw nag a ddisgwyliwn a'm corff yn syfrdanol o wyn a thenau.

Agorais y gwely'n fishi, gorwedd ar hyd ei ganol ac ochneidio gan hapusrwydd a llonydd. Teimlwn fel petai holl flinder a phenblethau fy niwrnod wedi disgyn arnaf yn braf fel cwilt mawr trwm a'm cadwai'n gynnes ac yn gysglyd. Sythodd fy mhennau gliniau fel blagur rhosod yn yr heulwen boeth, yn gwthio fy nghimogau ddwy fodfedd ymhellach tua gwaelod y gwely. Daeth pob cymal yn llac ac yn wirion ac yn dda i ddim. Magai pob modfedd ohonof bwysau efo pob eiliad nes bod cyfanswm y baich ar y gwely tua phum can mil tunnell. Roedd hwn wedi'i daenu'n gyfartal ar bedair coes bren y gwely, ddaethai bellach yn rhan hanfodol o'r bydysawd. Troes f'amrannau, pob un yn pwyso dim llai na phedair tunnell, yn drwm dros ganhwyllau fy llygaid. Symudodd fy nghimogau cul, yn fwy coslyd ac yn bellach yn eu hing ymlacio, ymhellach oddi wrthyf nes i fodiau hapus fy nhraed bwyso'n glòs ar y barrau. Roeddwn yn hollol llorwedd, yn drwm, yn llwyr ac yn ansigladwy. Yn un â'r gwely dois yn bwysfawr ac yn blanedol. Ymhell o'r gwely gwelwn y nos y tu allan wedi'i fframio'n ddel yn y ffenest fel petai'n llun ar y pared. Roedd seren ddisglair mewn un gornel a sêr eraill llai fan draw blith draphlith yn doreth aruthrol. Ar fy hyd, yn ddistaw a'm llygaid yn farw, pendronais ynghylch pa mor newydd oedd y nos,[1] mor

---

[1]Nid ac eithrio hyd yn oed yr hygoelus Kraus (gweler ei *De Selbys Leben*), mae'r holl esbonwyr wedi trin ymdriniaethau de Selby â'r nos a chwsg â chryn dipyn o betrusder. Nid yw hyn fawr i ryfeddu ato gan ei fod yn coleddu'r farn (a) nad oedd nos ond croniant o "awyr ddu," h.y. staenio'r awyrgylch oherwydd ffrwydradau llosgfynyddol rhy fain i'w gweld â'r llygad noeth a hefyd oherwydd gweithgareddau diwydiannol "gresynus" ynghlwm â sgilgynhyrchion col-tar a llifiau llysiau; a (b) nad oedd cwsg ond dilyniant o byliau llewygu wedi'u peri gan ledfygu oherwydd (a). Mae Hatchjaw yn cyflwyno ei ddamcaniaeth arwynebol braidd a bytholbarod, sef mai ffugiad sydd yma, gan gyfeirio at rai cystrawennau anghyfarwydd yn y rhan gyntaf o'r trydydd "prosecanto" fel y'i gelwir yn *Golden Hours*. Nid yw, fodd bynnag, yn awgrymu bod unrhyw beth ffug yn *rodomontade* de Selby yn *Layman's Atlas*, sydd yr un mor andwyol, lle mae'n lladd yr un mor giaidd ar "the insanitary conditions prevailing everywhere after six o'clock" ac yn gwneud y *gaffe*

enwog sef nad yw angau ond "the collapse of the heart from the strain of a lifetime of fits and fainting". Aeth Bassett (yn *Lux Mundi*) i gryn drafferth i sefydlu dyddiad yr adrannau hyn a dengys fod de Selby *hors de combat* oherwydd yr anhwylderau ers tro ar ei goden fustl o leiaf yn union cyn iddo gyfansoddi'r adrannau. Nid ar chwarae bach y mae anwybyddu tabl dyddiadau aruthrol Bassett a'i ddyfyniadau ategol o bapurau newydd y dydd sy'n sôn am gynorthwyo "gŵr mewn oed" dienw i fynd i dai preifat wedi iddo gael gwasgfeydd ar y stryd. O ran y rheini sydd am gloriannu drostynt eu hunain mae *Hatchjaw and Bassett* Henderson yn gryn gaffaeliad. Mae Kraus, fel rheol yn anwyddonol ac yn annibynadwy, yn werth ei ddarllen yn hyn o beth. (*Leben*, tud 17 – 37).

Yr un fath ag yn llawer un o blith cysyniadau de Selby, mae'n anodd mynd i'r afael â'i broses resymu na gwrthbrofi ei gasgliadau rhyfedd. Mae'r "ffrwydradau llosgfynyddol", y gallwn er cyfleuster eu cymharu â gweithgaredd isweledol sylweddau megis radiwm, fel arfer yn digwydd "gyda'r nos" ac fe'u hysgogir gan fwg ac ymlosgiadau diwydiannol y "dydd" ac fe'u dwyseir mewn mannau neilltuol y gellir, yn niffyg gwell term, eu galw'n "fannau tywyll". Un anhawster yw'r union fater yma o dermau. Dim ond am ei fod yn fan lle mae tywyllwch yn "egino" y mae "man tywyll" yn dywyll a dim ond oblegid bod y "dydd" yn gwaethygu – oherwydd effaith ysgogol parddu ar y prosesau llosgfynyddol – y mae "gyda'r nos" yn awr gwyll. Ni wna de Selby unrhyw ymdrech i egluro pam mae gofyn i "fan tywyll" megis seler fod yn dywyll ac nid yw'n diffinio'r amgylchiadau nac atmosfferig na chorfforol na mwynol y mae gofyn iddynt fodoli yn gyson ym mhob man o'r fath er mwyn i'r ddamcaniaeth ddal ei thir. Yr "unig welltyn a gynigir", a defnyddio cymal coeglyd Bassett, yw'r datganiad bod "awyr ddu" yn hynod o hylosg, a chrynswth enfawr ohoni yn cael ei ysu yn y fan a'r lle gan y fflam leiaf, hyd yn oed golau trydan wedi'i ynysu mewn gwactod. "This," ebe Bassett, "seems to be an attempt to protect the theory from the shock it can be dealt by simply striking matches and may be taken as the final proof that the great brain was out of gear."

Un nodwedd arwyddocaol ar y mater yw diffyg unrhyw gofnod awdurdodol o'r arbrofion y ceisiai de Selby yn wastad eu defnyddio i ategu ei syniadau. Y mae'n wir bod Kraus (gweler isod) yn rhoi adroddiad deugain tudalen ar rai arbrofion, gan mwyaf a'u gwnelo ag ymgeisiau i botelu cryn dipyn o "nos", a chyfnodau diddiwedd arbennig ac anarferol ei hunigoliaeth. Gan ladrata oddi arnaf gysur fy ngolwg, roedd yn chwalu fy

---

mewn ystafelloedd gwely dan glo a dan gaeadau y gellid clywed ohonynt hyrddiau o forthwylio uchel. Mae'n egluro bod y gwaith potelu yn cael ei wneud gyda photeli a oedd, "am resymau amlwg", o wydr du. Datganir i botiau porslen anhryloyw hefyd gael eu defnyddio "gyda pheth lwyddiant". Yng ngeiriau oerllyd Bassett, "such information, it is to be feared, makes little contribution to serious deselbiana (*sic*)".

Ychydig iawn a wyddys am na Kraus na'i fywyd. Ymddengys nodyn bywgraffyddol byr yn *Bibliographie de de Selby* sydd bellach wedi'i ddisodli. Datganir mai yn Ahrensburg, ger Hamburg, y'i ganwyd, ac iddo weithio yn ei lencyndod yn swyddfa ei dad, a chanddo ran helaeth yn y fasnach jam yng Ngogledd yr Almaen. Yn ôl y sôn diflannodd yn llwyr o adnabyddiaeth dyn wedi restio Hatchjaw mewn gwesty yn Sheephaven yn dilyn dinoethi gan *The Times* sgandal llythyr de Selby, a gyfeiriai'n ddeifiol at gynllwynion "discreditable" Kraus yn Hamburg ac a awgrymai'n groyw ei fod yn gyfrannog. O gofio i'r pethau hyn ddigwydd yn y mis Mehefin tynghedus pan oedd *Country Album* yn dechrau ymddangos mewn rhannau pythefnosol, mae arwyddocâd yr holl fater yn amlwg. Pan ddiheurwyd Hatchjaw wedyn, ni thyciodd hyn ond i fwrw rhagor o amheuaeth ar ffigwr niwlog Kraus.

Ni thaflodd ymchwil ddiweddar fawr o oleuni ar bwy oedd Kraus nac ar yr hyn ddigwyddodd iddo yn y pen draw. Mae *Recollections* Bassett a gyhoeddwyd wedi ei farw yn cynnwys yr awgrym diddorol nad oedd Kraus yn bod o gwbl, a'r enw yn un o'r ffugenwau a fabwysiadwyd gan yr hynotyn du Garbandier i ddwyn yn ei blaen ei "ymgyrch athrod". Mae'r *Leben*, fodd bynnag, i'w weld yn rhy gyfeillgar ei gywair i annog y fath dybiaeth.

Mae du Garbandier ei hun, o bosib yn cymryd arno ddrysu nodweddion yr ieithoedd Saesneg a Ffrangeg, byth a hefyd yn defnyddio "black hair" yn lle "black air", ac yn mynd dros ben llestri yn cael hwyl am ben boneddiges walltddu'r nefoedd yn boddi'r ddaear â'i thresi bob nos pan âi i'r gwely.

Mae'n debyg mai'r peth gorau yn hyn o beth yw dewis hynt yr awdur go anhysbys o Swisiad, Le Clerque. "Mae'r mater hwn," meddai, "y tu allan i wir faes yr esboniwr cydwybodol oblegid, ac yntau'n methu dweud dim sydd nac yn raslon nac yn fuddiol, mae gofyn iddo ddal ei dafod."

mhersonoliaeth gorfforol yn ffrwd o liw, oglau, atgof, awch – holl hanfodion dirifedi rhyfedd bodolaeth ddaearol ac ysbrydol. Roeddwn heb na diffiniad, na safle na maintioli a'm harwyddocâd yn llai o dipyn. Ar fy ngorwedd yno, teimlwn fy mlinder yn mynd ar drai'n ara deg, fel y llanw'n cilio dros dywod dibendraw. Roedd yn deimlad mor braf a dwfn fel yr ochneidiais eto, yn ochenaid hir o hapusrwydd. Bron yn y fan clywais ochenaid arall a chlywed Joe yn murmur rhyw fwydro bodlon. Roedd ei lais yn f'ymyl ac eto nid fel petai'n dod o'r lle arferol o'm tu mewn. Tybiais mae'n siŵr ei fod yn gorwedd wrth f'ochr yn y gwely a chedwais fy nwylo'n ofalus wrth f'ochrau rhag ofn i mi'i gyffwrdd ar ddamwain. Teimlwn, am ddim rheswm, y byddai ei gorffyn bychan bach yn annifyr i gyffyrddiad dyn – yn gennog neu'n llysnafeddog fel sliwen neu'n anghynnes o arw fel tafod cath.

Tydi hynny ddim yn rhesymegol iawn – nac yn neis iawn chwaith, meddai'n sydyn.

Be?

Hynny am fy nghorff i. Pam cennog?

Dim ond tynnu coes, meddwn gan chwerthin yn gysglyd. Wn i'n iawn na does gin ti ddim corff. Heblaw f'un i, hwyrach.

Ond pam cennog?

Dwn i ddim. Sut gwn i pam dwi'n meddwl fy meddylia?

Myn Duw, chyma i mo ngalw'n gennog.

Er mawr syndod i mi daethai ei lais yn fain gan biwisrwydd. Wedyn roedd fel petai'n llenwi'r byd â'i biwisrwydd, nid drwy siarad ond drwy gau ei geg ar ôl iddo siarad.

Tyd rŵan, Joe, meddwn yn gysurlon mewn islais.

Achos os wyt ti ar drywydd strach gei di lond dy fol, meddai'n swta.

Does gin ti ddim corff, Joe.

Pam wyt ti'n deud bod gin i ta? A pham cennog?

Yn y fan hon ges i syniad rhyfedd heb fod yn annheilwng o de Selby. Pam oedd y syniad bod ganddo gorff yn tarfu gymaint ar Joe? Beth *petai* ganddo gorff? Corff efo corff eto y tu mewn iddo yn ei dro, miloedd o gyrff felly y tu mewn i'w gilydd fel crwyn nionod, yn cilio i ryw ddibendrawdod annirnad? Oeddwn i yn fy nhro yn ddim ond dolen mewn dilyniant dirfawr o fodau anhysbys, a'r byd adnabyddwn yn ddim ond tu allan y bod roeddwn innau'n llais mewnol iddo? Pwy neu beth oedd y craidd a pha anghenfil ym mha fyd oedd y cawr anghynwysedig terfynol? Duw? Dim byd? Oeddwn ni'n cael y meddyliau gwyllt hyn o'r Is I Lawr ynteu oedden nhw'n bwrw ffrwyth ynof o'r newydd i'w trosglwyddo'n Uwch I Fyny?

O'r Is I Lawr, harthiodd Joe.

Diolch.

Dwi'n mynd.

Be?

Yn ei miglo hi. Welwn ni pwy sy'n gennog ymhen dau funud.

Ar amrantiad cododd yr ychydig eiriau yma gyfog o ofn arnaf er bod eu hystyr yn rhy bwysfawr i'w ddirnad heb ymresymu clòs.

Y syniad cennog – o ble ces i hwnnw? gwaeddais.

Yn Uwch I Fyny, gwaeddodd.

Mewn penbleth ac ofn gwnes fy ngorau i ddeall penblethau nid yn unig fy nibyndod canolog a'm hanghyfanrwydd cadwynol ond hefyd fy atodolrwydd peryglus a'm hanysynoldeb chwithig. A bwrw bod –

Clyw. Cyn i mi fynd ddeuda i hyn wrtha chdi. Y fi ydi d'enaid di a dy holl eneidia di. Pan fydda i wedi mynd rwyt ti wedi marw. Nid yn unig mae'r ddynoliaeth a fu yn ymhlyg ym mhob dyn newydd a enir ond mae'n rhan ohono. Troell fythol-ehangol ydi'r ddynoliaeth a bywyd ydi'r pelydryn sy'n chwarae am fyr o dro ar bob cylch olynol. Mae'r ddynoliaeth benbaladr o'i dechrau i'w diwedd eisoes yn bresennol ond mae'r pelydryn heb eto chwarae'r tu hwnt i ti. Mae dy ddisgynyddion ar y ddaear yn aros yn fud ac yn ymddiried yn d'arweiniad di a minnau ac i'm holl bobol y tu mewn i mi i'w cadw ac i arwain y golau ymhellach. Dwyt ti ddim rŵan ar ben llinach dy bobol ddim mwy nag oedd dy fam pan oeddet ti'r tu mewn iddi. Pan adawa i ti byddaf yn mynd â phopeth a'th wnaeth yn be wyt ti i'm canlyn — byddaf yn mynd â'th holl arwyddocâd a phwysigrwydd i'm canlyn a'r holl gasgliadau greddf ddynol ac awch a doethineb ac urddas. Fe'th gadewir di â dim byd o'th ôl a dim byd i'w roi i'r rheini sy'n aros. Gwae ti pan gei di dy ddal ganddyn nhw! Da bo ti!

Er fy mod yn meddwl bod yr araith hon braidd dros ben llestri a hurt, roedd o wedi mynd a minnau wedi marw.

Rhoddwyd paratoadau at y cynhebrwng ar droed ar unwaith. Yn gorwedd yn fy arch dywyll gwiltiog â blancedi clywn ergydion llymion morthwyl yn hoelio'r caead i lawr.

Buan y cafwyd mai gwaith y Sarjant Pluck oedd y morthwylio. Safai'n gwenu arnaf o'r drws ac roedd arno olwg fawr a llawn bywyd ac yn syfrdanol lawn brecwast. Dros goler dynn ei diwnig gwisgai gylch coch o fraster oedd i'w weld mor newydd ac addurnol â rhywbeth ddaethai'n syth o'r londri. Roedd ei fwstas yn damp gan yfed llefrith.

Diolch byth am ddod yn ôl at gallineb, meddai Joe.

Roedd ei lais yn gyfeillgar ac yn gysurlon, fel pocedi mewn hen siwt.

"Bore da i chi yn y boreuddydd," meddai'r Sarjant yn hynaws.

Fei'i hatebais yn gwrtais a rhoi iddo fanylion fy mreuddwyd. Gwrandawodd yn pwyso ar y cilbost, yn amgyffred y rhannau anodd â chlust ddechau. Pan ddois i ben gwenodd arna yn drugarog ac yn rhadlon.

"Breuddwydio roeddech chi, ddyn," meddai.

Yn synnu ato, edrychais draw at y ffenest. Roedd y nos wedi diflannu ohoni heb adael dim o'i hôl, gan adael yn ei lle fryn pellennig a orweddai'n fwyn ar yr awyr ar glustogau o gymylau gwyn a llwyd ac ar ei war llyfn coed a chlogwyni wedi'u gosod yn ddel i roi iddo sylwedd. Clywn wynt y bore ar ei hynt anorthrech drwy'r byd ac roedd holl an-nistawrwydd isel y dydd yn fy nghlust, yn siriol ac yn anniddig fel aderyn mewn cawell. Ochneidiais ac edrych yn ôl ar y Sarjant oedd yn dal i bwyso a phigo'i ddannedd yn ddistaw, yn llonydd, yn bell ei wyneb.

"Dwi'n cofio'n iawn," meddai, "freuddwyd ges i chwe blynedd yn ôl ar y trydydd ar hugain o fis Tachwedd nesa. Mi fasa hunllef yn wirach gair. Breuddwydiais fod gin i bynjar ara, cofiwch."

"Syndod o beth," meddwn yn ddidaro, "ond heb fod yn syfrdanol. Gwaith tuntac oedd o?"

"Nid tuntac," meddai'r Sarjant, "ond gormod o startsh."

"Wyddwn i ddim," meddwn i'n goeglyd, "eu bod nhw'n startshio'r ffyrdd."

"Nid ar y lôn oedd o, ac er mawr syndod nid ar y Cyngor Sir roedd y bai. Breuddwydiais fy mod ar gefn beic ar berwyl swyddogol am dridiau. Yn sydyn teimlais y cyfrwy'n mynd yn galed ac yn glapiog o danaf. Disgynnais a theimlo'r teiars ond roedd y rheini'n ddifai ac wedi'u pympio'n llawn. Wedyn dyma feddwl bod fy mhen yn codi pwl o'r nerfau arna i, o'm lladd fy hun. Es i dŷ preifat lle'r oedd 'na feddyg cymwys a ddaru ynta roi archwiliad llawn i mi a deud wrtha i be oedd yn bod. Roedd gin i bynjar ara."

Chwarddodd yn gras a lled droi ataf ei ben-ôl enfawr.

"Fa'ma, ylwch," meddai dan chwerthin.

"Wela i," meddwn dan fy ngwynt.

Dan chwerthin yn iach yn ei wddw aeth i ffwrdd am funud a dod yn ei ôl.

"Mae'r uwd ar y bwrdd," meddai, "a'r llefrith yn dal yn gynnas ar ôl bod yng nghwdyn llefrith y fuwch."

Gwisgais amdanaf a mynd at fy mrecwast yn y stafell ddydd lle'r oedd y Sarjant a MacCruiskeen yn sôn am eu ffigyrau.

"Chwech pwynt naw tri cylchol," meddai MacCruiskeen.

"Uchel," meddai'r Sarjant. "Uchel iawn. Rhaid bod 'na wres o'r ddaear. A dyro i mi'r cwymp."

"Cwymp cymhedrol am ganol nos a dim talpia."

Chwarddodd y Sarjant ac ysgwyd ei ben.

"Dim talpia, wir," meddai'n dal i chwerthin, "fydd 'cw le fory ar y lifer os ydi'n wir bod 'na wres o'r ddaear."

Cododd MacCruiskeen yn sydyn o'i gadair.

"Ro i hanner canpwys o siarcol iddi," cyhoeddodd. Aeth yn syth o'r tŷ dan frasgamu a chlandro rhwng ei ddannedd, heb edrych lle'r oedd yn mynd ond yn rhythu'n syth i ganol ei lyfr nodiadau du.

Roeddwn bron wedi gorffen fy nysglaid o uwd a gorweddais yn ôl i edrych yn iawn ar y Sarjant.

"Pryd dach chi'n mynd i 'nghrogi?" gofynnais, gan edrych yn ddi-ofn i'w wyneb mawr. Roeddwn wedi bwrw mlinder a theimlwn yn gryf eto ac yn hyderus y deuwn ohoni'n groeniach heb fawr o drafferth.

"Bora fory a bwrw'n bod ni wedi codi'r grocbren mewn pryd ac oni bai'i bod hi'n bwrw. Choeliech chi fawr mor llithrig mae glaw yn gneud crocbren newydd. Fedrech chi lithro a thorri'ch corn gwddw yn graciada ffansi heb wbod byth be ddigwyddodd i'ch hoedl a sut colloch chi hi."

"Iawn ta," meddwn yn benderfynol. "Os dwi i fod yn ddyn marw ymhen pedair awr ar hugain 'newch chi egluro i mi be ydi'r ffigyra yn llyfr du MacCruiskeen?"

Gwenodd y Sarjant yn oddefgar.

"Y darlleniada?"

"Ia."

"Os dach chi'n mynd i fod yn farw gelain does 'na ddim llyffethair annatrys o ran y cynnig yna," meddai, "ond mae'n haws dangos i chi na deud wrthoch chi ar air. Dilynwch ar f'ôl i, 'ngwas i."

Arweiniodd y ffordd at ddrws yn y cyntedd cefn a'i agor led y pen a golwg dyn yn gwneud datguddiad pwysfawr, gan sefyll o'r neilltu i roi golygfa gyflawn ddilestair i mi.

"Be ddeudwch chi?" gofynnodd.

Bwriais gip ar y stafell a doedd gen i fawr i'w ddweud wrthi. Llofft fach oedd hi, yn dywyll a heb fod yn rhy lân. Roedd yn llanast llwyr ac yn llawn oglau trwm.

"Llofft MacCruiskeen ydi hi," eglurodd.

"Wela i fawr ddim," meddwn.

Gwenodd y Sarjant yn amyneddgar.

"Dach chi ddim yn edrych yn y lle iawn," meddai.

"Dwi wedi edrych bob man lle mae modd edrych," meddwn.

Arweinodd y Sarjant y ffordd i ganol y llawr a chymryd meddiant o ffon gerdded oedd yn gyfleus.

"Os byth y bydd arna i isio cuddio," meddai, "fydda i bob amser yn mynd i fyny grisia mewn coeden. Does gin bobol ddim dawn edrych i fyny, anaml y byddan nhw'n archwilio'r uchelderau oddi fry."

Edrychais ar y nenfwd.

"Ychydig sydd i'w weld yno," meddwn, "heblaw pry glas a golwg wedi marw arno."

Edrychodd y Sarjant i fyny a phwyntio â'i ffon.

"Nid pry glas mo hwnna," meddai, "cwt ffarm Gogarty ydi hwnna."

Edrychais arno ym myw ei lygaid mewn ffordd

gymysg ond doedd o'n talu dim sylw i mi ond yn pwyntio at smotiau bychain bach eraill ar y nenfwd.

"Tŷ Martin Bundle ydi hwnna," meddai, "a thŷ Tiernahins ydi hwnna a nacw ydi lle mae'r chwaer briod yn byw. A dyma i ni'r lôn fach o Tiernahins i'r lôn bost.' Tynnodd ei ffon ar hyd crac aneglur troellog redai i lawr i gyfarfod crac dyfnach.

"Map!' gwaeddais mewn cyffro.

"A dyma i ni'r barics," meddai wedyn. 'Mae'r holl beth mor amlwg â thrwyn ar wyneb."

Pan graffais ar y nenfwd gwelwn fod tŷ Mr Mathers a phob lôn a thŷ'r adnabyddwn i wedi'u marcio yno, ac at hynny rhwydi o lonydd bach a bröydd nad adnabyddwn. Map y plwy oedd o, yn gyflawn, yn ddibynadwy ac yn syfrdanol.

Edrychodd y Sarjant arnaf a gwenu eto.

"Dach chi o'r unfarn," meddai, "ei fod yn botas cyfareddol ac yn bos mawr ei drythyllwch, yn hynodbeth o brinder dihafal."

"Chi'ch hun wnaeth o?"

"Naci, a naeth neb arall mono fo chwaith. Mae yna erioed ac mae MacCruiskeen yn saff ei fod yna cyn hynny hyd yn oed. Mae'r cracia'n naturiol a'r cracia bychain hefyd."

Yn llygatgam olrheinaiais y ffordd y daethom pan gawsai Gilhaney hyd i'w feic yn y llwyn.

"Dyma i chi beth rhyfadd," meddai'r Sarjant, "fuo MacCruiskeen ar ei gefn am ddwy flynedd yn rhythu ar y nenfwd 'na cyn gweld ei fod yn fap ansbaradigaethus o ddyfeisgar."

"Fel roedd o mwya gwirion," meddwn yn floesg.

"Ac ar ei gefn yn edrych ar y map am ddwy flynedd eto cyn gweld ei fod yn dangos y ffordd i dragwyddoldeb."

"I dragwyddoldeb?"

"Does dim dwywaith."

"Fydd modd i ni ddod yn ein holau o fan'no?" sibrydais.

"Debyg iawn. Mae 'na lifft. Ond rhoswch gael i mi ddangos cyfrinach y map i chi."

Cododd y ffon eto a phwyntio at y marc oedd yn dynodi'r barics."

"Dyma ni yn y barics ar y lôn bost," meddai. "Rŵan ta defnyddiwch eich dychymyg mewnol a deud i mi ba lôn ar y chwith gyfarfyddwch chi os ewch i allan o'r barics ar y lôn bost."

Dois i ben â hyn heb drafferth.

"Dach chi'n cyfarfod y lôn sy'n cyfarfod y lôn bost yn ymyl cwt ffarm Jarvis," meddwn, "lle daethon ni ar ôl cael hyd i'r beic."

"Y lôn yna ydi'r troead cynta, felly, ar ledred y llaw chwith?"

"Ia."

"A dyma hi – yma."

Pwyntiodd at y lôn ar y llaw chwith â'i ffon a thapio cwt ffarm Mr Jarvis ar y gornel.

"A rŵan," meddai'n ddifrifddwys, "fyddech chi mor garedig â rhoi gwybod i mi be ydi hwn."

Tynnodd y ffon ar hyd crac aneglur oedd yn ymuno â chrac y lôn bost tua hanner ffordd rhwng y barcis a'r lôn ger tŷ Jarvis.

"Be alwech chi hwnna?" meddai wedyn.

"Does 'na ddim lôn yna," gwaeddais yn llawn cyffro, "y lôn ar y chwith yn ymyl tŷ Jarvis ydi'r lôn gynta ar y chwith. Dwi ddim yn ben dafad. Does 'na ddim lôn yna."

Myn Duw os nad wyt ti mi fyddi. Mae hi wedi canu arna ti os gwrandawi di ar fawr mwy o brebliach y gŵr bonheddig yma.

"Ond *mae* 'na lôn yna," meddai'r Sarjant yn fuddugoliaethus, "os gwyddoch chi sut i chwilio amdani'n wybodus. A hitha'n lôn hen iawn. Dowch efo fi gael i ni weld ei hyd a'i lled hi."

"Hon ydi'r ffordd i dragwyddoldeb?"

"Ia'n wir ond does 'na ddim mynegbost."

Er na wnaeth unrhyw ystum i ryddhau ei feic o'i garchariad unigol yn ei gell, rhoes y cliciau'n ddeheuig am ei drywsus â chlec ac arwain y ffordd yn drwm i ganol y bore. Brasgamodd y ddau ohonom efo'n gilydd ar hyd y lôn. Ddywedodd yr un ohonom air na gwrando chwaith am beth allai fod gan y llall i'w ddweud.

Pan drawodd y gwynt main fy wyneb cipiodd yr ôl amau ac ofni a rhyfeddu oedd ynghlwm â'm hymennydd fel cwmwl glas ar fryn. A daeth fy holl synhwyrau, yn rhydd o ing mynd i'r afael â bodolaeth y Sarjant, yn uwchnaturiol effro wrth y gwaith o droi dŵr y diwrnod rhadlon i'm melin fy hun. Canai'r byd yn fy nghlust fel gweithdy mawr. Roedd campau aruchel mecanwaith a chemeg i'w gweld o bob tu. Roedd y ddaear yn ferw o weithgarwch anweledig. Roedd coed yn brysur lle safent ac yn tystio'n ddigyfaddawd i'w nerth. Roedd gwelltglas dihafal wrth law bob gafael, yn rhoi ei hynodrwydd i'r bydysawd. Cydweai popeth a welai llygad yn batrymau anodd eu dychmygu, yn cydasio'u hamrywiaeth ddi-fai'n gytgord nefolaidd. Gweithiai dynion bychain bach, yn drawiadol eu crysau gwynion, yn y gors bellennig, yn llafurio yn y mawn melyn a'r grug. Safai ceffylau amyneddgar gerllaw efo'u troliau buddiol a blith draphlith ymysg y clogwyni ar fryn y tu draw porai defaid mân. Roedd adar i'w clywed ym mannau dirgel y coed mwyaf, yn ffeirio cangau ac yn sgwrsio heb fod yn fyddarol. Mewn cae ym min y ffordd safai mul yn dawel fel petai'n archwilio'r bore, fesul tamaid yn ddi-ffrwst. Symudai'r un gewyn, ei ben yn uchel a'i geg yn cnoi dim. Roedd i'w weld yn deall i'r dim fwyniannau anesboniadwy'r byd.

Crwydrai fy llygad yma a thraw heb gael ei wala.

Fedrwn i ddim gweld digon yn ddigon llawn cyn troi i'r chwith am dragwyddoldeb yng nghwmni'r Sarjant a daliai fy meddyliau i fod ynghlwm yn yr hyn welai fy llygaid.

Dwyt ti erioed yn deud dy fod di'n coelio'r sothach tragwyddoldeb 'ma?

Pa ddewis sy gin i? Ar ôl ddoe mi fasa'n beth gwirion amau dim.

Bid â fo am hynny ond dwi'n meddwl y medra i honni bod yn awdurdod ar fater tragwyddoldeb. Ma rhaid bod 'na ben draw i fisdimanars y gŵr bonheddig 'ma.

Dwi'n siŵr na does dim.

Lol botas. Ti'n digalonni.

Ga i 'nghrogi fory.

Go brin ond os bydd rhaid ei wynebu mi nawn ni sioe dda ohoni.

Ni?

Debyg iawn. Mi fydda i yna hyd y diwadd. Yn y cyfamser tyrd i ni benderfynu nad ydi tragwyddoldeb ddim i fyny lôn fach sydd i'w chael drwy edrych ar gracia yn nenfwd llofft plismon gwlad.

Be sy i fyny'r lôn fach ta?

Dwn i ddim. Petai o'n deud bod tragwyddoldeb i fyny'r lôn fach a dyna ddiwadd arni faswn i ddim yn cicio'r tresi gymaint. Ond pan dan ni'n cael ar ddallt ein bod yn dod yn ein holau oddi yno mewn lifft – wel, dwi'n dechra meddwl ei fod yn drysu clybia nos â'r nef. Lifft!

Os dan ni'n addef bod tragwyddoldeb i fyny'r lôn fach, dadleuais, siawns nad peth bach ydi mater y lifft. Llyncu ceffyl a throl a thagu ar chwanan ydi hynny.

Naci. Chymai mo'r lifft er dim. Wn i ddigon am y byd a ddaw i wbod i sicrwydd nad mewn lifft mae mynd yno a dod nôl ohono fo. At hynny, rhaid ein bod ni'n agos at y lle rŵan a wela i ddim siafft lifft yn rhedag i fyny i'r cymyla.

Doedd 'na ddim cyrn ar Gilhaney, meddwn i.

Oni bai bod i'r gair "lifft" ryw ystyr arbennig. 'Run fath â "chwymp" wrth sôn am grocbren. Am wn y gellid galw colbiad dan yr ên yn "lifft". Os felly fedri di fod yn saff o dy betha o ran tragwyddoldeb mi'i cei di o i gyd i chdi dy hun a ti groeso.

Dwi'n dal i feddwl bod 'na lifft letric.

Tynnwyd fy sylw oddi ar y sgwrs yma gan y Sarjant, oedd bellach wedi arafu'i gamre ac yn gwneud ymholiadau rhyfedd â'i ffon. Roedd y lôn wedi cyrraedd man lle'r oedd tir uwch o bob tu, gwellt bras a mieri ger ein traed, a drysni o bethau mwy y tu ôl i'r rheini, a phrysglwyn brown tal yng nghanol planhigion dringo gleision y tu draw.

"Mae o yma yn rhywle," meddai'r Sarjant, "neu yn ymyl man rywle'n agos at y man nesaf cyfagos."

Llusgodd ei ffon ar hyd yr ymyl glas, yn tyrchu i'r ddaear gudd.

"Mae MacCruiskeen yn mynd ar gefn ei feic ar hyd y glaswellt yma," meddai, "mae'n botas haws, mae'r olwynion yn sadiach a'r pen-ôl yn declyn mwy teimladwy na'r llaw galed."

Ar ôl cerdded dipyn eto a thyrchu dipyn eto daeth o hyd i'r hyn y chwiliai amdano a'm llusgo'n sydyn i'r prysgwydd gan rannu llenni gwyrddion y cangau â llaw gynefin.

"Dyma hi'r lôn gudd," galwodd yn ei ôl o ymhellach ymlaen.

Anodd dweud ai lôn ydi'r enw iawn ar fan y mae gofyn ymladd eich ffordd drwyddo fesul modfedd ar draul mân friwiau a phigiadau cangau tynn yn clewtian yn eu holau yn erbyn rhywun. Serch hynny roedd y ddaear yn wastad dan draed ac ar ryw bellter pŵl o bob tu gwelwn y ddaear yn codi'n gloddiau serth, yn greigiau a mwrllwch a brwgaits llaith. Roedd yno oglau mwll a phryfed lawer o dylwyth y mân-wybedyn yn gartrefol yma.

Lathen o'm blaen roedd y Sarjant yn hyrddio mynd yn wyllt â'i ben i lawr, gan golbio'r blagur bychain yn arw â'i ffon ac yn galw'n fyglyd arnaf i'm rhybuddio o'r cangau cryfion hir roedd ar fin eu gollwng tuag ataf.

Wn i ddim am ba hyd y buom yn teithio na pha mor bell ond âi'r awyr a'r golau'n brinnach brinnach nes fy mod yn sicr ein bod ar goll ym mherfeddion coedwig fawr. Roedd y ddaear yn dal i fod yn ddigon gwastad i gerdded arni ond dan orchudd cwymp llaith a phwdr hydrefau lawer. Buaswn yn dilyn y Sarjant swnllyd â ffydd ddall nes oedd fy nerth bron wedi diffygio, fel fy mod yn haldian mynd yn lle cerdded ac yn ddiymgeledd yn erbyn cieidd-dra'r cangau. Teimlwn yn wael iawn ac wedi ymlâdd. Roeddwn ar fin gweiddi arno i ddweud fy mod ar farw pan sylwais fod y tyfiant yn teneuo a'r Sarjant yn galw arnaf, o'r lle'r oedd ynghudd ac o'm blaen, ein bod yno. Pan gyrhaeddais o roedd yn sefyll o flaen adeilad bach cerrig ac yn gwyro i dynnu'r clipiau oddi ar ei drywsus.

"Hwn ydi o," meddai, gan nodio'i ben yn wargrwm tua'r tŷ bychan.

"Hwn ydi be?" meddwn i rhwng fy nannedd.

"Y fynedfa iddo," atebodd.

Roedd ar yr adeilad olwg yr un ffunud â phorth eglwys fach gefn gwlad. Gan y tywyllwch a drysni'r cangau fe'i cawn yn anodd gweld oedd yna adeilad mwy yn y cefn. Roedd y porth bach yn hen, a staeniau gwyrddion ar y cerrig a dafadennau mwsog yn eu holltau lawer. Hen ddrws brown oedd y drws ac arno golfachau eglwysig a haearnwaith addurnol; roedd wedi'i osod ymhell yn ôl ac yn bigfain ac wedi'i wneud wrth fesur. Dyma'r fynedfa i dragwyddoldeb. Trawais y chwys diferol oddi ar fy nhalcen â'm llaw.

Roedd y Sarjant yn ei fodio'i hun yn gnawdol yn chwilio am ei oriadau.

"Mae hi'n glòs iawn," meddai'n gwrtais.

"Hon ydi'r fynedfa i'r byd a ddaw?" meddwn dan fy ngwynt. Roedd fy llais yn is nag a ddisgwyliwn oherwydd fy stryffîg a f'anesnwythyd.

"Ond dyma dywydd y tymor a does fiw i ni gwyno," meddai wedyn yn uchel, heb dalu sylw i'm cwestiwn. Hwyrach na fu fy llais yn ddigon uchel i gyrraedd ei glust.

Daeth o hyd i oriad a'i rygnu yn nhwll y clo a thaflu'r drws ar agor. Aeth i'r tu mewn tywyll ond gyrru'i law allan eto i blycio llawes fy nghôt i gael gen i fynd i mewn ar ei ôl.

Tania fatsian da chdi!

Bron ar y gair cawsai'r Sarjant hyd i flwch yn y pared ac ynddo nobiau a gwifrau a gwneud beth bynnag oedd gofyn er mwyn iddo roi golau neidiol ysgytwol o ble'r oedd. Ond yn ystod yr eiliad roeddwn yn sefyll yno yn y tywyllwch cefais hen ddigon o amser i ddychryn am fy mywyd. Y llawr oedd. Roedd fy nhraed yn syfrdan syn o gamu arno. Roedd wedi'i wneud o blateidiau o hoelion clopa bychain bach fel llawr injan stêm neu fel yr orielau rheiliog sy'n rhedeg o gwmpas gwasg argraffu fawr. Canai â thwrw gwag bwganllyd dan sgidiau hoelion y Sarjant oedd bellach wedi cloncian i ben arall y stafell fach i ffwdanu â'i gadwyn o oriadau a thaflu ar agor ddrws eto oedd dan gudd yn y pared.

"Cawod go dda o law sy isio, i glirio'r aer," galwodd.

Es draw'n ofalus i weld beth oedd wrthi'n ei wneud yn y cwpwrdd bach yr aethai iddo. Yma roedd wedi llwyddo i weithio blwch golau arall ansad. Safai â'i gefn tuag ataf yn craffu ar baneli yn y pared. Roedd yna ddau, yn bethau bychain bach fel bocsys matsis a gwelid y rhif un ar bymtheg mewn un a deg yn y llall. Ochneidiodd, dod allan o'r cwpwrdd ac edrych arnaf yn ddigalon.

"Mae cerdded yn ei ostwng, me' nhw," meddai, "ond o'm profiad i mae cerdded yn ei godi, mae cerdded yn ei neud yn solet ac yn gadael digon o le i fwy."

Yn y fan hon tarodd fy mhen hwyrach y byddai gan apêl syml ac urddasol ryw obaith o lwyddo.

"Newch chi ddeud wrtha i, os gwelwch yn dda," meddwn, "gan y bydda i'n ddyn marw fory – lle'r ydan ni a be dan ni'n neud?"

"Ein pwyso'n hunain," atebodd.

"Ein pwyso'n hunain?"

"Ewch i'r blwch 'na," meddai, "gael i ni weld be ydi'ch cofnodiad chi drwy gofnod plaen."

Camais yn ochelgar ar ragor o blatiau haearn yn y cwpwrdd a gweld y rhifau'n newid yn naw a chwech.

"Naw stôn chwe phwys," meddai'r Sarjant, "a phwysau cenfigennus ar y naw. Rown i ddeng mlynadd o fy hoedl i gael gwarad â'r blonag 'ma."

Roedd â'i gefn ataf unwaith eto yn agor cwpwrdd arall eto mewn pared eto ac yn rhedeg bysedd deheuig dros flwch golau eto. Daeth y golau sigledig ac fe'i gwelais yn sefyll yn y cwpwrdd, yn edrych ar ei watsh fawr ac yn ei weindio yn bell ei feddwl. Gwibiai'r golau yn ymyl ei ên a thaflu neidiau annaearol o gysgod ar ei wyneb tew.

"Ddowch chi yma," galwodd arnaf o'r diwedd, "a dod i mewn efo fi os nad oes arnoch chi isio cael eich gadael ar ôl ar eich pen eich hun."

Ar ôl i mi gerdded yno a sefyll yn ei ymyl yn ddistaw yn y cwpwrdd dur, caeodd y drws arnom â chlec dwt a phwyso yn erbyn y pared yn feddylgar. Roeddwn ar fin gofyn am sawl eglurhad pan ddaeth cri o arswyd yn drybowndian o'm corn gwddw. Heb ddim smic na rhybudd o gwbl roedd y llawr yn suddo o danom.

"Does ryfedd yn y byd eich bod yn agor eich ceg," meddai'r Sarjant yn sgyrsiol, "mae hi'n glòs iawn, mae'r awyru ymhell o fod yn foddhaol."

"Dim ond sgrechian oeddwn i," meddwn yn wyllt.

"Be sy'n digwydd i'r blwch 'ma dan ni ynddo fo? Lle – "

Darfu fy llais yn glwc sych o fraw. Roedd y llawr yn disgyn mor gyflym o danom fel ei fod unwaith neu ddwy fel petai'n disgyn yn gyflymach nag y medrwn innau ddisgyn ac nad oedd dim dwywaith nad oedd fy nhraed wedi ei adael a'm bod wedi cymryd fy lle am ysbeidiau byr hanner ffordd rhwng y llawr a'r nenfwd. Yn rhuslyd codais fy nhroed dde a'i dyrnu i lawr nerth esgyrn fy nghoes. Tarodd y llawr ond dim ond â sŵn tincial bach tila. Rhegais a griddfan a chau fy llygaid a deisyfu marwolaeth ddedwydd. Teimlwn fy stumog yn llamu'n gyfoglyd o'm mewn fel petai'n bêl droed wlyb yn llawn dŵr.

Duw a'n gwaredo!

"'Naiff hi ddim drwg," meddai'r Sarjant yn hynaws, "mynd hyd lle dipyn a gweld petha. Peth champion at ehangu'r meddwl. Mae meddwl eang yn wych o beth, mae bron bob amsar yn arwain at ddyfeisiada pellweledol. Ylwch chi Syr Walter Raleigh ddaru fathu'r beic pedal a Syr George Stevenson efo'i injan stêm a Napoleon Bonaparte a Walter Scott – dynion mawr pob copa walltog."

"Ydan ni – ydan ni mewn tragwyddoldeb eto?" meddwn â'm dannedd yn clecian.

"Heb gyrraedd dan ni eto ond serch hynny dan ni bron yna," atebodd. "Gwrandwch yn glustia i gyd am glic bach."

Be fedra i'i ddweud i sôn am y twll roeddwn ynddo? Roeddwn dan glo mewn blwch haearn efo plismon un stôn ar bymtheg, yn syrthio'n echrydus am byth, yn gwrando ar sgwrs am Walter Scott ac yn gwrando am glic ar ben hynny.

Clic!

Daeth o'r diwedd, yn dreiddgar ac yn ofnadwy. Bron yn y fan newidiodd y disgyn, naill ai'n peidio'n gyfangwbl neu'n arafu'n arw.

"Ydan," meddai'r Sarjant yn siriol, "dan ni yna rŵan."

Sylwais i ar un dim heblaw'r peth roeddem ynddo'n ysgytian a'r llawr i'w deimlo'n gwrthsefyll fy nhraed yn sydyn mewn modd allasai'n hawdd fod yn dragwyddol. Bodiodd y Sarjant y trefniant o daclau fel nobiau ar y drws, a agorodd ymhen yr hir a'r hwyr, a chamu allan.

"Y lifft oedd hwnna," meddai.

Mae'n beth rhyfedd, pan fydd rhywun yn disgwyl rhywbeth erchyll difesur ac anorchfygol a hwnnw heb ddigwydd, mae rhywun yn fwy siomedig nac yn ysgafnach ei galon. Buaswn yn disgwyl yn un peth ffagl o oleuni digon i ddifodi'r llygaid. Doedd dim disgwyliad arall yn ddigon clir yn fy mhen i sôn amdano. Yn lle'r disgeirdeb yma, gwelais gyntedd hir wedi'i oleuo yn awr ac eilwaith yma a thraw gan y peiriannau sŵn cartref di-grefft, a mwy o dywyllwch i'w weld nag o olau. Roedd ar barwydydd y cyntedd olwg haenau o haearn hwch wedi'u bolltio ac ynddyn nhw resi o ddrysau bychain oedd i'w gweld i mi fel pobtai neu ddrysau ffwrneisi neu goffrau celc fel sydd mewn banciau. Roedd y nenfwd, lle'i gwelwn, yn uwd o wifrau a phethau oedd i'w gweld yn wifrau arbennig o drwchus neu beipiau o bosib. Roedd sŵn cwbl newydd i'w glywed yn ddi-baid, rhywsut yn gerddorol, ambell waith fel byrlymu dŵr dan ddaear ac ambell waith fel sgyrsiau distaw mewn iaith estron.

Roedd y Sarjant eisoes yn enbyd o fawr o'm blaen ar ei ffordd ar hyd y cyntedd, yn camu'n drwm ar y platiau. Siglai ei oriadau'n dalog a hymian cân. Fe'i dilynais yn glòs, yn ceisio cyfri'r drysau bychain. Roedd pedair rhes o chwech ym mhob llathen unionlin o bared, neu gyfanswm o filoedd lawer. Yma a thraw gwelwn ddeial neu nyth astrus o glociau a nobiau fel bwrdd rheoli ac uwd o wifrau breision yn cydgyfeirio o bob cwr.

Ddeallwn i mo arwyddocâd un dim ohono ond tybiwn fod yr olygfa mor wirioneddol ag i wneud llawer o'm hofn yn ddi-sail. Troediais yn ddi-sigl yn ymyl y Sarjant oedd yn dal i fod yn ddigon gwirioneddol i'r neb a fynnai.

Daethom i groesffordd yn y cyntedd lle'r oedd y golau'n fwy llachar. O bob tu rhedai cyntedd glanach mwy llachar ac iddo barwydydd dur disglair, heb fynd o'r golwg hyd nes i'r pellter ddwyn ei barwydydd, ei lawr a'i do i un man tywyll. Tybiwn fy mod yn clywed sŵn fel stêm yn hisian a sŵn arall fel olwynion cocos anferthol yn malu i'r naill gyfeiriad, yn stopio ac yn malu yn eu holau. Oedodd y Sarjant i gymryd darlleniad o gloc ar y pared, wedyn troi'n sydyn i'r chwith a galw arnaf i'w ddilyn.

Ni soniaf ddim am y cynteddau y rhodiasom nac am yr un a chanddo ddrysau fel portyllau crynion na'r man arall lle cafodd y Sarjant focs matsis drwy roi ei law i rywle yn y pared. Digon dweud, ar ôl cerdded tua milltir o blât, i ni gyrraedd neuadd yn cael digon o awyr a golau, gwbl grwn a llawn pethau amhosib eu disgrifio, heb fod yn annhebyg i beiriannau ond heb fod llawn mor astrus â'r peiriannau anoddaf. Roedd cypyrddau drud yr olwg, a'u llond o'r pethau hyn, wedi'u gosod yn chwaethus ar hyd y llawr a'r pared crwn yn frith o'r dyfeisiau hyn a deialau a metrau yn llu yma a thraw. Roedd cannoedd o filltiroedd o wifren fras i'w gweld yn rhedeg i bob man ar wahân i'r llawr a channoedd o ddrysau fel drysau bachau cryfion pobtai a threfniannau o nobiau ac allweddi a'm hatgoffai o gofnodion arian Americanaidd.

Roedd y Sarjant yn darllen ffigyrau o un o'r clociau lawer ac yn troi olwyn fach yn fawr ei ofal. Yn sydyn holltwyd y distawrwydd gan sŵn mawr morthwylio gwyllt o ben draw'r neuadd lle'r oedd yr offer i'w weld ar ei fwyaf trwchus a chymhleth. Ar y gair rhedodd y gwaed o'm hwyneb mewn braw. Bwriais olwg ar y Sarjant ond roedd yntau'n dal i hoelio'i sylw ar y cloc a'r olwyn, yn rhaffu rhifau dan ei wynt heb dalu sylw. Peidiodd y morthwylio.

Eisteddais ar rywbeth llyfn fel bar haearn i feddwl ac i gasglu fy meddyliau gwasgar. Roedd yn gynnes braf ac yn gysurlon. Cyn i'r un meddwl gael amser i daro fy mhen daeth hwrdd eto o forthwylio, wedyn distawrwydd, wedyn sŵn isel ond grymus fel rhegfeydd dan y gwynt ond angerddol, wedyn distawrwydd eto ac ymhen yr hir a'r hwyr sŵn traed trwm yn dynesu o'r tu ôl i'r cypyrddau peiriannau tal.

Teimlwn ryw wendid yn f'asgwrn cefn ac es draw'n sydyn a sefyll yn ymyl y Sarjant. Roedd wedi tynnu offeryn hir gwyn fel thermomedr mawr neu faton arweinydd band o dwll yn y pared ac roedd yn craffu ar y calibradau arno, ei dalcen yn grych gan fawr glandro. Thalai ddim sylw i mi nac i'r presenoldeb cudd a ddynesai'n anweledig. Pan glywais ddiasbedain y camau'n troi'r cwpwrdd olaf, er fy ngwaethaf codais fy ngolygon yn wyllt. Plismon MacCruiskeen oedd yno. Roedd dan ei guwch yn arw a chanddo yn ei law faton neu thermomedr mawr eto, un lliw melyngoch. Cythrodd yn syth am y Sarjant a dangos y teclyn hwn iddo, gan roi bys coch ar farc oedd arno. Safodd y ddau yno'n distaw archwilio'u hoffer ei gilydd. Tybiais fod golwg fymryn yn siriolach ar y Sarjant wedi iddo bendroni a brasgamodd at y lle cudd roedd MacCruiskeen newydd ddod ohono. Toc clywsom sŵn morthwylio, y tro yma'n ysgafn ac yn rhythmig.

Cadwodd MacCruiskeen ei faton yn y twll yn y pared lle buasai un y Sarjant a throi ataf, gan roi i mi'n hael y sigarét grychlyd y deuthum i synio amdani fel cennad sgwrs y tu hwnt i amgyffred.

"Dach chi'n lecio fo?" gofynnodd.

"Lle bach twt," atebais innau.

"Choeliech chi fawr mor gyfleus ydi o," meddai'n ddirgelaidd.

Daeth y Sarjant yn ei ôl atom gan sychu ei ddwylo cochion ar liain a golwg hunanfoddhaus iawn arno. Craffais ar y ddau. Derbyniodd y ddau fy nghipolwg a'i gyfnewid rhyngddynt ill dau cyn ei fwrw heibio.

"Tragwyddoldeb ydi hwn?" gofynnais. "Pam dach chi'n ei alw'n dragwyddoldeb?"

"Teimlwch fy ngên i," meddai MacCruiskeen, dan wenu'n annirnad.

"'Dyna dan ni'n ei alw," eglurodd y Sarjant, "am na dach chi ddim yn heneiddio yma. Pan ewch chi o'ma fyddwch chi'r un oed ag oeddech chi'n cyrraedd a'r un taldra a lledred. Mae yma gloc wyth diwrnod efo gweithrediad cytbwys cywrain ond dio byth yn mynd."

"Sut gwyddoch chi i sicrwydd na dach chi ddim yn heneiddio yma?"

"Teimlwch fy ngên i," meddai MacCruiskeen eto.

"Mae'n syml, meddai'r Sarjant. "Dydi'r locsyn ddim yn tyfu ac os dach chi newydd gael bwyd 'dewch chi ddim yn llwglyd ac os ydach chi'n llwglyd 'dewch chi ddim mwy llwglyd. Gewch chi smocio'ch cetyn drwy'r dydd a fydd o'n dal i fod yn llawn ac mi fydd gwydraid o wisgi'n dal yno waeth faint ohono yfwch chi a does dim ots beth bynnag achos fyddwch chi ddim mwy chwil na'ch sobrwydd eich hun."

"Felly'n wir," meddwn dan fy ngwynt.

"Dwi yma ers meitin heddiw'r bore," meddai MacCruiskeen, "ac mae ngên i'n dal i fod mor llyfn â chefn dynas ac mae'r cyfleustra'n mynd â ngwynt i, champion o beth ydi bygylu'r hen rasel."

"Pa mor fawr ydi'r holl le 'ma?"

"Does ganddo fo ddim maint o gwbl," eglurodd y Sarjant, "am na does 'na ddim gwahaniaeth yn unlle ynddo fo a does gynnon ni ddim obadeia faint ydi ei gyfartalwch digyfnewid.''

Taniodd MacCruiskeen fatsien i'n sigaréts ac wedyn ei lluchio ar y llawr platiau lle gorweddai'n bwysig ac yn unig iawn yr olwg.

"Fedrech chi ddim dod â'ch beic a'i reidio drwyddo i gyd a'i weld i gyd a thynnu siart?" gofynnais.

Gwenodd y Sarjant arna fel tawn i'n llo blwydd.

"Mae'r beic yn hawdd," meddai.

Er mawr syndod i mi aeth at un o'r pobtai mwy, troi ambell i nobyn, agor y drws metal enfawr ac estyn beic newydd sbon danlli grai. Roedd ganddo gêr tri chyflymdra a baddon olew a gwelwn y faselîn yn dal i ganeitio ar y rhannau disglair. Rhoes yr olwyn flaen ar lawr a throelli'r olwyn ôl yn ddeheuig yn yr awyr.

"Mae'r beic yn botas hawdd," meddai, "ond dio'n dda i ddim a does dim ots amdano fo. Dowch gael i mi ddangos i chi'r *res ipsa*."

Gan adael y beic, arweiniodd y ffordd drwy'r cypyrddau dyrys a rownd y tu ôl i gypyrddau eraill ac i mewn drwy ddrws. Gan beth welais i crebachodd f'ymennydd yn boenus yn fy mhen a daeth oerfel parlysol ar draws fy nghalon. Nid yn gymaint am fod y cyntedd ym mhob ffordd yr un ffunud â'r un roeddem newydd ei adael. Yn fwy na hynny, gwelodd fy llygad llwythog fod drws un o'r cypyrddau yn y pared yn agored a beic newydd sbon danlli grai yn pwyso ar y pared, yr un ffunud â'r llall a hyd yn oed yn pwyso ar yr un ongl.

"Os oes arnoch chi'isio cerdded yn eich blaen i gyrraedd yr un lle yma heb ddod yn eich ôl gewch chi gerdded yn eich blaen nes i chi gyrraedd y drws nesa a dach chi groeso. Ond fyddwch chi fawr callach a hyd yn oed os arhoswn ni yma'r tu ôl i chi fwy na thebyg gewch chi ni yno i'ch cyfarch chi."

Yn y fan hon rhois floedd a'm llygaid newydd daro ar y fatsien wedi llosgi'n gorwedd ar lawr.

"Be ddeudwch chi wrth y dim-siafio?" gofynnodd MacCruiskeen yn ymffrostgar. "Siawns nad ydi hwnnw'n arbrawf difwlch?"

"Mae'n annihangol ac yn dra anystywallt," meddai'r Sarjant.

Roedd MacCruiskeen yn archwilio nobiau mewn cwpwrdd yn y canol. Trodd ei ben a galw arnaf.

"Dowch yma," galwodd, "gael i mi ddangos rhywbeth i'w adrodd wrth eich ffrindia."

Wedyn gwelais mai un o'i jôcs prin oedd hon gan fod beth ddangosodd i mi yn rhywbeth na allwn ei adrodd wrth neb, does dim geiriau dan haul tebol i gyfleu f'ystyr. Roedd gan y cwpwrdd agoriad heb fod yn annhebyg i gafn ac agoriad mawr eto heb fod yn annhebyg i dwll du tua llathen o dan y cafn. Pwysodd ddau beth coch fel allweddelli teipiadur a throi nobyn oddi wrtho. Yn y fan roedd sŵn grymial fel petai miloedd o focsys bisgedi llawn yn syrthio i lawr grisiau. Teimlwn y byddai'r pethau disgynnol hyn yn dod allan o'r cafn ar unrhyw funud. Ac felly y bu, i'w gweld am eiliad neu ddau yn yr awyr ac wedyn yn diflannu i lawr i'r twll du islaw. Ond beth fedraf ei ddweud amdanynt? O ran eu lliw doedden nhw nac yn wyn nac yn ddu ac yn sicr nid yr un lliw rhwng y ddau; roeddent ymhell o fod yn dywyll ac yn unrhyw beth ond llachar. Ond, rhyfedda'r sôn, nid eu lliw digynsail dynnodd fy sylw fwyaf. Roedd iddynt ryw gynneddf arall wnâi i mi'u gwylio'n llygadwyllt, heb anadlu a'm gwddw'n sych. Ni fedraf roi cynnig ar ddisgrifio'r gynneddf yma. Bu'n waith meddwl oriau lawer wedyn i mi sylweddoli pam roedd y pethau yma'n syfrdanol. *Roedden nhw heb yr un o briodoleddau dim byd hysbys.* Ni fedraf mo'i alw'n llun na chyfliniad gan nad diffyg siâp rwy'n cyfeirio ato o gwbl. Yr unig beth y gallaf ei ddweud ydi bod y pethau hyn, yr un ohonynt yn debyg i'r llall, yn hyd a lled cwbl anhysbys. Nid oeddent nac yn sgwâr nac yn hirsgwâr nac yn grwn nac o siâp afreolaidd ac ni ellid dweud ychwaith fod eu hamrywiaeth di-ben-draw oherwydd annhebygiaethau hyd a lled. Mewn byr o eiriau, roedd arnynt olwg, os nad ydi hyd yn oed y gair yna'n annerbyniol, rhywbeth na allai'r llygad ei ddirnad ac a oedd beth bynnag yn annisgrifiadwy. Taw piau hi.

Pan oedd MacCruiskeen wedi dadbwyso'r botymau gofynnodd y Sarjant i mi'n gwrtais beth arall hoffwn ei weld.

"Be arall sy 'na?"

"Pob peth dan haul."

"Gaiff be fynna i'i ddangos i mi?"

"Wrth gwrs."

O weld y Sarjant yn cyflwyno beic fyddai'n costio o leiaf wythbunt a chweugian i'w brynu, sbardunwyd meddyliau ynof. Gynt buaswn ar bigau'r drain ond crebachodd hyn yn wiriondeb a diddymdra ar ôl beth welswn a bellach fe'm cawn fy hun yn ymddiddori ym mhosibiliadau masnachol tragwyddoldeb.

"Be fyddai'n dda gin i," meddwn yn ara deg, "fyddai eich gweld chi'n agor drws ac yn tynnu bar aur yn pwyso hanner tunnell."

Gwenodd y Sarjant a chodi ei sgwyddau.

"Ond mae hynny'n amhosib, mae'n ofyniad tra afresymol," meddai. "Mae'n blagus ac yn ormodol," meddai'n gyfreithiol.

Suddodd fy nghalon o glywed hyn.

"Ond ddwedsoch chi *bob peth dan haul.*"

"Wn i 'ngwas i. Ond mae 'na derfyn a ffin i bopeth o fewn cwmpas gardd rheswm."

"Dyna siom," meddwn dan fy ngwynt.

Ymystwyriodd MacCruiskeen yn betrus.

"Wrth gwrs," meddai, "pe na bai gwrthwynebiad i mi roi help llaw i'r Sarjant i dynnu'r bloc…"

"Be! Ydi hynny'n anhawster?"

"Nid ceffyl gwedd mohona i," meddai'r Sarjant ag urddas syml.

"Eto, beth bynnag," meddai wedyn, gan ein hatgoffa i gyd o'i hen daid.

"Nawn ni i gyd ei godi, ta!" gwaeddais.

Ac felly y bu. Trowyd y nobiau, agorodd y drws a chodwyd y bloc aur, mewn câs pren cywrain, nerth esgyrn ein breichiau, a'i roi ar lawr.

"Peth digon cyffredin ydi aur a does 'na fawr i'w weld pan edrychwch arno," meddai'r Sarjant. "Gofynnwch iddo am rywbeth cyfrinachol ac uwchlaw rhagoriaeth gyffredin. Rŵan ta mae chwyddwydr yn well peth achos fedrwch chi edrych arno ac mae be welwch chi pan edrychwch yn drydydd peth yn llwyr."

Agorodd MacCruiskeen ddrws arall a rhoddwyd i mi chwyddwydr, teclyn pur gyffredin yr olwg ac iddo garn asgwrn. Edrychais ar fy llaw drwyddo a gweld dim y medrwn ei adnabod. Wedyn edrychais ar sawl peth eto heb weld dim y medrwn ei weld yn glir. Fei'i cymerodd MacCruiskeen, dan wenu at fy llygaid dryslyd.

"Mae'n chwyddo hyd at anweledigrwydd," eglurodd. "Mae'n gneud pob peth mor fawr fel na does dim lle yn y gwydr i ddim ond mymryn bach ohono fo – dim digon ohono i'w neud yn wahanol i ddim byd arall sy'n annhebyg."

Symudodd fy llygad o'i wyneb eglurhaol at y bloc aur nad adawsai fy sylw mewn gwirionedd.

"Be fyddai'n dda gin i'i weld rŵan," meddwn yn ofalus, "fyddai hanner cant o giwbiau aur pwys yr un."

Aeth MacCruiskeen i ffwrdd yn ddeddfol fel wêtar cymwys a thynnu'r pethau hyn o'r pared heb yngan gair a'u trefnu'n saernïaeth dwt ar lawr. Roedd y Sarjant wedi crwydro i ffwrdd yn ddidaro i archwilio clociau a chymryd darlleniadau. Yn y cyfamser roedd f'ymennydd yn gweithio'n oeraidd ac yn sydyn. Archebais botel o wisgi, meini gwerthfawr gwerth £200,000, bananas, pín ddur a phapur sgrifennu, ac yn olaf siwt brethyn gwrymiog glas efo leinin sidan. Pan oedd yr holl bethau hyn ar lawr, cofiais bethau eraill aethai dros gof ac archebu dillad isaf, sgidiau a phapurau punnoedd, a bocs o fatsis. Roedd MacCruiskeen, yn chwys domen o'i galedwaith ar y dyrsau trymion, yn cwyno am y gwres a chymerodd hoe i yfed cwrw melyn. Roedd y Sarjant yn clecian olwyn fach â chlicied fechan fach.

"Dyna'r cwbwl dwi'n meddwl," meddwn i o'r diwedd.

Nesaodd y Sarjant a rhythu ar y pentwr o nwyddau.

"Duw helpo ni," meddai.

"Dwi'n mynd â'r petha yma efo fi," meddwn yn dalog.

Ffeiriodd y Sarjant a MacCruiskeen eu cipolwg distaw bach. Ac wedyn gwenu.

"Os felly bydd arnoch chi angen bag mawr cry," meddai'r Sarjant. Aeth at ddrws arall a chael bag croen mochyn i mi, gwerth o leiaf hanner can gini ar y farchnad agored. Paciais fy nhrugareddau'n ofalus.

Gwelais MacCruiskeen yn gwasgu ei sigarét yn seitan ar y pared a sylwi ei bod yr un hyd ag y buasai pan daniodd hi hanner awr yn ôl. Roedd f'un innau'n llosgi'n dawel hefyd ond heb dim ôl smygu arni. Gwasgais hi a'i rhoi yn fy mhoced.

Pan oeddwn ar fin cau'r bag tarodd rhywbeth fy mhen a sythais a throi at y plismyn.

"Mae arna i angen un peth bach eto," meddwn. "Arna i isio arf bychan addas i'r boced fydd yn difodi unrhyw ddyn neu unrhyw fil o ddynion sy'n rhoi cynnig, pryd bynnag y bo, ar fy lladd i."

Heb yngan gair daeth y Sarjant â pheth bach du fel tortsh ataf.

"Mae 'na ddylanwad yn hwnna," meddai, "newidith unrhyw ddyn neu ddynion yn bowdwr llwyd yn y fan os pwyntiwch o a phwyso'r nobyn ac os nad ydi'n dda gynnoch chi bowdwr llwyd gewch chi bowdwr piws neu bowdwr melyn neu bowdwr unrhyw arlliw arall o ddeud wrtha i rŵan ac addef eich hoff liw. Fasa lliw lliw melfed at eich dant chi?"

"Neith llwyd y tro," meddwn yn gwta.

Rhois yr arf milain hwn yn y bag, ei gau a sefyll eto.

"Allen ni'i throi hi rŵan am wn i." Ynganais y geiriau'n ddidaro yn fawr fy ngofal i beidio ag edrych ar wynebau'r plismyn. Er mawr syndod i mi cytunodd y ddau'n barod ac i ffwrdd â ni, ein camau'n diasbedain nes ein cael ein hunain unwaith eto yn y cynteddau di-ben-draw, minnau'n cario'r bag trwm a'r plismyn yn sgwrsio'n ddistaw am y darlleniadau a welsent. Teimlwn yn llon ac yn fodlon ar fy niwrnod. Teimlwn wedi newid ac wedi adfywio ac yn llawn gwroldeb o'r newydd.

"Sut mae'r peth 'ma'n gweithio?" holais yn hynaws, ar drywydd codi sgwrs glên. Edrychodd y Sarjant arnaf.

"Ganddo fo gêrs troellog," meddai'n hysbysol.

"Welsoch chi mo'r gwifra?" gofynnodd MacCruiskeen gan droi ataf yn bur syn.

"Choeliech chi fawr mor bwysig ydi'r siarcol," meddai'r Sarjant. "Y peth mawr ydi cadw darlleniad y trawst mor isel ag y bo modd a dach chi siort ora os ydi'r marc peilot yn sad. Ond os gadwch chi i'r trawst godi, lle dach chi arni efo'ch lifer? Os esgeuluswch chi fwydo'r siarcol mi yrrwch chi'r trawst yn saethu i'r entrychion a does dim dwywaith na fydd 'na ffrwydrad difrifol."

"Peilot isel, cwymp bach," meddai MacCruiskeen. Siaradai'n ddestlus ac yn ddoeth fel pe bai ei sylwad yn ddihareb.

"Ond y gyfrinach at ei gilydd," meddai'r Sarjant wedyn, "ydi'r darlleniada dyddiol. Ymorolwch am eich darlleniada dyddiol ac mi fydd eich cydwybod chi'n ddilychwin fel crys glân ar fora Sul. Dwi'n gredwr mawr yn y darlleniada dyddiol."

"Welais i bob peth o bwys?"

Yn y fan hon edrychodd y plismyn ar ei gilydd a chwerthin ei hochr hi. Sgrialodd eu rhuadau croch oddi wrthym i fyny ac i lawr y cyntedd a dod yn eu holau'n adleisiau egwan o'r pellter.

"Dach chi'n meddwl mai peth syml ydi ogla, decini?" meddai'r Sarjant dan wenu.

"Ogla?"

"Ogla ydi'r peth mwya cymhleth dan haul," meddai, "a does dim modd i drwyn dyn ei ddatrys na'i ddallt yn iawn er bod gan gŵn well ffordd efo ogleuon nag oes gynnon ni."

"Ond dydi cŵn yn dda i affliw o ddim ar gefn beic," meddai MacCruiskeen, yn cyflwyno ochr arall y gymhariaeth.

"Mae gynnon ni beiriant lawr yn fan'na," meddai'r Sarjant wedyn, "sy'n hollti unrhyw ogla'n is- a rhyng-ogleuon fel y medrwch chi hollti pelydryn o ola efo offeryn gwydr. Mae'n ddiddorol ac yn oleuol iawn, choeliech chi fawr yr ogleuon budron sy ym mhersawr lili'r dyffrynnoedd ddel."

"Ac mae 'na beiriant at flasa," meddai MacCruiskeen ar ei draws, "mae blas golwyth wedi ffrio, choeliech chi fawr, yn ddeugian y cant blas..."

Tursiodd a phoeri ac edrych yn fisi o ddywedwst.

"A theimlada," meddai'r Sarjant. "Chewch chi ddim byd llyfnach na chefn merch ne dyna dybiech chi. Ond o weld dadansoddi'r teimlad hwnnw, fasa gynnoch chi fawr i'w ddeud wrth gefna merched, ar fy ngwir a pharsli. Mae hanner tu mewn y llyfnder yn arw fel clunia bustach."

"Y tro nesa dowch chi acw," addawodd MacCruiskeen, "welwch chi betha syfrdanol."

Tybiais fod hyn ynddo'i hun yn beth rhyfedd i neb ei ddweud ar ôl yr hyn roeddwn newydd ei weld ac ar ôl beth gariwn yn y bag. Ymbalfalodd yn ei boced, cael hyd i'w sigarét, ai haildanio a chynnig y fatsien i mi. Yn drwmlwythog â'r bag trwm, roedd yn waith rhai munudau i mi gael hyd i f'un i ond daliai'r fatsien i losgi'n wastad ac yn loyw yn ei phen.

Smygodd y ddau ohonom mewn distawrwydd a mynd yn ein blaenau ar hyd y cyntedd pŵl nes i ni gyrraedd y lifft drachefn. Roedd wynebau clociau neu ddeialau yn ymyl y lifft na welswn o'r blaen a dau ddrws eto yn ei ymyl. Roeddwn wedi ymlâdd gan fy mag o aur a dillad a wisgi a chythrais am y lifft i sefyll arno a rhoi fy mag ar lawr o'r diwedd. Pan oeddwn bron ar y trothwy fe'm hataliwyd yn fy nghamre gan waedd gan y Sarjant a godai bron i draw sgrech merch.

"Peidiwch â mynd i fan'na!"

Treiodd y lliw o'm hwyneb gan daerineb ei dinc. Trois fy mhen a sefyll wedi'm hoelio i'r fan, un droed o flaen y llall fel dyn ar gerdded yn cael tynnu ei lun yn ddiarwybod iddo.

"Pam?"

"Achos eith y llawr â'i ben iddo dan waelod eich traed chi a'ch hel chi i lawr lle nad aeth neb erioed o'r blaen."

"A pham?"

"Y bag, ddyn."

"Y ffaith amdani," meddai MacCruiskeen yn ddigyffro, "ydi na fedrwch chi ddim mynd i'r lifft onibai eich bod chi'r un pwysa ag oeddech chi'n ei bwyso pan gafoch chi'ch pwyso i fynd iddo fo."

"Os gnewch chi," meddai'r Sarjant, "neith o'ch difa chi'n ddigyfaddawd a lladd pob mymryn o'r bywyd ynoch chi."

Rhoddais y bag, yn tincial gan ei botel a'i giwbiau aur, ar lawr yn bur hegr. Roedd yn werth rhai miliynau o bunnoedd. Yn sefyll yno ar y llawr platiau, pwysais ar y pared platiau a chwilio fy meddwl am ryw reswm a dirnadaeth a chysur mewn adfyd. Ychydig a ddeallwn i heblaw bod fy nghynlluniau wedi colli'r dydd a'm tro am dragwyddoldeb yn ofer ac yn drychinebus. Sychais law ar fy nhalcen llaith a rhythu'n hurt ar y ddau blismon oedd bellach yn gwenu â golwg henffel a hunanfoddhaus. Chwyddodd ton o deimlad i'm gwddw yn llenwi fy meddwl â gofid mawr a thristwch mwy pellennig a diffaith na thraeth mawr fin nos a'r môr ymhell ar ddistyll y don. Gwyrais fy mhen ac edrych i lawr ar fy sgidiau drylliog a'u gweld yn nofio ac yn toddi mewn dagrau mawr a dasgai o'm llygaid. Trois at y pared a thagu gan feichio wylo a thorri i lawr yn llwyr a chrio nerth esgyrn fy mhen fel babi. Wn i ddim am ba hyd y bûm yn crio. Tybiaf i mi glywed y ddau blismon yn sôn amdanaf mewn islais llawn cydymdeimlad fel petaent yn feddygon cymwys mewn ysbyty. Heb godi fy mhen edrychais ar draws y llawr a gweld coesau MacCruiskeen yn cerdded i ffwrdd efo'm bag. Wedyn clywais sŵn agor drws pobty a lluchio'r bag i mewn yn hegr. Yn y fan yma criais nerth esgyrn fy mhen unwaith eto, gan droi at bared y lifft a rhoi tragywydd heol i'm trallod mawr.

O'r diwedd fe'm cymerwyd yn dyner gerfydd f'ysgwyddau, fy mhwyso a'm tywys i'r lifft. Wedyn teimlais y ddau blismon mawr yn gwasgu i mewn yn f'ymyl a chlywed oglau trwm brethyn deuled swyddogol glas wedi'i drwytho drwodd a thro â'u dynoldeb. A llawr y lifft yn dechrau gwrthsefyll fy nhraed, teimlais ddarn o bapur crych yn chwithrwd yn erbyn fy wyneb oedd wedi'i droi heibio. Edrychais i fyny yn y golau gwan a gweld bod MacCruiskeen yn estyn ei law ataf yn fud ac yn fwyn ar draws brest y Sarjant a safai'n dal ac yn llonydd yn f'ymyl. Yn y llaw roedd bag papur bach gwyn. Bwriais gip iddo a gweld pethau crwn lliw, maint darnau deuswllt.

"Taffi," meddai MacCruiskeen yn garedig.

Rhoes sgwd i'r bag i'm swcro a dechrau cnoi a sugno'n uchel fel petai pleser bron yn oruwchnaturiol i'w gael o'r melysion hyn. Wedi dechrau igian crio eto am ryw reswm, rhois fy llaw yn y bag ond pan dynnais fferin daeth tri neu bedwar eto, wedi'u cydasio ag o yng ngwres poced y plismon, allan ynghyd ag o, yn un stwnsh soeglyd o blaster. Yn drwsgl ac yn wirion gwnes fy ngorau i'w datod ond methu'n llwyr ac wedyn sodro'r cwbl yn fy ngheg a sefyll yno'n igian crio ac yn sugno ac yn snwffian. Clywais y Sarjant yn ochneidio'n ddwfn a theimlwn ei ystlys lydan yn cilio fel yr ochneidiai.

"Rargo, dwi'n mopio ar fferis," meddai dan ei wynt.

"Hwda un," meddai MacCruiskeen dan wenu, yn sgrytian ei fag.

"Be haru chdi ddyn," gwaeddodd y Sarjant, yn troi i weld wyneb MacCruiskeen, "wyt ti o dy go, ddyn byw? Taswn i'n cymyd un o'r rhain – nid un ond hannar cornal chwartar un ohonyn nhw – dwi'n taeru neno'r nefi wen y basa 'mol i'n ffrwydro fel ffrwydryn tir byw a faswn i wedi 'ngalfaneiddio yn y gwely am bythefnos gron yn rhuo rhegfeydd gan bylia ofnadwy o gamdreuliad a dŵr poeth. Sarna chd'isio fy lladd i, ddyn?"

"Mae siwgwr barlys yn fferin esmwyth iawn," meddai MacCruiskeen, yn siarad yn afrosgo efo'i geg yn llawn dop. "Maen nhw'n ei roi i fabis ac mae o tan gamp at gael eich gweithio."

"Taswn i'n byta fferis o gwbwl," meddai'r Sarjant,

"faswn i'n byw ar y 'Carnifal Asortyd'. *Dyna* i chi fferin. Gwaith sugno arnyn nhw, eu blas nhw'n ysbrydol ac mi bery un ohonyn nhw hannar awr go dda i chi."

"Driaist di 'Licrish Pennis' erioed?" gofynnodd MacCruiskeen.

"Naddo wir ond mae gin y 'Fforpni Coffi Crîm Micstiar' swyn mawr."

"Ne'r 'Doli Micstiar'?"

"Naddo."

"Y Doli Micstiar ydi'r gora naethpwyd erioed, me nhw," meddai MacCruiskeen, "ac na cheir fyth mo'i well ac yn wir i ti fedrwn i'u byta nhw a dal i fyta nes on i'n sâl."

"Ella wir," meddai'r Sarjant, "ond taswn i'n cael fy nghefn ataf mi'i mentrwn i o hefo chdi ar y Carnifal Micstiar." A hwythau'n dal i gega am fferis a mynd yn eu blaenau at farrau siocled ac india-roc, roedd y llawr yn pwyso'n gryf oddi tanom. Wedyn daeth newid yn y pwyso, clywyd dau glic a dechreuodd y Sarjant ddadfachu'r drysau gan egluro i MacCruiskeen ei olygwedd ar Jiw-Jiwbs a fferis jeli a Tyrcish Diléit.

Yn wargrwm a'm hwyneb wedi stiffio gan fy nagrau sychion, camais yn lluddedig o'r lifft i'r stafell fach gerrig ac aros iddynt fwrw golwg ar y clociau. Wedyn dilynais nhw i'r prysglwyn ac aros y tu ôl iddynt yn mynd i'r afael ag ymosodiadau'r cangau. Doeddwn i'n malio'r un ffadan.

Nid cyn i ni ddod allan, ein gwynt yn ein dwrn a'n dwylo'n gwaedu, ar fin gwyrdd y lôn bost y sylweddolais fod rhywbeth rhyfedd wedi digwydd. Roedd hi'n ddwyawr dair ers i'r Sarjant a minnau gychwyn ar ein taith ac eto roedd golwg ben bore ar y wlad a'r coed a sŵn ben bore ar leisiau popeth o'n cwmpas. Roedd rhyw gynharwch anhraethol ym mhopeth, ymdeimlad o ddeffro a dechrau. Doedd dim byd eto wedi tyfu nac aeddfedu a dim byd a ddechreuwyd eto wedi'i orffen. Roedd aderyn yn canu heb eto droi'r cordeddiad olaf o berseinedd. Roedd cwningen yn dod i'r fei a'i chynffon eto dan gudd.

Safai'r Sarjant fel carreg goffa yng nghanol y lôn lwyd galed yn pigo rhyw bethau bach gwyrddion yn ofalus oddi arno'i hun. Safai MacCruiskeen yn ei gwman at ei bengliniau yn y glaswellt yn craffu arno'i hun ac yn ei ysgwyd ei hun yn fân ac yn fuan fel iâr. Safwn innau'n syllu'n llesg i'r awyr lachar ac yn rhyfeddu at ryfeddodau'r bore uchel.

Pan oedd y Sarjant yn barod gwnaeth ystum cwrtais â'i fawd a chychwynnodd y ddau ohonom efo'n gilydd tua'r barics. Roedd MacCruiskeen y tu ôl i ni ond buan y daeth i'r golwg yn ddistaw o'n blaenau, yn eistedd yn ddisymud ar gefn ei feic. Ni ddywedodd air o'i ben wrth fynd heibio i ni na syflyd nac anadl nac aelod a rholio oddi wrthym i lawr yr allt esmwyth nes i dro ei lyncu'n ddistaw.

Wrth i mi gerdded efo'r Sarjant sylwais i ddim ar ble'r oeddem nac ar beth aethom heibio iddo ar y lôn, na dynion nac anifeiliaid na thai. Roedd fy mhen fel eiddew lle mae gwenoliaid yn hedfan. Gwibiai meddyliau o'm cwmpas fel yr awyr yn groch ac yn dywyll gan adar heb i'r un ddod i mewn i mi nac yn ddigon agos. Byth a hefyd yn fy nghlust roedd clec drysau trymion yn cau, gerain cangau yn llusgo'u dail llac mewn sbonc sydyn a diasbedain sgidiau hoelion ar blatiau metel.

Pan gyrhaeddais y barics thalais i ddim sylw i neb na dim ond mynd yn syth at wely a gorwedd arno a syrthio i drwmgwsg syml. O'u cymharu â'r cwsg hwn mae marwolaeth yn beth gwinglyd, hedd yn ddwndwr a thywyllwch yn naid o oleuni.

IX

Fe'm deffrowyd y bore trannoeth gan sŵn morthwylio mawr[1] y tu allan i'r ffenest a'm cael fy hun yn cofio ar f'union – roedd yr atgof yn baradocs hurt – i mi fod yn y byd nesaf ddoe. Yn gorwedd yno'n hanner effro, does ryfedd i'm meddyliau droi at de Selby. Yr un fath â phob meddyliwr mawr, troes llawer ato ar drywydd arweiniad ar lawer o benblethdodau mawr bodolaeth. Ni lwyddodd yr esbonwyr, ysywaeth, i dynnu o stordy enfawr ei weithiau

---

[1] Yn ei *Extensions and Analyses* sydd bron wedi mynd dros gof, tynnodd Le Clerque sylw at bwysigrwydd y weithred o daro yn nilechdid de Selby a dangos bod y rhan fwyaf o arbrofion y ffisegydd yn hynod o swnllyd. Gwaetha'r modd roedd y morthwylio bob amser y tu ôl i ddrysau ar gau ac nid oes yr un esboniwr wedi bwrw amcan hyd yn oed o ran beth a forthwylid nac i ba ddiben. Hyd yn oed pan oedd yn saernïo'r blwch dŵr enwog, fwy na thebyg yr offeryn ceinaf a mwyaf bregus a wnaed erioed gan ddwylo dyn, gwyddys i de Selby chwilfriwio tri morthwyl glo trwm a bu'n achos llys diurddas gyda'i landlord (y drwgenwog Porter) yn deillio o gyhuddiad o ystumio distiau lloriau a difrod i nenfwd. Mae'n amlwg ei fod yn rhoi cryn bwys ar "forthwylwaith". (g. *Golden Hours*, tud. 48-9). Yn *The Layman's Atlas* cyhoedda hanes astrus braidd ei ymholiadau i anian morthwylio a thadogi'n eofn sŵn egr taro i ffrwydro "peli'r awyrgylch", yn amlwg yn ystyried mai balŵns bychain bach oedd yr awyr – prin yn wir yw'r dystiolaeth bod ymchwil wyddonol ddiweddarach yn ategu'r fath ddaliad. Yn ei ymdriniaethau mewn mannau eraill ar anian y nos a thywyllwch, cyfeiria wrth fynd heibio at ystumio "crwyn awyr", *al.* "peli awyr" a "phledrenni". Ei gasgliad oedd: "hammering is anything but what it appears to be"; mae'r cyfryw ddatganiad, os nad yn agored i'w wrthbrofi'n groyw, i'w weld yn ddiangen ac yn gamarweiniol.

Cynigiodd Hatchjaw yr awgrym fod morthwylio uchel yn ddyfais yr oedd y doethur yn troi ati i foddi synau erall allasai roi rhyw arwydd o duedd wirioneddol ei arbrofion. Mae Bassett o'r unfarn yn hyn o beth, fodd bynnag gyda dwy amheuaeth.

unrhyw gorff cyson, cydlynol na chynhwysfawr o gred ac arfer ysbrydol. Serch hynny, nid yw ei syniadau parthed paradwys nad ydynt o ddiddordeb. Ar wahân i 'Codex'[2]

---

[2] Bydd y darllennydd yn gyfarwydd â'r tymhestloedd a frochiodd dros hwn, y mwyaf pryfoclyd o'r hyn a oroesodd o'r holl ysgrifau. Casgliad yw'r "Codex" (a alwyd hynny'n gyntaf gan Bassett yn ei *De Selby Compendium* aruthrol) o tua dwy fil o ddalennau o ffwlsgap, yn ysgrifen fân ar y ddwy ochr. Arbenigrwydd nodedig y llawysgrif yw nad oes yr un gair o'r ysgrifen yn ddarllenadwy. Gwnaeth amryfal esbonwyr ymdrechion i ddehongli rhai adrannau llai dychrynllyd eu golwg nag eraill a chanlyniadau rhyfeddol o wahanol a nodweddodd y rhain, nid o ran ystyr yr adrannau (sydd yn ddiamau) ond o ran y math o ffwlbri ddeillia ohonynt. Disgrifia Bassett un adran yn "penetrating treatise on old age" a chyfeiria Henderson (cofiannydd Bassett) ati gyda'r geiriau "a not unbeautiful description of lambing operations on an unspecified farm". Rhaid dweud nad yw enw da'r naill awdur na'r llall fawr ar eu helw o anghytuno o'r fath.

Unwaith eto mae Hatchjaw, yn ôl pob tebyg yn dangos rhagor o graffter nag o dreiddgarwch ysgolheigaidd, yn cynnig ei ddamcaniaeth parthed ffugiad ac yn proffesu syndod bod unrhyw un call yn gallu cymryd ei dwyllo gan "so crude an imposition". Bu *contretemps* rhyfedd pan fu i Bassett herio Hatchjaw i gyfiawnhau'r datganiad ffwrdd-a-hi hwn a'r olaf yn sôn yn ddidaro fod wyth tudalen o'r "Codex" i gyd wedi'u rhifo'n '88'. Daliwyd Bassett ar y gamfa, mae'n amlwg, a gwnaeth wiriad annibynnol a methu â chael yr un dudalen o gwbl ac iddi'r rhif hwnnw. Darfu i'r dadlau ddaeth wedyn ddatgelu'r ffaith syfrdanol fod y ddau esboniwr yn honni meddu'n bersonol ar yr "unig Codex dilys". Cyn bod modd datrys y gynnen hon, cafwyd taranfollt eto, y tro hwn o Hamburg bell. Cyhoeddodd y *Nordeutsche Verlag* lyfr gan y gŵr dirgel Kraus a honnai fod yn ddehongliad cymhleth seiliedig ar gopi dilys o'r "Codex" gyda thrawslythreniad o'r hyn a ddisgrifiwyd fel y cod astrus yr ysgrifennwyd y ddogfen ynddo. Os oes modd credu Kraus, nid yw'r "Codex" argoelus ei enw yn ddim ond casgliad o wirebau hynod o blentynnaidd ar gariad, bywyd, mathemateg a'u tebyg, wedi eu geirio mewn Saesneg anramadegol sâl a heb yr un rhithyn nac o astrusi na thywyllwch nodweddiadol de Selby. Bu i Bassett a llawer

enwog de Selby, mae'r prif gyfeiriadau i'w cael yn y
Country Atlas ac atodiadau 'cadarn' bondigrybwyll y

---

o'r esbonwyr eraill, gan ystyried y llyfr hynod hwn yn ddim ond
arwydd eto o wenwyn y gŵr brathog du Garbandier, honni na
chlywsant erioed sôn amdano serch y ffaith ei bod yn hysbys i Bas-
sett gael, mewn modd amheus gellid tybio, un o broflenni'r gwaith
fisoedd lawer cyn ei gyhoeddi. Roedd Hatchjaw ar ei ben ei hun o
ran peidio ag anwybyddu'r llyfr. Dywedodd yn sychlyd mewn erth-
ygl papur newydd fod "aberration" Kraus oblegid drysu gan estron
y ddau air Saesneg "code" a "codex", a datgan ei fod yn bwriadu
cyhoeddi "a brief brochure" a fyddai i bob pwrpas yn taflu amheu-
aeth ar waith yr Almaenwr a phob "trumpery fraud" o'r fath. Ni
ddaeth y gwaith hwn i'r fei a phriodolir hyn ar lafar gwlad i gyn-
llwynion Kraus yn Hamburg a seiadau maith ar y wifren ryng-gyf-
andirol. Sut bynnag, restiwyd y truan Hatchjaw unwaith eto, y tro
hwn ar gais ei gyhoeddwyr ei hun a'i cyhuddodd o ladrata rhai o
fân daclau desgiau'r cwmni. Gohiriwyd yr achos ac wedyn fe'i di-
lëwyd o ddiffyg ymddangos rhai tystion dienw o dramor. Gan aml-
yced yw bod y cyhuddiad hynod hwn heb rithyn o sail, methodd
Hatchjaw â chael unrhyw iawndal gan yr awdurdodau.

Ofer honni bod y sefyllfa parthed y "Codex" hwn yn foddhaol
damaid a go brin y byddai i nac amser nac ymchwil daro unrhyw
oleuni newydd ar ddogfen nad oes modd ei darllen ac y mae ped-
war copi ohoni o leiaf yn bod, ill pedwar yr un mor ddiystyr, a phob
un yn honni bod y gwreiddiol dilys.

Yn ddiarwybod iddo, parodd y gŵr mwyn Le Clerque ddifyr-
rwch gogleisiol yn yr helynt hwn. Clywodd sôn am y "Codex" rai
misoedd cyn cyhoeddi "Compendium" awdurdodol Bassett a
chymryd arno ei fod wedi darllen y "Codex" a mewn erthygl yn y
Zuercher Tagleblatt gwnaeth lawer o sylwadau niwlog arno, gan gyf-
eirio at ei "graffter", "dadleuon cymhellol er eu bod yn rhyfedd",
"safbwynt newydd", ac yn y blaen. Wedyn diarddelodd yr erthygl a
gofyn i Hatchjaw mewn llythyr personol ei chyhuddo o fod yn
ffugiad. Nid yw ateb Hatchjaw ar gadw ond credir iddo wrthod yn
bur ddicllon fod yn gyfrannog o unrhyw fisdimanars pellach yng-
hlwm â'r "Codex" drygargoelus. Afraid, efallai, cyfeirio at gyfraniad
du Garbandier i'r mater hwn. Ymfodlonodd ar erthygl yn *L'Avenir*
lle'r honnodd iddo ddatrys y "Codex" a'i gael yn gronfa posau an-
llad, hanesion anturiaethau serch a myfyrio erotig "oll yn rhy res-
ynus i'w hailadrodd hyd yn oed ar amlinell fras".

Country Album. Mewn byr o eiriau mae'n dangos bod y cyflwr dedwydd "not unassociated with water" a "water is rarely absent from any wholly satisfactory situation." Ni rydd ddiffiniad manylach o'r gwynfyd dyfrllyd hwn ond sonia iddo sgrifennu'n llawnach ar y pwnc mewn man arall.[3] Nid yw'n amlwg, ysywaeth, a oes disgwyl i'r ddarllenydd gasglu bod diwrnod gwlyb yn fwy dymunol na diwrnod sych na bod triniaeth faddonau faith yn ddull dibynadwy o gael heddwch meddwl. Clodfora gydbwysedd dŵr, ei amgylchynoldeb, ei wrthbwysoldeb a'i degwch, a datgan bod dŵr "if not abused"[4] yn gallu cyrraedd "absolute superiority". Am y gweddill, ychydig a erys ond cofnodion ei arbrofion tywyll a di-dyst. Hanes cyfres hir o erlyniadau am wastraffu dŵr yw hwn, ar gais yr awdurdod lleol. Mewn un gwrandawdiad dangoswyd iddo ddefnyddio naw mil o alwyni mewn un diwrnod a thro arall agos i bedwar ugain mil o alwyni dros wythnos. Y gair pwysig yn y cyd-destun hwn yw "defnyddio". Wedi gwirio faint o ddŵr oedd yn mynd i'r tŷ bob diwrnod o'r cysylltiad stryd, roedd y swyddogion lleol yn ddigon chwilfrydig i wylio gollyngfa'r garthffos a darganfod er mawr syndod iddynt nad oedd *dim o'r swmp aruthrol o ddŵr a dynnid i mewn fyth yn gadael y tŷ*. Cythrodd yr esbonwyr yn awchus am yr ystadegyn hwn ond, yn ôl eu harfer, nid ydynt o'r

---

[3] Credir mai cyfeiriad at y "Codex" yw hwn.

[4] Yn naturiol ddigon, ni chynigir eglurhad o beth a olygir gan "abusing" dŵr ond mae'n werth nodi i'r doethur dreulio rhai misoedd yn ceisio darganfod dull boddhaol o "lastwreiddio" dŵr, gan honni ei fod yn "rhy gryf" i lawer o'r dulliau newydd y dymunai ei ddefnyddio atynt. Awgryma Bassett mai at y diben hwn y dyfeisiwyd Blwch Dŵr de Selby ond mae'n methu egluro sut y rhoir ar fynd y peirianwaith cywrain. Priodolwyd cynifer o ddyletswyddau i'r mecanwaith annirnad hwn (gweler damcaniaeth hurt Kraus parthed selsig) fel na ddylid rhoi i dybiaeth Bassett y pwys gormodol y byddai i'w safle awdurdodol yn dueddol o'i roi iddo.

unfarn. Ym marn Bassett triniwyd y dŵr yn y blwch dŵr cywrain a'i lastwreiddio i'r fath raddau fel ei fod yn anweladwy – ar rith dŵr, beth bynnag – i'r gwylwyr annysgedig ger y garthffos. Yn hyn o beth mae damcaniaeth Hatchjaw yn fwy derbyniol. Mae yntau'n tueddu at y farn bod y dŵr wedi'i ferwi a'i weddnewid, yn ôl pob tebyg drwy'r blwch dŵr, yn ffrydiau bychain bach o stêm a daflwyd drwy ffenestr ar y llawr uchaf i'r nos mewn ymdrech i olchi'r staeniau "llosgfynyddol" duon oddi ar "grwyn" neu "bledrenni aer" yr awyrgylch a chan hynny chwalu'r nos gas ac "afiach." Waeth pa mor anhygoel y bo'r ddamcaniaeth hon yn ôl pob golwg, rhoir lliw annisgwyl iddi gan achos llys blaenorol pan gafodd y ffisegydd ddirwy o ddeugain swllt. Y tro hwn, tua dwy flynedd cyn gwneud y blwch dŵr, cyhuddwyd de Selby o yrru pibell ddŵr tân allan o un o ffenestri llawr uchaf ei dŷ gefn nos, gwaith a barodd wlychu sawl cerddwr at eu crwyn. Dro arall[5] bu'n rhaid iddo wynebu cyhuddiad o gelcio dŵr, a'r heddlu yn tystio bod pob llestr yn y tŷ, o'r baddon hyd at set o dair cwpan wy addurniadol, yn llawn hyd at yr ymyl o'r gwlybwr.

---

[5] Mae bron pob un o'r mân achosion pan aethpwyd â de Selby i gyfraith yn cynnig i ni enghraifft o'r gwaradwydd y mae'n rhaid i feddyliau mawr ei ddioddef pan orfodir iddynt ymwneud â deall-twriaeth ddieneiniad lleygwyr diganfod. Yn un o'r gwrandawiadau parthed gwastraffu dŵr, cymerodd y Fainc yr hyfdra o holi'n wirion pam nad oedd y diffynnydd yn elwa ar y raddfa ddiwydiannol â mesurydd "if bathing is to be persisted in so immoderately". Y tro hwnnw y cafwyd yr ateb parod enwog gan de Selby, sef "one does not readily accept the view that paradise is limited by the capacity of a municipal waterworks or human happiness by water-meters manufactured by unemancipated labour in Holland". Mae rhyw gysur i'w gael o gofio bod yr archwiliad meddygol drwy nerth bôn braich a ddilynodd wedi'i nodweddu gan oleuedigaeth sydd hyd heddiw yn dod â chlod i ran yr alwedigaeth feddygol. Rhyddhawyd de Selby yn ddiamod.

Unwaith eto ffug-gyhuddiad o ymgais i'w ladd ei hun oedd ddewisach am i'r doethor ei led-foddi ei hun yn ddamweiniol ar drywydd rhyw ystadegyn hanfodol parthed mabolgampau dŵr wybrennol.

Mae'n amlwg o ddarllen papurau newydd cyfoes bod erledigaethau a phigiadau pín cyfreithiol i ganlyn ei ymholiadau i ddŵr heb eu tebyg ers dyddiau Galileo. Hwyrach y daw rhyw fymryn o gysur i'r gweision bach oedd yn gyfrifol am hynny o wybod i'w misdimanars anwaraidd a barbaraidd lwyddo i warafun i'r oesoedd a ddêl gofnod croyw o ystyr yr arbrofion hyn ac efallai werslyfr gwyddor dŵr esoteraidd a fyddai'n erlid llawer o'n gwayw a'n hanedwyddwch bydol. I bob pwrpas y cwbl sydd weddill o waith de Selby yn hyn o beth yw ei dŷ lle erys ei dapiau dirifedi[6] fel y'u gadawodd, serch bod cenhedlaeth newydd fwy cysetlyd ei bryd wedi peri cau'r dŵr yn y brif bibell.

Dŵr? Roedd y gair yn fy nghlust yn ogystal ag yn fy mhen. Roedd glaw yn dechrau curo ar y ffenestri, nid glaw tyner na chyfeillgar ond dafnau mawr dig ddeuai dan boeri'n chwyrn ar y gwydr. Roedd yr awyr yn llwyd ac yn dymhestlog ac ohoni clywn weiddi croch gwyddau

---

[6] Yn ei *Conspectus of the de Selby Dialectic* amhrisiadwy disgrifiodd Hatchjaw y tŷ yn y geiriau hyn: "the most water-piped edifice in the world". Hyd yn oed yn yr ystafelloedd byw roedd dros ddeg o dapiau buarth breision, rhai a chanddynt gafnau sinc a rhai (megis y rhai'n bargodi o'r nenfwd ac o fracedi nwy ger y lle tân) wedi'u cyfeirio at y llawr moel. Hyd yn oed ar y grisiau mae prif bibell dair modfedd i'w gweld fyth, wedi'i hoelio ar hyd canllaw'r balwstrad ac ynddi dapiau droedfedd ar wahân, ac yn y twll dan grisiau ac ym mhob cuddfan dirnadwy roedd trefniannau cymhleth o ddyfrgist- iau a thanciau cadw. Roedd hyd yn oed y pibelli nwy wedi'u cysylltu â'r system ddŵr hon a byddent yn pistyllio'n gryf pe rhoid cynnig ar gynnau'r golau.

Ynghlwm â hyn bachodd du Garbandier ar y cyfle i wneud syl-wadau aflednais a sinigaidd ar lociau gwartheg.

a hwyaid gwylltion yn llafurio ar draws y gwynt ar eu hadenydd llydain. Galwai soflieir duon yn fain o'u cuddfannau ac roedd nant chwyddedig yn baldorddi'n orffwyll. Gwyddwn o'r gorau y byddai'r coed yn gam ac yn groes yn y glaw a'r clogfeini'n pefrio'n oer yn y llygad.

Aethwn ar drywydd cwsg unwaith eto'n ddi-oed oni bai am y morthwylio mawr y tu allan. Codais a mynd at y ffenest ar y llawr oer. Y tu allan dacw ddyn a sachau ar ei sgwyddau yn morthwylio fframwaith pren roedd yn ei godi yn iard y barics. Roedd yn wynepgoch, â bon braich, a herciai wrth ei waith â chamau breision anferth stiff. Roedd ei geg yn llawn hoelion a wrychai fel dannedd dur yng nghysgod ei fwstash. Fe'u tynnai fesul un wrth i mi wylio a'u morthwylio i'r dim i'r pren gwlyb. Oedodd i roi prawf ar drawst â'i nerth aruthrol a gollwng y morthwyl ar ddamwain. Gwyrodd yn afrosgo a'i godi.

Wyt ti'n sylwi ar rwbath?

Nac ydw.

Y morthwyl, ddyn.

Golwg morthwyl cyffredin arno fo. Be amdano fo?

Wyt ti'n ddall, dŵad? Mi syrthiodd ar ei droed o.

Ia?

A fonta heb droi blewyn. Fasa 'di medru bod yn bluan o unrhyw arwydd roth o.

Yn y fan hon rhoddais gri fain o amgyffred ac ar y gair taflais y ffenest ar agor a gwyro allan i'r diwrnod digroeso, gan weiddi ar y gweithiwr yn llawn cyffro. Bwriodd olwg chwilfrydig arnaf a dod draw, ei dalcen yn grych gan holi cyfeillgar.

"Be di'ch enw chi?" gofynnais.

"O'Feersa, y brawd canol," atebodd. "Ddowch chi allan i fam'ma," meddai wedyn, "a rhoi help llaw i mi efo'r gwaith coed gwlyb?"

"Oes gynnoch chi goes glec?"

Yn ateb rhoes andros o ergyd i'w glun dde efo'r morthwyl. Atseiniodd yn wag yn y glaw. Gwnaeth gorn siarad yn glownaidd am ei glust fel pe'n gwrando'n astud ar y sŵn wnaethai. Wedyn gwenodd.

"Dwi'n codi crocbren uchel yma," meddai, "ac mae'n hen waith cloff lle mae'r ddaear yn dolciog. Faswn i ddim gwaeth o gael cymorth cynorthwywr cymwys."

"Dach chi'n nabod Martin Finnucane?"

Cododd ei law mewn saliwt filwrol a nodio.

"Mae bron â bod yn perthyn," meddai, "ond nid yn hollol. Mae'n perthyn yn agos i 'nghyfnither ond phriodon nhw erioed, byth mo'r amsar."

Yn y fan hon curais fy nghoes fy hun yn sydyn ar y pared.

"Glywsoch chi hynna?" gofynnais iddo.

Neidiodd ac wedyn cymryd fy llaw a golwg frawdol a theyrngar arno a gofyn i mi ai'r dde ynteu'r chwith oedd hi.

Trawa air ar bapur a galw arno am gymorth. Does 'na'm amsar i'w golli.

Gwnes hynny ar y gair a gofyn i Martin Finnucane ddod i f'achub o drwch blewyn rhag cael fy nghrogi i farwolaeth ar y grocbren a dweud wrtho fod rhaid iddo frysio. Wyddwn i ddim allai ddod fel yr addawsai ond yn y peryg roeddwn ynddo roedd unrhyw beth yn werth rhoi cynnig arno.

Gwelais O'Feersa yn mynd i ffwrdd yn fân ac yn fuan drwy'r niwloedd gan ymlwybro'n ofalus drwy'r gwyntoedd main oedd yn rasio drwy'r caeau, ei ben i lawr, y sachau ar ei sgwyddau a phenderfyniad yn ei galon.

Wedyn es yn ôl i'r gwely i geisio anghofio fy mhryder. Gweddïais na fyddai'r un o'r ddau frawd arall allan ar gefn beic y teulu gan fod ei eisiau i ddod â'm neges rhag blaen at gapten y dynion ungoes. Wedyn teimlais obaith yn cynnau ynof bob yn ail â pheidio a chysgais drachefn.

X

Pan ddeffrois eto tarodd dau beth fy mhen mor agos at ei gilydd fel petaent yn sownd yn ei gilydd; wyddwn i ddim yn iawn pa un ddaeth gyntaf ac roedd yn anodd eu gwahanu a'u harchwilio bob yn un. Meddwl hapus am y tywydd oedd un, disgleirdeb sydyn y diwrnod, fuasai'n annifyr ynghynt. Roedd y llall yn awgrymu i mi nad yr un diwrnod oedd hi o gwbl ond un gwahanol a hwyrach nid hyd yn oed trannoeth yr un dicllon. Fedrwn i ddim penderfynu'r mater hwnnw ac ni rois gynnig arni. Gorweddais yn ôl a mynd ar ôl f'arfer o syllu drwy'r ffenest. Pa ddiwrnod bynnag yr oedd, roedd yn ddiwrnod mwyn – yn dyner, yn hudol ac yn ddiniwed a chymylau gwynion yn hwylio heibio'n dangnefeddus ac yn anorchfygol yn yr awyr uchel, yn symud fel elyrch brenhinol ar ddyfroedd tawel. Roedd yr haul o'n tu hefyd, yn rhannu ei hud yn ddistaw bach, yn lliwio ochrau pethau oedd heb fod yn fyw ac yn bywiogi calonnau pethau oedd yn fyw. Roedd yr awyr yn las golau heb bellter, nac yn agos nac ymhell. Medrwn syllu arni, drwyddi a'r tu hwnt iddi a dal i weld gwedd gain ei diddymdra yn ddiderfyn groywach ac yn nes. Canodd aderyn solo'n gyfagos, aderyn du cyfrwys mewn gwrych tywyll yn rhoi diolch yn iaith ei febyd. Gwrandawais a chytuno ag o'n llwyr.

Wedyn daeth synau eraill ataf o'r gegin gerllaw. Roedd y plismyn ar eu traed ac yn mynd o gwmpas eu gorchwylion annirnad. Byddai pâr o'u sgidiau mawr yn troedio'n drwm ar draws y llechfeini, yn aros ennyd wedyn yn troedio'n drwm yn eu holau. Byddai'r pâr arall yn troedio'n drwm i fan arall, yn aros yn hwy ac yn troedio'n drwm yn eu holau drachefn fel petaent yn cario pwysau trwm. Wedyn byddai'r pedair esgid yn troedio'n drwm gyda'i gilydd yn solet ymhell at ddrws y ffrynt ac yn y fan deuai sblash hir lluchio dŵr ar y lôn, llond bath mawr ohono ar luch mewn un sypyn i syrthio'n glewt ar y lôn sych.

Codais a dechrau gwisgo amdanaf. Drwy'r ffenest gwelwn y grocbren o goed crai yn ymgodi fry i'r nefoedd, nid fel y'i gadawsai O'Feersa i'w chychwyn hi'n ddeddfol drwy'r glaw, ond yn berffaith ac yn barod at ei thynged dywyll. Wnaeth yr olygfa ddim gwneud i mi grio na hyd yn oed ochneidio. Meddyliwn ei bod yn drist, yn rhy drist. Drwy groeslathau'r saernïaeth gwelwn y wlad braf. Byddai golygfa hyfryd o ben y grocbren unrhyw ddiwrnod, ond heddiw byddai'n hwy o bum milltir gan gliried yr awyr. I nadu fy nagrau dechreuais wisgo amdanaf yn gysewin fanwl.

Pan oeddwn ar orffen curodd yn Sarjant ar y drws yn ysgafn iawn, dod i fewn yn fanwesol iawn a chyfarch gwell i mi.

"Dwi'n sylwi bod rhywun wedi cysgu yn y gwely arall," meddwn i godi sgwrs. "Ai chi ta MacCruiskeen?"

"Pilsmon Fox mwy na thebyg. Fydd MacCruiskeen a fi fyth yn cysgu yma, mae'n rhy ddrud, fasan ni'n farw gelain cyn pen wythnos o chwara'r gêm yna."

"Lle dach chi'n cysgu ta?"

"Lawr fan'na – ffor'cw – rochor draw."

Rhoes y cyfeiriad iawn i'm llygaid â'i fawd melyn. Roedd lawr y lôn tuag at y tro cudd i'r chwith arweiniai at y nefoedd llawn drysau a phobtai.

"Pam felly?"

"I gadw'n heinioes, 'machgen i. Lawr fan'cw dach chi cyn fenged yn deffro o gwsg ag yr oeddech chi'n mynd iddo a dach chi'm yn gwywo pan fyddwch chi dan do yno yn eich cwsg, choeliech chi fawr faint pery siwt ne sgidia a does dim gofyn i chi dynnu amdanoch chwaith. Dyna be sy'n swyno MacCruiskeen – hynny a'r dim siafio." Chwarddodd yn glên o feddwl am ei gydymaith. "Dyna i chi gês a hannar," meddai wedyn.

"A Fox? Lle mae o'n byw?"

"'Rochor draw dwi'n meddwl." Plyciodd ei fawd eto tua'r fan ar y chwith. "Rwla lawr fan'na'r ochor draw mae o liw dydd ond welson ni erioed mono fo yno, hwyrach ei fod o mewn rhan arbennig ohono fo gafodd hyd iddo oddi ar nenfwd gwahanol mewn tŷ arall ac yn wir i chi mi fasa neidia afresymol darlleniada'r mesurydd yn gneud i chi feddwl bod 'na ryw ymyrryd â'r peirianwaith. Mae'n wallgo hurt bost, yn gono di-ddadl ac yn ddyn o anfanylrwydd aflywodraethus."

"Pam mae o'n cysgu yma ta?" Roeddwn braidd yn flin o glywed i'r dyn drychiolaethol hwn fod yn yr un stafell â mi gefn nos.

"I'w wario a'i fwrw, yn lle ei fod i gyd yn gelc ynddo fo heb ei ddefnyddio hyd byth."

"Be i gyd?"

"Ei einioes. Arno fo isio cael gwared â chymaint ag y medar, oria dros ben ac oria islaw, cyn gyntad ag y medar fel y ceith o farw cyn gyntad ag y bo modd. Mae MacCruiskeen a minna'n ddoethach peth a, heb laru eto ar fod yn ni'n hunain, dan ni'n ei gelcio. I 'nhyb i mae o'n rhyw feddwl bod 'na dro i'r dde lawr y lôn a dyna be sy arno fo isio ac yn meddwl mai'r ffordd ora o ddod o hyd iddo fo ydi marw a chael gwarad â'r holl chwithrwydd o'i waed. Choelia i fawr bod 'na lôn ar y llaw dde ac os oes 'na mi fasa gofyn deuddag dyn heini i ofalu am ddim ond y darlleniada, fora a nos. Fel y gwyddoch chi'n iawn mae'r dde'n dipyn mwy dyrys na'r chwith, mi synnech at faint o fagla sy 'na ar y dde. Dim ond ar drothwy ein hamgyffrediad o'r dde ydan ni, does 'na ddim byd mwy twyllodrus i'r dyn anochelgar."

"Wyddwn i mo hynny."

Agorodd y Sarjant ei lygaid led y pen gan syndod.

"Ddaru chi 'rioed yn eich hoedl," gofynnodd, "fynd ar gefn beic o'r dde?"

"Naddo."

"Pam felly?"

"Dwn i ddim. Ddaru'r peth 'rioed daro 'mhen i."

Chwarddodd am fy mhen yn hynaws.

"Mae'n botas annatrys am y dim â bod," meddai dan wenu, "yn bos o ddichonoldebau annirnad, yn glincar."

Arweiniodd y ffordd o'r llofft i'r gegin lle'r oedd eisoes wedi gosod ar y bwrdd fy mhryd o uwd a llefrith a'r rheini'n stemian yn braf. Fe'u dangosodd yn glên, gwneud ystum fel pe'n codi llond llwy at ei geg ac wedyn gwneud sŵn llowcio a lleibio â'i wefusau fel petaent yn mynd i'r afael â'r mwyaf blasus o ddanteithion dan haul. Wedyn llyncodd yn uchel a rhoi ei ddwylo cochion ar ei fol mewn perlesmair. Eisteddais a chodi'r llwy yn ôl ei anogaeth.

"Pam felly nad ydi Fox ddim llawn llathan?" gofynnais.

"Mi ddeuda i wrthoch chi. Yn stafall MacCruiskeen mae 'na flwch bach ar y silff ben tân. Yn ôl y sôn, pan oedd MacCruiskeen i ffwrdd un diwrnod oedd yn digwydd bod y trydydd ar hugain o Fehefin, yn holi ynghylch beic, aeth Fox i mewn ac agor y blwch ac edrych ynddo fo dan bwysa'i chwilfrydedd annioddefol. Byth ers hynny hyd heddiw…"

Ysgwydwodd y Sarjant ei ben a thapio'i dalcen deirgwaith â'i fysedd. Er mor feddal ydi uwd bu ond y dim i mi dagu o glywed sŵn ei fys. Sŵn gwag diasbedol oedd o, gwichlyd braidd, fel petai wedi tapio can dŵr â'i ewin.

"Be oedd yn y blwch ta?"

"Mae hynny'n hawdd ei adrodd. Cerdyn cardbord tua maint cerdyn sigarét, dim gwell a dim mwy trwchus."

"Wela i," meddwn.

Welwn i ddim ond teimlwn yn siŵr y byddai fy nifaterwch didaro yn sbarduno'r Sarjant i egluro. Ac felly y bu ymhen yr hir a'r hwyr ar ôl iddo fy ngwylio'n ddistaw ac yn rhyfedd yn bwyta'n ddygn wrth y bwrdd.

"Y lliw oedd," meddai.

"Y lliw?"

"Ond wedyn ella nad hynny oedd o gwbl," synfyfyriodd mewn penbleth.

Bwriais olwg fymryn yn holgar arno. Crychodd ei dalcen yn feddylgar ac edrych ar gornel y nenfwd fel petai'n disgwyl gweld y geiriau roedd ar eu trywydd yn hongian yno mewn goleuadau lliw. Cyn gynted ag y tarodd hynny fy mhen rhois innau gipolwg gan hanner disgwyl eu gweld yno. Ond doedd dim lliw ohonynt.

"Nid coch mo'r cerdyn," meddai o'r diwedd.

"Gwyrdd?"

"Nid gwyrdd. Naci."

"Pa liw ta?"

"Nid un o'r lliwia mae dyn yn ei gario yn ei ben heb fod yn debyg i ddim welodd â'i lygaid. Roedd… yn wahanol. Dydi o ddim yn las chwaith, me MacCruiskeen, a dwi'n ei goelio fo, fyddai cerdyn glas byth yn gneud i ddyn golli'i bwyll achos mae be sy'n las yn naturiol."

"Welais i liwia'n amal ar wya," meddwn, "lliwia heb enwa. Mae rhai adar yn dodwy wya sy'n arlliwia rhy goeth i'w gweld gan yr un offeryn ond y llygad, fedrai'r tafod ddim mynd i'r drafferth o gael sŵn i gyfleu rhywbeth sy bron â bod ddim yna. Be faswn i'n ei alw'n rhyw fath gwyrddllyd o wyn llwyr. Dyna fasa'r lliw tybad?"

"Dim ffiars o beryg," atebodd y Sarjant ar ei ben, "achos tasa adar yn medru dodwy wya wnâi i ddynion golli'u pwyll, fasa gynnoch chi ddim cnyda o gwbwl, dim byd ond bwgana brain yn tyrru ym mhob cae fel cwarfod cyhoeddus a miloedd ohonyn nhw yn eu hetia calad yn sefyll efo'i gilydd yn ddyrneidia ar y brynia. Fasa'r byd 'ma'n wallgo bost, fasa pobol yn rhoi'u beicia ar eu penna i lawr ar y lonydd ac yn eu pedlo ffwl sbîd i neud digon o symud mecanyddol i ddychryn yr adar o'r plwy drwyddo draw." Sychodd law dros ei dalcen yn ei ddryswch. "Mi fyddai'n botas annaturiol ar y naw," meddai wedyn.

Tybiwn mai hen destun sgwrs sâl oedd y lliw newydd yma. Yn ôl pob golwg roedd ei newydd-deb yn ddigon newydd i chwilfriwio meddwl dyn yn ynfydrywdd gan ei syndod ato. Roedd hynny'n ddigon i'w wybod ac yn hen ddigon i fod gofyn ei goelio. Choelia i fawr, meddwn yn fy mhen ond faswn i ddim er aur na diemynt yn agor y blwch hwnnw yn y llofft ac edrych ynddo.

Roedd gan y Sarjant grychau atgofion mwyn wrth ei lygaid a'i geg.

"Ddaru chi rioed gyfarfod Mistar Andy Gara ar eich trafals?" gofynnodd i mi.

"Naddo."

"Mae o byth a hefyd yn chwerthin rhyngddo fo a'i hun, hyd yn oed yn y gwely gefn nos mae'n chwerthin yn ddistaw bach ac os digwydd iddo fo'ch cyfarfod ar y lôn mae'n bloeddio chwerthin, mae'n sioe bur lesgaol ac yn deud yn arw ar bobol gynhyrfus. Mae'r cwbwl yn mynd yn ôl at ryw ddiwrnod pan oedd MacCruiskeen a minna'n gneud ymholiada ynghylch beic oedd ar goll."

"Ia?"

"Beic efo ffrâm gris-groes oedd o," eglurodd y Sarjant, "a meddaf fi i chi nad bob diwrnod o'r wythnos y ceith un fel'na ei riportio, mae'n brin ar y diân ac mae'n fraint bod yn chwilio am feic fel'na."

"Beic Andy Gara?"

"Nid beic Andy. Roedd Andy'n ddyn call ar y pryd ond yn ddyn rhyfadd iawn a phan oedd o wedi cael ein lle ni mi feddyliodd neud rwbath clyfar. Mi dorrodd i mewn i'r barics cw yn dyffeio'r gyfraith yn ddiedifar. Mi dreuliodd oria gwerthfawr yn cau'r ffenestri ag estyll ac yn gneud llofft MacCruiskeen mor dywyll â chefn drymedd nos. Wedyn aeth ati efo'r blwch. Roedd arno fo isio gwbod sut deimlad oedd ar ei du mewn o, hyd yn oed os na fedrai sbio arno fo. Pan roddodd ei law ynddo mi chwerthodd ei hochor hi, mi daerech chi bod rhywbeth wedi'i gosi fel dwn i ddim be."

"A sut deimlad oedd arno fo?"

Ymysgydwodd y Sarjant yn enfawr.

"Dydi o ddim yn llyfn nac yn arw, me' MacCruiskeen, nid yn rudiog a nid yn felfedaidd. Mi fyddai rhywun yn methu o feddwl ei fod yn deimlad oer fel dur ac yn methu o feddwl ei fod fel blanced. Roeddwn inna'n meddwl ella'i fod fel bara llaith hen bowltris ond na, methu deirgwaith fasa hynny me' MacCruiskeen. A nid fel powliad o bys sych crin chwaith. Potas chwithig yn wir i chi, erchyllwaith bysaidd ond nid heb ei briod swyn rhyfedd."

"Nid y teimlad dan adenydd ieir?" holais yn awchus.

Ysgydwodd y Sarjant ei ben yn bell ei feddwl.

"Ond y beic cris-groes," meddai, "does ryfedd yn y byd iddo fynd ar goll. Roedd y beic wedi drysu'n lân ac yn cael ei rannu gan ddyn o'r enw Barbery â'i wraig a phe gwelech chi'r bladras Musus Barbery fasa dim gofyn i mi egluro hyn i chi'n distaw bach yn tôl."

Peidiodd â'i barabl ar ganol y gair olaf byr a sefyll dan lygadu'r bwrdd yn wyllt. Roeddwn wedi gorffen bwyta ac wedi gwthio fy mhowlen wag i ffwrdd. Gan ddilyn llinell ei syllu'n gyflym, gwelais ddarn bach o bapur wedi'i blygu yn gorwedd ar y bwrdd lle buasai'r bowlen cyn i mi'i symud. Efo cri llamodd y Sarjant yn ei flaen yn ddigymar o ysgafn a chipio'r papur. Aeth ag o at y ffenest, ei agor a'i ddal yn bell i lwfio am ryw anhwylder yn ei lygad. Roedd ei wyneb yn ddryslyd ac yn llwyd a rhythodd ar y papur am funudau lawer. Wedyn craffodd drwy'r ffenest a lluchio'r papur ataf. Fe'i codais a darllen y neges wedi'i phrintio'n fras:

"DYNION UNGOES AR EU FFORDD I ACHUB CARCHAROR. GWNAED CYFRIFIAD O ÔL EU TRAED A SAITH YW'R FFIGUR AMCAN. CYFLWYNWYD OS GWELWCH YN DDA. – FOX."

Dechreuodd fy nghalon ddyrnu'n wyllt o'm mewn. O edrych ar y Sarjant gwelais ei fod yn dal i rythu'n wyllt i ganol y diwrnod, oedd o leiaf bum milltir i ffwrdd, fel dyn yn trio dysgu ar ei gof union berffeithrwydd yr awyr a'i chymylau gwlân ŵyn bach, a melyn a gwyrdd a chlogwyn-wyn y wlad ddihafal. I lawr rhyw lôn fach a redai'n gam drwy'r caeau gwelwn yn fy mhen fy saith brawd yn brysio i'm hachub dan hercian mynd, eu ffyn praff ar fynd efo'i gilydd.

Daliai'r Sarjant i gadw'i lygad ar ben pum milltir i ffwrdd ond symudodd fymryn yn ei safiad fel cofadail. Wedyn siaradodd â mi.

"Awn ni allan i gael golwg arni hi, dwi'n meddwl," meddai, "da o beth ydi gneud be sydd gofyn cyn iddo fo ddod yn hanfodol ac yn anochel."

Roedd y dinc roes ar y geiriau hyn yn syfrdanol ac yn rhyfedd, a phob gair fel petai'n gorffwys ar glustog fechan fach, yn fwyn ac ymhell bell o bob gair arall. Wedi iddo dewi roedd distawrwydd cynnes dan gyfaredd fel petai nodyn terfynol rhyw gerddoriaeth bron rhy swynol i'w hamgyffred wedi cilio a mynd yn ddim ymhell cyn i neb sylwi go iawn nad oedd yno. Wedyn symudodd o'r tŷ o'm blaen ac allan i'r iard, minnau'r tu ôl iddo dan hud heb feddwl o unrhyw fath yn fy mhen. Buan roedd y ddau ohonom wedi dringo ysgol yn sad ac yn araf ein camre a chaem ein hunain yn uchel yn ymyl talcen y barics fel llong ar lawn hwyliau, y ddau ohonom ar y grocbren dal, minnau'r aberth a'm crogwr. Rhythais yn syn ac yn ofalus ym mhob man, heb weld am beth amser rithyn o wahaniaeth rhwng unrhyw bethau gwahanol, dan lygadu'n ddeddfol bob cwr o'r un unfathrwydd digyfnewid. Gerllaw clywn ei lais yn murmur unwaith eto:

"Mae hi'n ddiwrnod braf beth bynnag," dywedai.

Roedd i'w eiriau, bellach yn yr awyr agored, grynder llonydd cynnes eto fel petai gan ei dafod leinin pennau pigog blewog yn dod ohono'n ysgafn fel cadwyn o swigod neu fel pethau bychain bach yn cael eu dwyn ataf ar blu ysgall mewn awel dyner dyner. Es yn fy mlaen at y rheilen bren a phwyso fy nwylo trymion arni gan deimlo i'r dim yr awel yn dod yn oerllyd at eu mân flew. Trawodd fy mhen bod yr awelon uchel uwchlaw'r ddaear ar wahân i'r rheini sy'n chwarae gyfuwch â hwynebau dynion: yma roedd yr awyr yn newyddach ac yn fwy annaturiol, yn nes at y nef ac yn llai llwythog â dylanwadau'r ddaear. I fyny yma teimlwn y byddai pob diwrnod yr un fath hyd byth, yn dangnefeddus ac yn oerllyd, rhesen o wynt yn ynysu daear dynion rhag aruthredd – annirnad bron – y bydysawd yn gylch amdani. Yma ar y dydd Llun mwyaf tymhestlog o hydref ni fyddai'r un ddeilen wyllt i ledgyffwrdd â'm hwyneb, yr un wenynen yn y gwynt hyrddiog. Ochneidiais yn ddigalon.

"Rhoddir goleuedigaeth ryfedd," meddwn yn ddistaw, "i'r sawl sy'n mentro i'r mannau oddi fry."

Wn i ddim yn wir pam y dywedais y peth rhyfedd hwn. Roedd fy ngeiriau innau'n fwyn ac yn ysgafn fel petaent heb wynt i'w bywiogi. Clywais y Sarjant yn gweithio'r tu ôl i mi efo rhaffau breision fel petai ym mhen pellaf neuadd fawr yn lle'r tu cefn i mi ac wedyn clywais ei lais yn dod yn ôl ataf fel galwad mwyn ar draws dyffryn diwaelod:

"Clywais sôn unwaith am ddyn," meddai, "barodd ei godi i'r awyr mewn balŵn i neud arsylliada, dyn dengar ynddo'i hun ond ac arno'r cythral darllan. Roeson nhw fwy o raff iddo nes iddo ddiflannu'n gyfangwbwl yn ôl pob golwg, spenglasys neu ddim, wedyn rhoi deng milltir eto o raff iddo fo i ymorol am arsylliada gwerth chweil. Pan ddaeth hi'n derfyn amser yr arsylliada dynnon nhw'r balŵn yn ôl i lawr ond choeliech chi fawr doedd 'na ddim lliw na llun o ddyn yn y fasgiad a chafwyd fyth mo'i gorff marw o wedyn na'n fyw na'n farw mewn unrhyw blwy byth wedyn."

Yn y fan hon cefais fy hun yn glaschwerthin, yn sefyll yno â'm pen yn uchel a'm dwy law ar y rheilen bren fyth.

"Ond fuon nhw'n ddigon ciwt i feddwl am yrru'r balŵn i fyny eto ymhen pythefnos a choeliech chi fawr dacw'r dyn yn ista yn y fasgiad fel pín mewn papur os oes coel o gwbwl ar y sïon glywish i."

Yn y fan hon gwnes ryw sŵn eto, yn clywed fy llais fy hun fel petawn yn wyliwr mewn cyfarfod cyhoeddus lle'r roeddwn innau'r prif siaradwr. Clywswn eiriau'r Sarjant a'u deall yn iawn ond doedden nhw'n golygu dim mwy na'r synau croyw mae'r awyr yn heigio ohonyn nhw byth dragywydd – cri pellennig gwylanod, y stŵr wna'r awel pan chwytha a dŵr yn disgyn bendramwnwgl i lawr llethr bryn. I lawr i'r ddaear lle'r â'r meirwon yr awn innau gyda hyn a hwyrach dod yn f'ôl ohono, yn holliach, yn rhydd a heb unrhyw benbleth dyn. Hwyrach mai oerfel y gwynt ym mis Ebrill fyddwn i, rhan hanfodol o ryw afon anorthrech neu ran annatod mewn perffeithrwydd oesol o ryw fynydd bras yn pwyso ar y meddwl drwy gymryd ei le'n ddi-baid yn y pellter glas braf. Neu hwyrach rhywbeth llai fel symudiad yn y glaswellt ar ddiwrnod hirfelyn llonydd annioddefol o boeth, rhyw greadur cudd yn mynd o gwmpas ei bethau – dichon yn wir y gallwn fod yn gyfrifol am hynny neu am ryw ran bwysig ohono. Neu hyd yn oed y gwahaniaethau dirgel hynny sy'n peri i ni adnabod noswaith chadal na'i bore ei hun, clywed oglau a sŵn a gweld hanfodion y dydd yn berffaith ac yn aeddfed, hwyrach y byddai ôl fy stwna a'm presenoldeb bythol ar y rhain hefyd.

"Felly dyma ofyn iddo lle buodd a be'i cadwodd ond chafon nhw ddim budd ganddo fo, dim ond chwerthiniad fel un roesai Andy Gara ac adra â fo a chau'i hun yn ei dŷ a deud wrth ei fam am ddeud na doedd o ddim adra nac yn gweld pobol nac yn rhoi croeso i neb. Mi ddigiodd hynny'r bobol yn drybeilig a chodi'u gwrychyn nhw'n groes i'r gyfraith. Felly dyma nhw'n cynnal cyfarfod preifat yr aeth pob copa gwalltog o'r cyhoedd iddo heblaw am y dyn dan sylw a phenderfynu mynd â'u gynna drannoeth a thorri i mewn i dŷ'r dyn a'i fygwth yn hallt a'i glymu a thwymo proceri yn y tân i gael gynno fo ddeud be ddigwyddodd yn yr awyr pan oedd yno. Dyna i chi drefn a chyfraith del, andros o dditiad hunanlywodraeth ddemocrataidd, sylwebaeth wych ar Ymreolaeth."

Neu hwyrach mai dylanwad dan ddŵr fyddwn i, rhywbeth pell pell i ffwrdd a gludir ar fôr, rhyw drefniant neilltuol o'r haul, y golau a'r dŵr yn anhysbys a heb ei weld, rhywbeth ymhell o'r cyffredin. Yn y byd mawr mae chwyrliadau gwlybwr a bodau tawchlyd sy'n bodoli yn eu hamser disymud eu hunain, heb eu gwylio a heb eu dehongli, dim ond yn ddilys yn eu dirgelwch annirnad hanfodol, dim ond eu hanfeidroleb heb lygaid a heb feddwl yn cyfiawnhau eu bodolaeth, yn anorthrech eu haniaeth wirioneddol, dichon y gallwn yn fy nhro fod yn wir graidd hanfodol cynneddf fewnol y fath beth. Gallwn berthyn ar draeth unig neu fod yn ing y môr yn chwalu arno mewn anobaith.

"Ond rhwng hynny a'r bora trannoeth fuo 'na noson dymhestlog rhwng y ddau, noson wyntog swnllyd yn tynnu ar y coed yn eu gwreiddia dwfn ac yn stribedu'r lonydd efo canga wedi torri, noson chwaraeodd o chwith efo gweirlysia. Pan gyrhaeddodd yr hogia gartra'r dyn balŵn y bora trannoeth, choeliech chi fawr roedd y gwely'n wag a welwyd na rhych na rhawn ohono fyth wedyn na byw na marw, nac yn noeth nac â chôt fawr amdano. A phan gyrhaeddon nhw'n ôl i lle'r oedd y balŵn, gafon nhw fod y gwynt wedi'i rwygo o'r ddaear a'r rhaff yn troelli'n llac yn y winsh a hwnnw'n anweledig i'r llygad noeth yng nghanol y cymyla. Dynnon nhw wyth milltir o raff cyn iddyn nhw'i gael i lawr ond choeliech chi fawr roedd y fasgiad yn wag eto. Roedden nhw i gyd yn deud bod y dyn wedi mynd i fyny ynddi hi eto ac aros yno ond mae'n bos annatrys, Quigley oedd ei enw fo ac yn ôl pob sôn yn frodor o Fermanagh."

Deuai rhannau o'r sgwrs yma ataf o wahanol gyfeiriadau, a'r Sarjant yn mynd o gwmpas ei orchwylion, yn awr o'r dde, yn awr o'r chwith ac yn awr oddi uchod ar ysgol i glymu'r rhaff crogi ar ben y grocbren. Roedd fel petai'n ben ar yr hanner o'r byd oedd o'm hôl a'i bresenoldeb – ei symudiadau a'i sŵn – yn ei lenwi â'i hun hyd y cwr pellaf. Roedd hanner arall y byd a orweddai o'm blaen yn dwyn ei ffurf yn hyfryd, boed finiog neu grwn, yn addas i'r dim i'w anian. Ond roedd yr hanner o'm hôl yn ddu ac yn fileinig ac yn ddim byd o gwbl heblaw'r plismon bygythiol oedd yn trefnu'n amyneddgar ac yn gwrtais fecanweithiau fy marwolaeth. Roedd ei waith bellach bron ar ben a gwegiai fy llygaid wrth syllu o'u blaenau, heb ddeall na rhych na rhawn o'r pellter ac yn ymbleseru lai fyth yn y peth oedd gerllaw.

Does gin i fawr i'w ddeud.

Nac oes.

Heblaw dy gynghori di i roi golwg ddewr arni ac ysbryd plygu i'r drefn yn arwrol.

Fydd hynny fawr o waith. Dwi'n teimlo'n rhy wan i sefyll ar fy nhraed heb gynhaliaeth.

Da o beth ydi hynny mewn ffordd. Gas gin bobol weld codi twrw. Mae hynny'n gneud petha'n anos i bawb. Mae dyn sy'n ystyried teimlada pobol eraill hyd yn oed wrth drefnu dull ei farw ei hun yn dangos urddas cymeriad sy'n destun edmygedd pawb. Yng ngeiria bardd adnabyddus "even the ranks of Tuscany could scarce forbear to cheer". Ar ben hynny, difrawder yn wyneb angau ynddo'i hun ydi'r ystum herfeiddiol mwya trawiadol.

Ddeudais i wrtha chdi, does gin i mo'r nerth i gadw twrw.

Purion. Taw pia hi.

Daeth sŵn gwichian o'r tu ôl i mi fel petai'r Sarjant yn siglo'n wynepgoch yn yr awyr i roi prawf ar y rhaff roedd newydd ei osod. Wedyn daeth cloncian ei sgidiau hoelion mawr yn landio'n ôl ar styllodd y platfform. Digon o waith y byddai rhaff ddaliai ei bwysau anferth yntau'n rhoi'n wyrthiol dan fy mhwysau i.

Mi wyddost, wrth reswm, y bydda i'n d'adael di toc?

Dyna'r drefn fel arfer.

Fasa gas gin i fynd heb ddeud ar gof a chadw mai pleser fu bod yn dy gwmni di. Heb air o gelwydd, fuost ti'n gwrtais ac yn ystyriol o'r mwyaf bob gafael. Yr unig beth sy'n edifar gin i ydi na fedra i ddim rhoi rhyw arwydd bach i ti o 'ngwerthfawrogiad.

Diolch. Mae'n ddrwg iawn gin inna bod rhaid i ni ymwahanu ar ôl bod gyhyd efo'n gilydd. Petaen nhw'n cael hyd i'r watsh 'na mae i ti groeso iddi pe caet ti ryw ffordd o'i chymryd hi.

Ond does gin ti ddim watsh.

On ni 'di anghofio hynny.

Diolch i ti'r un fath. Sgin ti'm syniad lle ti'n mynd… pan fydd hyn i gyd ar ben?

Nac oes, dim.

Na minna. Dwn i ddim, ne dwi'm yn cofio, be sy'n digwydd i betha fel fi dan yr amgylchiada yma. Weithia fydda i'n meddwl ella y gallwn fynd yn rhan o… o'r byd, os ti'n dallt be s'gin i?

Wn i.

Wsti – y gwynt, wsti. Rhan o hwnnw. Ne ysbryd y golygfeydd yn rwla hardd fath â Llynnoedd Killarney, yr ystyr wrth ei graidd o os ti'n nallt i.

Ydw.

Ne hwyrach rwbath ynghlwm â'r môr. "Y goleuni na fu erioed ar fôr na thir, gobaith y gwerinwr a breuddwyd y bardd." Mae ton fawr ar ganol y môr, er enghraifft, yn beth unig ac ysbrydol dros ben. Rhan o hynna.

Dy ddallt di i'r dim.

Ne ogla blodyn, hyd yn oed.

Yn y fan hon drybowndiodd cri main o'm gwddw gan godi'n sgrech. Daethai'r Sarjant o'r tu ôl i mi heb smic a rhoi ei law fawr yn fodrwy galed ar fy mraich, gan ddechrau fy llusgo'n dyner ond yn ddiwrthdro o'r fan lle'r oeddwn i ganol y platfform lle gwyddwn bod trapddor a pheiriannau i'w ddymchwel.

Gan bwyll rŵan!

Rhisiodd fy nau lygad, yn chwyrlïo'n wyllt yn fy mhen, i fyny ac i lawr y wlad fel dwy ysgyfarnog i brofi'n wyllt am y tro olaf y byd roeddwn ar fin ei adael am byth. Ond er eu brys a'u cynnwrf gwelsont symudiad oedd yn denu sylw yn llonyddwch popeth yn bell bell ar hyd y lôn.

"Y dynion ungoes!" gwaeddais.

Gwyddwn fod y Sarjant y tu ôl i mi yntau wedi gweld bod rhywun ar y lôn gan fod ei afael, er ei fod ynof o hyd, wedi peidio â'm tynnu a bron na fedrwn deimlo ei lygaid craff yn treiddio i'r diwrnod yn gyfochrog â'm llygaid innau ond yn graddol ddynesu nes i'r pedwar ddod at ei gilydd chwarter milltir i ffwrdd. Roedd hi fel pe na baem yn anadlu nac yn fyw o gwbl wrth wylio'r symudiad yn dod yn nes ac yn gliriach.

"MacCruiskeen, neno'r tad," meddai'r Sarjant yn ddistaw.

Suddodd fy nghalon yn boenus. Mae gan bob crogwr gynorthwywr. Ni wnâi dyfodiad MacCruiskeen ond cadarnhau gymaint ddwywaith anocheledd fy nifodi.

Pan nesaodd gwelwn ei fod ar frys gwyllt a'i fod ar gefn ei feic. Roedd yn gorwedd bron ar ei fol arno a'i ben ôl ychydig uwch na'i ben i dorri'i ffordd drwy'r gwynt a fedrai'r un llygad wibio'n ddigon chwim i amgyffred cymflymdra'i goesau buan yn curo'r beic yn ei flaen yn lloerig wyllt. Ugain llath o'r barics taflodd ei ben i fyny, gan ddangos ei wyneb am y tro cyntaf, a'n gweld yn sefyll ar ben y grocbren yn craffu arno'n astud. Llamodd o'r beic â rhyw lam astrus na ddaeth i ben cyn iddo droelli'r beic yn ddeheuig i roi set iddo ar ei groesfar tra safai yno, ei goesau ar led ac yn fychan bach, yn edrych i fyny arnom dan wneud corn siarad â'i ddwylo i floeddio ei neges i fyny atom yn fyr ei wynt.

"Y lifer – naw pwynt chwech naw," gwaeddodd.

Am y tro cyntaf magais blwc i droi fy mhen at y Sarjant. Roedd ei wyneb wedi gwelwi'n lliw lluđw yn y fan fel petai pob dafn o waed wedi'i adael a dim o'u hôl ond cydau gwag a llacrwydd llipa hyll dros bob man. Hongiai ei ên yn llac hefyd fel petai'n ên fecanyddol ar ddyn smalio. Teimlwn y pwrpas a'r bywyd yn rhedeg allan o'r llaw gydiai ynof, fel yr aer o bledren wedi byrstio. Siaradodd heb edrych arnaf.

"'Rhoswch chi yma nes i mi dod yn f'ôl yn ddychweliadol," meddai.

O ddyn o'i bwysau fe'm gadawodd yn sefyll yno ar fy mhen fy hun yn syfrdanol o sydyn. Mewn un naid roedd wrth yr ysgol. Torchodd ei freichiau a'i goesau amdani a llithro i'r llawr o'm golwg ar frys oedd cyn gyflymed bob tamaid â chwymp cyffredin. Ymhen chwinciad roedd yn eistedd ar gyrn beic MacCruiskeen a'r ddau'n diflannu i ben draw chwarter milltir.

Wedi iddynt fynd daeth llesgedd annaearol drosof mor sydyn nes bod agos i mi ddisgyn ar fy hyd ar y platfform. Nerth holl esgyrn fy nghorff ymlwybrais fesul modfedd i lawr yr ysgol ac yn f'ôl i gegin y barics a syrthio'n swp i gadair o flaen y tân. Synnais at nerth y gadair gan fod fy nghorff bellach fel petai'n blwm. Roedd fy mreichiau a'm coesau'n rhy drwm i'w symud o ble syrthion a doedd dim modd codi f'amrannau fwy na rhoi lle i lygedyn bach o'r tân coch dreiddio.

Am dipyn chysgais i ddim winc, ond roeddwn ymhell o fod yn effro. Nodais i mo'r amser aeth heibio na meddwl am ddim yn fy mhen. Theimlwn i ddim, na heneiddio'r dydd na'r tân yn mynd yn dewyn na hyd yn oed adfer araf fy nerth. Gallasai cythreuliaid neu dylwyth teg neu hyd yn oed beiciau ddawnsio o'm blaen ar y llawr cerrig heb fy mwydro nac altro o drwch blewyn fy osgo'n sypyn yn y gadair.

Ond pan ddechreuais feddwl eto gwyddwn fod cryn amser wedi mynd heibio, a'r tân bron wedi diffodd a MacCruiskeen newydd ddod i'r gegin efo'i feic a'i bowlio'n frysiog i'w lofft a dod allan yn ôl ac edrych i lawr arnaf.

"Be sy 'di digwydd?" sibrydiais yn ddi-ffrwt.

"Cael a chael oedd hi efo'r lifar," atebodd, "roedd gofyn ein nerth bôn braich ni'n dau a thudalenna bwy'i gilydd o glandro a gwaith bras ond dynnon ni'r darlleniad i lawr mewn pryd o drwch blewyn, choeliech chi fawr fraster y talpia a phwysa'r cwymp mawr."

"Lle mae'r Sarjant?"

"Mi siarsiodd fi i fegio'ch pardwn chi am fod yn

hwyr. Mae'n llechu efo wyth dirprwy roddwyd ar eu llw yn y fan a'r lle i amddiffyn rheol a threfn er budd y cyhoedd. Ond fedran nhw neud fawr, mae 'na lai ohonyn nhw a does dim dwywaith na neith y lleill achub y blaen arnyn nhw at hynny."

"Aros am y dynion ungoes mae o?"

"Ia'n tad. Ond ddaru nhw chwara andros o gast ar Fox. Geith gerydd llym gin y pencadlys am hyn, raid chi'm peryg. Nid saith ohonyn nhw sydd 'na ond pedwar ar ddeg. Dynnon nhw'u coesa clec cyn gorymdeithio a'u clymu'u hunain wrth ei gilydd yn ddeuoedd fel bod 'na ddeuddyn i bob dwy goes, fath yn union â Napoleon yn cilio o Rwsia, campwaith o dechnocrateg filwrol."

Gwnaeth y newydd yma fwy i ddod â fi at fy nghoed na joch boeth o'r brandi ceinaf. Codais ar f'eistedd. Ymddangosodd y golau drachefn yn fy llygaid.

"Enillan nhw'r dydd yn erbyn y Sarjant a'i blismyn, felly?" gofynnais yn awchus.

Gwenodd MacCruiskeen yn ddirgelaidd, tynnu goriadau mawr o'i boced a gadael y gegin. Fe'i clywn yn agor y gell lle cadwai'r Sarjant ei feic. Daeth yn ei ôl bron ar unwaith yn cario can mawr a chorcyn ynddo'r un fath â'r rheini mae peintwyr yn eu defnyddio pan fyddan nhw'n distempro tŷ. Ni thynsai mo'i wên henffel tra oedd i ffwrdd ond fe'i gwisgai bellach yn ddyfnach yn ei wyneb. Aeth â'r can i'w lofft a dod allan yn ei ôl â hances fawr yn ei law a'i wên ar waith o hyd. Heb yngan gair daeth y tu ôl i'm cadair a chlymu'r hanes yn dynn am fy llygaid, heb dalu blewyn o sylw i'm symudiadau a'm syndod. O'm tywyllwch clywais ei lais:

"Go brin yr achubith hogia'r herc y blaen ar y Sarjant," meddai, "achos os dôn nhw i lle mae'r Sarjant yn llechu'n gudd efo'i ddynion cyn i mi gael amsar i gyrraedd yn ôl yna, neith y Sarjant eu hatal nhw efo manwfrau milwrol a chamrybuddion nes i mi gyrraedd ar hyd y lôn ar gefn fy meic. Rŵan hyn mae'r Sarjant a'i ddynion i gyd dan fwgwd fath â chi, rhyw ffordd od iawn o fod pan fydd rhywun yn llechu ond dyna'r unig beth amdani pan fo nisgwyl i ar unrhyw funud ar gefn fy meic."

Dywedais dan fy ngwynt nad oeddwn yn deall gair o'i ben.

"Mae gin i baent cywrain preifat yn y blwch 'na yn fy llofft," eglurodd, "a mwy ohono fo yn y can 'na. Dwi'n mynd i beintio fy meic a'i reidio lawr y lôn yn ddi-gêl yn ngŵydd hogia'r herc."

Buasai'n ymbellhau oddi wrthyf yn fy nhywyllwch wrth ddweud hyn ac roedd bellach yn ei lofft ac wedi cau'r drws. Deuai sŵn gwaith distaw ataf o ble'r oedd.

Eisteddais yno am hanner awr, yn wantan o hyd, heb olau ac yn meddwl yn dila am y tro cyntaf am roi cynnig ar ddianc. Rhaid fy mod wedi fflonsio ddigon o fin y bedd i suddo i flinder iach eto gan na chlywais mo'r plismon yn dod yn ei ôl o'r llofft ac yn croesi'r gegin efo'i feic penfeddwol gwae-chi-o'i-weld. Mae'n rhaid fy mod wedi pendympian yno yn fy nghadair, fy nhywyllwch i fy hun bach yn teyrnasu'n orffwyslon y tu ôl i dywyllwch yr hances.

XI

Profiad anarferol ydi deffro'n orffwyslon ac yn araf, gadael i'r meddwl ddringo'n ddiog o drwmgwsg a'i sgrytian ei hun ac eto heb gyfarfod y golau i fod yn saff bod cwsg ar ben go iawn. Dyna'r peth cyntaf i daro fy mhen pan ddeffrois, wedyn daeth ofn dallineb drosof ac yn olaf, er mawr lawenydd i mi, daeth fy llaw o hyd i hances MacCruiskeen. Fe'i rhwygais oddi arnaf a syllu o'm cwmpas. Â'm gafl ar led yn stiff yn fy nghadair yr oeddwn o hyd. Roedd y barics i'w clywed yn ddistaw ac yn wag, y tân wedi diffodd ac arlliw pump o'r gloch oedd i awyr y noswaith. Roedd nytheidiau o gysgod wedi casglu eisoes yng ngorneli'r gegin ac o dan y bwrdd.

Gan deimlo'n gryfach ac yn ffresiach, sythais fy nghoesau a thynhau fy mreichiau â nerth mawr bôn brest. Synfyfyriais am fyr o dro am fendith di-ben-draw cwsg, yn fwy neilltuol ar fy nawn innau, dawn cysgu'n hwylus. Sawl gwaith syrthiais i gysgu pan na allai f'ymennydd bellach ymdopi â'r sefyllfa o'i flaen. Roedd hyn yn groes i wendid a blagiai de Selby, neb llai. Byddai yntau, serch ei fawredd, yn syrthio i gysgu'n fynych, yn ôl pob golwg heb reswm yn y byd, yng nghanol bywyd pob dydd, yn aml hyd yn oed ar ganol brawddeg.[1]

---

[1] Ysgrifennodd le Fournier, yr esboniwr ceidwadol o Ffrancwr (yn ei *De Selby – Dieu ou Homme?*), yn drylwyr ar yr agweddau anwyddonol ar bersonoliaeth de Selby a sylwi ar sawl ffaeledd a gwendid anodd eu cysoni â'i urddas a'i amlygrwydd yn ffisegydd, yn falistegydd, yn athronydd ac yn seicolegydd. Er nad oedd yn cydnabod cwsg fel y cyfryw, yn well ganddo synio am y ffenomenon fel cyfres o "byliau" a thrawiadau ar y galon, bu i'w arfer o syrthio

i gysgu'n gyhoeddus godi gwrychyn sawl ysgolhaig gwyddonol llai ei ddysg. Digwyddai hyn pan gerddai ar hyd ffyrdd poblog, ar brydau bwyd ac unwaith o leiaf mewn tŷ bach cyhoeddus. (Rhoes du Garbandier gyhoeddusrwydd maleisus i'r digwyddiad olaf hwn yn ei "olygiad" ffugwyddonol o'r achos llys heddlu ac ychwanegu ato ragair gwenwynllyd yn ymosod ar gymeriad moesol y doethur mewn geiriau, pa mor ddireol y bynnag y bônt, na adawant le i unrhyw amwysedd.) Mae'n wir iddo syrthio i gysgu'n ddirybudd o bryd i'w gilydd mewn cyfarfodydd o gymdeithasau dysgedig pan ofynnwyd i'r ffisegydd ddatgan ei farn ar ryw broblem astrus ond nid oes yr un awgrym, *pace* du Garbandier, bod hyn 'yn eithriadol o gyfleus'.

Un arall o wendidau de Selby oedd methu gwahaniaethu rhwng dynion a merched. Ar ôl yr achlysur enwog pan gyflwynwyd yr Iarlles Achnapper iddo (darllennir hyd heddiw ei *Glauben über Überalls*) cyfeiriodd yn ganmolus at "that man", "that cultured old gentlemen", "crafty old boy" ac yn y blaen. Yn sgil oedran, gorchestion deallusol a dull gwisgo'r Iarlles byddai hwn yn gamgymeriad y gellid ei esgusodi i'r neb oedd â nam ar ei olwg ond, gwaetha'r modd, ni ellir honni'r un peth droeon eraill pan gyfarchwyd merched siop ifainc, gweinyddesau a'u tebyg yn gyhoeddus yn "boys". Yn un o'r ychydig gyfeiriadau a wnaeth erioed at ei deulu dirgel ei hun galwodd ei fam yn "very distinguished gentleman" (*Lux Mundi*, tud. 307), "a man of stern habits" (ibid, tud. 308) ac "a man's man" (Kraus: *Briefe*, xvii). Cythrodd du Garbandier (yn ei *Histoire de Notre Temps* hynod) ar y diffyg tila hwn i gamu'r tu hwnt, nid i derfynau gochelgar esboniad gwyddonol ond i holl orwelion hysbys gwedduster dyn. Gan fanteisio ar lacrwydd cyfraith Ffrainc o ran deunydd amheus neu anllad, cynhyrchodd bamffled a ymhonnai'n draethawd gwyddonol ar hynodrwydd rhywiol lle cyhuddir de Selby dan ei enw o fod y mwyaf llygredig o blith holl anghenfilod teulu dyn.

Syniodd Henderson a sawl awdurdod llai yn ysgol Hatchjaw-Bassett mai ymddangosiad yr erthygl resynus hon oedd fwy neu lai y rheswm dros i Hatchjaw ymadael yn frysiog a mynd i'r Almaen. Bellach derbynnir yn gyffredin fod Hatchjaw yn argyhoeddedig nad oedd yr enw "du Garbandier" yn ddim ond ffugenw fabwysiadwyd at ei ddibenion ei hun gan yr anhysbys Kraus. Diau y cofir fod Bassett o'r farn groes, yn tybio mai enw oedd Kraus a ddefnyddiai'r Ffrancwr deifiol er mwyn rhoi ei athrodion ar led yn yr Almaen.

Gwelir nad ategir y naill na'r llall o'r damcaniaethau hyn gan weithiau'r naill esboniwr na'r llall: mae du Garbandier yn gyson wenwynllyd a difenwol tra mae llawer o waith Kraus, serch bod iddo namau ei gyrhaeddiadau gwallus o ran ysgolheictod, yn bur ganmoliaethus o de Selby. Mae Hatchjaw fel petai'n cymryd yr anghysondeb hwn i ystyriaeth yn ei lythyr (yr olaf y gwyddys iddo'i ysgrifennu) i ganu'n iach â'i gyfaill Harold Barge pan ddatgan ei argyhoeddiad bod Kraus yn gwneud cryn ffortiwn drwy gyhoeddi gwrthbrofion llugoer ymosodiadau du Garbandier. Nid yw'r awgrym hwn heb ei liw oherwydd, fel y dengys, roedd gan Kraus lyfrau hynod o goeth ar y farchnad – rhai ohonynt yn cynnwys lluniau drudfawr – o fewn amser anhygoel o fyr i ymddangosiad cyfrol wenwynllyd dan enw du Garbandier. Dan y fath amgylchiadau nid hawdd osgoi'r casgliad mai ar y cyd yr ysgrifennwyd y ddau lyfr, os nad gan yr un llaw. Does dim dwywaith nad yw'n arwyddocaol, o roi'r gynnen rhwng Kraus a du Garbandier yn y fantol, mai o du de Selby y mae'r pwysau mwyaf yn ddi-ffael.

Ni ellir rhoi gormod o glod i Hatchjaw am benderfynu, ar ei union ac yn arwrol, mynd dramor "to end once and for all a cancerous corruption which has become an intolerable affront to the decent instincts of humanity". Mewn nodyn a ddanfonwyd ar lan y cei ar ennyd ei ymadael, dymunodd Bassett bob llwyddiant i Hatchjaw yn ei fenter ond gresynai ei fod ar y llong anghywir, awgrym cynnil y dylai gyfeirio ei gamre tua Pharis yn hytrach na Hamburg. Gadawodd Harold Barge, cyfaill Hatchjaw, gofnod diddorol o'u sgwrs olaf yng nghaban yr esboniwr. "He seemed nervous and out of sorts, striding up and down the tiny floor of his apartment like a caged animal and consulting his watch at least once every five minutes. His conversation was erratic, fragmentary and unrelated to the subjects I was mentioning myself. His lean sunken face, imbued with unnatural pallor, was livened almost to the point of illumination by eyes which burned in his head with a sickly intensity. The rather old-fashioned clothes he wore were creased and dusty and bore every sign of having been worn and slept in for weeks. Any recent attempts he had made at shaving or washing were clearly of the most perfunctory character; indeed, I recall looking with mixed feelings at the sealed port-hole. His disreputable appearance, however, did not detract from the nobility of his personality or the peculiar spiritual exaltation conferred on his features by his selfless determination to bring to a successful end the desperate task to which he had set his hand. After we had traversed certain light mathematical topics (not, alas, with any degree of dialectical elegance), a silence fell between us. Both of us, I am sure, had heard the last boat-train (run, as it happened, in two sections on this occasion) draw alongside and felt that the hour of separation could not be long delayed. I was searching in my mind for some inanity of a non-mathematical kind which I could utter to break the tension when he turned to me with a spontaneous and touching gesture of affection, putting a hand which quivered with emotion upon my shoulder. Speaking in a low unsteady voice, he said: "You realise, no doubt, that I am unlikely to return. In destroying the evil things which prevail abroad, I do not exclude my own person from the ambit of the cataclysm which will come and of which I have the components at this moment in my trunk. If I should leave the world the cleaner for my passing and do even a small service to that man whom I love, then I shall measure my joy by the extent to which no trace of either of us will be found after I have faced my adversary. I look to you to take charge of my papers and books and instruments, seeing that they are preserved for those who may come after us." I stammered some reply, taking his proffered hand warmly in my own. Soon I found myself stumbling on the quay again with eyes not innocent of emotion. Ever since that evening I have felt that there is something sacred and precious in my memory of that lone figure in the small shabby cabin, setting out alone and almost unarmed to pit his slender frame against the snake-like denizen of far-off Hamburg. It is a memory I will always carry with me proudly so long as one breath animates this humble temple."

Mae arnom ofn mai hoffter caredig tuag at Hatchjaw, yn hytrach nag ymboeni am gywirdeb hanesyddol, ysgogai Barge pan ddywed fod y cyntaf yn "almost unarmed". Y tebyg yw nad aeth yr un teithiwr preifat erioed dramor ac arfdy mwy enfawr i'w ganlyn a nid yn unman y tu allan i amgueddfa y casglwyd cronfa fwy amrywiol na marwol o beiriannau angheuol. Ar wahân i gemegau ffrwydrol a rhannau heb eu cyfosod o sawl bom, grenâd a ffrwydryn tir, roedd ganddo bedwar rifolfer patrwm y fyddin, dau ddryll saethu brain, offer glanio genweiriwr (!), peiriant-saethu bychan, sawl mân haearn tanio ac offeryn anghyffredin oedd ar yr un pryd yn debyg i bistol a gwn haels, yn amlwg wedi'i wneud ar archeb drwy law gof gynnau deheuig ac wedi'i lunio i gymryd pelenni eliffant. Ymha le bynnag y gobeithiai gornelu'r anhysbys Kraus, mae'n amlwg ei fod yn bwriadu i'r "cataclysm" fod ar daen.

O ran y darllenydd sydd am gael hanes llawn y dynged ddiurddas arhosai'r crwsadydd dewrgalon, bydd gofyn iddo droi at dudalennau hanes. Diau y cofia darllenwyr papurau newydd y to hŷn adroddiadau cynyrfiadol ei restio am *ei bersonadu ei hun*, yn cael ei areinio ar gais gŵr o'r enw Olaf (amr. Olafsohn) am gael credyd yn enw "Gelehter" llenyddol byd-enwog. Ys dywedwyd ar hyd ac ar led ar y pryd, ni allasai neb heblaw naill ai Kraus neu du Garbandier ddyfeisio tynged mor fileinig. (Mae'n werth nodi i du Garbandier, mewn ateb i awgrym o'r fath a wnaed gan Le Clerque oedd fel arfer yn ddiddrwg, wadu'n ffyrnig fod ganddo'r syniad lleiaf ymhle'r oedd Hatchjaw ar y cyfandir ond gwnaeth y datganiad rhyfedd ei fod yn meddwl ers blynyddoedd lawer fod y cyhoedd crediniol gartref wedi'u twyllo gan "bersonadu tebyg" flynyddoedd lawer cyn bod sôn am "antur chwerthinllyd" dramor, gan awgrymu yn ôl pob tebyg nad Hatchjaw mo Hatchjaw o gwbl ond naill ai rhywun arall o'r un enw neu ymhonnwr a gynhaliodd y twyll yn llwyddiannus, ar ddu a gwyn ac fel arall, am ddeugain mlynedd. Ychydig o fudd all ddeillio o fynd ar ôl awgrym mor rhyfedd.) Nid oes amheuaeth ynghylch ffeithiau carcharu Hatchjaw yn y lle cyntaf yn sgil amrywiaeth enfawr o dynghedau a ddaeth i'w ran ar ôl ei ryddhau. Ymhlith y rhain nid oes yr un y gellir ei ystyried yn ffaith profedig ac mae llawer yn rhy hurt i fod yn ddim mwy na thybio afiach. Gan mwyaf maent fel a ganlyn: (1) iddo gael ei droi at y ffydd Iddewig a mynd i offeiriadaeth yn y gred honno; (2) iddo droi at fân droseddu a gwerthu cyffuriau a threulio llawer o'i amser yn y carchar; (3) ei fod yn gyfrifol am y digwyddiad 'Llythyr Munich' drwgenwog ynghlwm ag ymgais i ddefnyddio de Selby yn offeryn buddiannau ariannol rhyngwladol; (4) iddo ddychwelyd gartref dan gochl a'i feddwl ar chwâl; a (5) y clywyd sôn amdano ddiweddaraf yn brepiwr neu'n asiant cadwr puteindy yn Hamburg yng nghadarnleoedd ardal dociau terfysglyd y ddinas forol honno. Gwaith Henderson yw'r gwaith diffiniol ar fywyd y gŵr rhyfedd hwn, wrth reswm, ond mae'n werth astudio'r canlynol hefyd: *Recollections* Bassett, Rhan vii; *The Man Who Sailed Away: A Memoir* gan H. Barge; *Collected Works* Le Clerque, Cyf III, tud. 118 – 187; *Thoughts in a Library* Peachcroft a'r bennod am Hamburg yn *Great Towns* Goddard.

Codais i sythu fy nghoesau dan gerdded o naill ben y llawr i'r llall. O'm cadair ger y tân roeddwn wedi sylwi bod olwyn flaen beic yn ymwthio i'r golwg yn y cyntedd âi at gefn y barics. Nid cyn i mi eistedd drachefn ar y gadair ar ôl ymarfer am chwarter awr y'm cefais fy hun yn syllu'n bur syn ar yr olwyn yma. Gallaswn daeru ei bod wedi symud allan ymhellach yn y cyfamser gan fod tri chwarter ohoni bellach yn y golwg tra na welwn mo'i both y tro cynt. Hwyrach mai rhith oedd hynny am i mi newid lle rhwng y ddau eisteddiad ond roedd hyn yn bur annhebygol gan fod y gadair yn fach heb fawr o le i amrywio eisteddiad petai'n fater o ddal i fod yn gyfforddus. Dechreuodd fy syndod fynd yn syfrdandod.

Roeddwn yn ôl ar fy nhraed ar unwaith a chyrhaeddais y cyntedd mewn pedwar cam hir. O'm genau daeth cri o ryfeddod – bellach yn gryn arferiad gen i – wrth i mi edrych o'm cwmpas. Yn ei frys gadawsai MacCruiskeen ddrws y gell ar agor led y pen a'r cylch goriadau'n hongian yn segur yn y clo. Yng nghefn y gell fach roedd casgliad o duniau paent, hen lyfrau cyfrifon, tiwbiau beiciau wedi cael pynjar, taclau trwsio teiars a thoreth o bethau pres a lledr heb fod yn annhebyg i dresi ceffylau addurnol ond yn amlwg wedi'u bwriadau at ryw ddiben cwbl wahanol. Ar du blaen y gell roedd fy sylw. Yn pwyso hanner ffordd ar draws y lintel dacw feic y Sarjant. Yn amlwg ni allasai MacCruiskeen ei roi yno gan iddo ddod yn ei ôl ar ei union o'r gell efo'i dun o baent ac roedd ei oriadau angof yn brawf nad aethai yn ei ôl yno cyn reidio i ffwrdd. Yn ystod f'absenoldeb yn fy nghwsg, go brin y daethai tresbaswr i mewn dim ond i symud y beic hanner ffordd allan o ble'r oedd. Ar y llaw arall ni allwn beidio â chofio beth ddywedsai'r Sarjant wrthyf am ei ofnau am ei feic a'i benderfyniad i'w gadw dan glo ar ei ben ei hun. Os oes rheswm da dros gloi beic mewn cell

fel troseddwr peryglus, myfyriais, mae'n ddigon teg
meddwl y rhydd gynnig ar ddianc o gael y cyfle.
Doeddwn i ddim yn llawn goelio hyn a thybiwn mai
gwell fyddai rhoi'r gorau i feddwl am y dirgelwch cyn i
mi gael fy ngorfodi i'w goelio oherwydd pan fo dyn ar
ei ben ei hun mewn tŷ efo beic y mae'n credu sy'n sleifio
ar hyd y pared, rhedeg i ffwrdd i ddianc rhagddo fydd
ei hanes; ac roeddwn bellach mewn cymaint o fyd yn
meddwl am ddianc fel bod fiw i mi gymryd fy nychryn
gan ddim byd allai fod o gymorth i mi.

Roedd y beic ei hun fel petai ganddo ryw gynneddf
ryfedd o ran siâp neu bersonoliaeth roddai iddo fri a
phwys ymhell y tu hwnt i beth sydd gan beiriannau o'r
fath fel rheol. Roedd fel pín mewn papur a sglein hyfryd
ar ei gyrn gwyrdd tywyll a'i faddon olew a'r sbôcs a'r
ymylon di-rwd yn pefrio'n lân. Yn gorwedd o'm blaen
fel merlyn dof, roedd i'w weld yn rhy fach ac isel i'r
Sarjant ac eto o'i fesur yn f'erbyn fy hun gwelais ei fod
yn fwy nag unrhyw feic arall y gwyddwn amdano.
Hwyrach bod hyn oherwydd cymesuredd perffaith ei
rannau a gyfunai i greu rhywbeth digymar o osgeiddig a
chain, uwchlaw holl safonau maint a gwirionedd a heb
fodolaeth heblaw yn nilysrwydd llwyr ei hyd a'i led di-
fefl ei hun. Serch y croesfar praff roedd arno olwg
anhraethol fenywaidd a misi, yn ei osod ei hun yno fel
model yn hytrach na phwyso'n ddiog ar y pared fel
gwagsymerwr, ac yn gorffwys ar ei deiars sydêt di-nam
yn ddi-fai ddeddfol, dau fan cyswllt glân bychan bach
â'r llawr gwastad. Rhedais fy llaw'n ddifwriad dyner —
yn wir, yn synhwyrus – dros y cyfrwy. Wn i ddim pam
yn wir ond fe'm hatgoffai o wyneb dynol, nid o ran
unrhyw debygrwydd syml siâp na nodweddion ond o
ran rhyw gydberthynas gwead, rhyw gynefindra
annirnad ar flaenau'r bysedd. Roedd y lledr yn dywyll
gan aeddfedrwydd, yn galed gan galedwch nobl ac yn

frith gan yr holl linellau llymion a'r rhychau meinach a naddodd y blynyddoedd a'u cystuddiau ar fy wyneb innau. Roedd yn gyfrwy tyner ac eto'n ddigyffro ac yn ddewr, heb chwerwi gan ei garcharu ac arno ddim ôl heblaw dioddef anrhydeddus a dyletswydd didwyll. Gwyddwn fy mod yn hoff o'r beic hwn fwy nag y buaswn erioed yn hoff o'r un beic arall, fwy hyd yn oed nag y buaswn yn hoff o rai pobl ddeugoes. Roeddwn yn dotio at ei cheinrwydd dirodres, ei llarieidd-dra, urddas syml ei ffordd dawel. Roedd bellach fel petai'n gorffwys dan fy llygaid cyfeillgar fel iâr ddof ar ei chwrcwd yn ymostyngar, ei hadenydd ar led yn aros y llaw i'w hanwesu. Roedd ei chyfrwy bellach fel pe'n ymledu'n groesawgar yn sedd gyda'r mwyaf swynol a'i chyrn ill dau, yn nofio'n gain yn osgeiddig wyllt fel adenydd yn glanio, yn fy ngwahodd i'w meistroli ar deithiau rhydd a llawen, yr ysgafnaf oll yn rhedeg yng nghwmni gwyntoedd chwim y ddaear i hafanau diogel ymhell bell i ffwrdd, grwndi'r olwyn flaen driw yn fy nghlust yn troi i'r dim dan fy llygad clir a'r olwyn ôl gref gain yn ddiwyd ddiedmygedd yn codi llwch ysgafn ar y lonydd sychion. Dyna ddeniadol oedd ei sedd, dyna swynol oedd gwahoddiad ei chyrn main o'm cwmpas, dyna ryfedd o gymwys a chysurlon oedd ei phwmp yn pwyso'n gynnes ar ei chlun ôl!

Rhoddais naid fach o sylweddoli fy mod yn cymuno â'r gymhares ryfedd yma ac, at hynny, yn cynllwynio â hi. Roedd ar y ddau ohonom ofn yr un Sarjant, y ddau ohonom yn aros yr un cosbau a ddeuai i'w ganlyn pan ddychwelai, y ddau'n meddwl mai dyma'r cyfle olaf i ddianc o'i gyrraedd; a'r ddau'n gwybod mai yn y llall roedd gobaith y naill, na chaem y maen i'r wal oni bai ein bod yn mynd gyda'n gilydd, yn ein cynorthwyo'n gilydd â chydymdeimlad a chariad tawel.

Roedd y noswaith hir wedi sleifio i'r barics drwy'r

ffenestri, yn creu dirgelion ym mhob man, yn dileu'r ffin rhwng y naill beth a'r llall, yn ymestyn y lloriau a naill ai'n teneuo'r awyr neu'n coethi fy nghlust rywsut fel y clywn am y tro cyntaf glicio cloc rhad o'r gegin.

Bellach byddai'r frwydr ar ben, Martin Finnucane a'i wŷr yn clunhercian yn eu holau i'r bryniau, eu llygaid yn ddall a'u pennau'n orffwyll, yn preblian geiriau sâl chwilfriw na ddeallai neb. Byddai'r Sarjant bellach yn ymlwybro'n ddiwrthdro drwy'r gwyll tuag adref, dan drefnu yn ei ben stori wir ei ddiwrnod er difyrrwch i mi cyn fy nghrogi. Hwyrach yr arhosai MacCruiskeen am y tro, yn aros tywyllwch y nos ar ei dduaf ger rhyw hen wal, sigarét grychlyd yn ei geg a'i feic bellach dan chwech neu saith côt fawr. Byddai'r dirprwyon hwythau'n mynd yn eu holau at y man o ble daethant, yn dal i feddwl tybed pam y rhoddwyd mwgwd dros eu llygaid i nadu iddynt weld rhywbeth rhyfeddol — buddugoliaeth wyrthiol heb ddim ymladd, dim byd ond cloch beic yn canu'n wyllt a sgrechfeydd dynion gorffwyll yn cymysgu'n wallgof yn eu tywyllwch.

Cyn pen munud roeddwn yn ymbalfalu am glicied drws y barics a Madam Beic fodlon y Sarjant dan fy ngofal. Roeddem wedi tramwyo'r cyntedd a chroesi'r gegin â gosgeiddrwydd dawnswyr bale, yn ddistaw, yn chwim ac yn ddi-feth ein symudiadau, yn un yn nwyster ein cynllwyn. Yn y wlad a'n harhosai'r tu allan safasom am ennyd yn betrus, yn llygadu'r nos gilwgus ac yn archwilio undonedd pŵl y gwyll. I'r chwith yr aethai'r Sarjant efo MacCruiskeen, i'r tu hwnnw ac i'r chwith roedd fy holl helbulon. Arweiniais Madam Beic at ganol y lôn, troi ei holwyn yn benderfynol i'r dde ac esgyn i ganol ei chyfrwy a hithau'n ei chychwyn hi'n frwd oddi tanof wrth ei phwysau.

Sut medraf gyfleu pa mor berffaith o gyfforddus roeddwn ar gefn Madam Beic, pa mor llwyr oedd fy undod â hi, yr ymatebion mwyn roddai i mi ymhob cwr o'i ffrâm? Teimlwn fy mod yn ei hadnabod ers blynyddoedd lawer a hithau'n f'adnabod i a ninnau'n deall ein gilydd i'r dim. Symudai oddi tanof mewn symffoni heini gan frasgamu'n chwim ac yn ysgafn, yn dod o hyd i ffyrdd llyfn ymhlith y llwybrau llawn cerrig, yn siglo ac yn troi'n ddeheuig i gyd-fynd â'm hosgo newidiol i, hyd yn oed yn addasu ei phedal chwith yn amyneddgar at weithio trwsgl fy nghoes glec. Ochneidiais a phwyso ymlaen ar ei chyrn, gan gyfri'n llon fy nghalon y coed anaml a safai ym min y lôn dywyll, pob un yn dweud wrthyf fy mod yn bellach bellach oddi wrth y Sarjant.

Teimlwn fy mod yn torri fy nghwys yn ddiwyro rhwng dau baladr miniog o wynt a chwibanai'n oer heibio fy nwy glust yn chwythu ar y gwallt bach ar ochrau fy mhen. Symudai gwyntoedd eraill yma a thraw yn llonyddwch y noswaith, yn loetran yn y coed ac yn symud dail a glaswellt i ddangos bod y byd glas yn dal i fod yno yn y tywyllwch. Roedd dŵr ym min y ffordd, ei lais wedi'i foddi'n wastad pan fyddai'r dydd yn cadw reiat, bellach i'w glywed yn canu yn ei guddfannau. Deuai chwilod ehedol i'm herbyn yn eu dolenni a'u cylchau llydan, yn chwyrlïo'n ddall yn erbyn fy mrest; uwchben galwai gwyddau ac adar trymion ar ganol eu taith. Yn uchel yn yr awyr gwelwn rwyllwaith pŵl y sêr yn bustachu i dywynnu yma a thraw rhwng y cymylau. A byth dragwydd roedd hi o danof yn rasio yn ei blaen yn ddi-feth, yn cyffwrdd y lôn â'r cyffyrddiadau ysgafnaf fyw, yn sad ei thraed, yn syth ac yn ddi-fai, pob un o'i barrau metel fel pelydr gwaywffyn a fwriwyd yn wych gan angylion.

Tewychodd y nos ar y dde a dweud wrthyf ein bod yn dynesu at dalp o dŷ mawr ym min y ffordd. A ninnau ochr yn ochr ag o a bron wedi mynd heibio fe'i hadnabûm. Tŷ 'rhen Mathers oedd o, dim mwy na thair milltir o'r lle roedd fy nhŷ fy hun. Llamodd fy nghalon yn llawen. Cyn pen dim gwelwn fy hen ffrind Divney. Caem sefyll yn y bar yn yfed wisgi melyn, yntau'n smygu ac yn gwrando a minnau'n adrodd fy stori ryfedd. Pe câi unrhyw ran ohoni'n anodd ei chredu'n llwyr dangoswn feic y Sarjant iddo. Wedyn drannoeth caem ni'n dau ailddechrau chwilio am y blwch du.

Daeth rhyw chwilfrydedd drosof (neu hwyrach yr ymdeimlad diogel ddaw i ddyn ar ei filltir sgwâr ei hun) a pheri i mi roi'r gorau i bedlo a thynnu'n ysgafn ar y brêc bonheddig. Dim ond bwrw golwg yn ôl ar y tŷ mawr fuasai fy mwriad ond drwy ddamwain roeddwn wedi arafu Madam Beic gymaint fel ei bod yn ysgrytian danof yn drwsgl yn gwneud ei gorau glas i ddal i symud. Gan deimlo i mi fod yn ddifeddwl neidiais yn sydyn o'r cyfrwy i'w hysgafnu. Wedyn cerddais gam neu ddau'n ôl ar hyd y lôn, yn llygadu amlinell y tŷ a chysgodion ei goed. Roedd y llidiart yn agored. Roedd i'w weld yn lle unig heb na bywyd nac anadl ynddo, tŷ gwag dyn marw yn taenu ei ddiffeithwch ymhell i'r nos o'i gwmpas. Siglai ei goed yn brudd, yn dyner. Gwelwn befrio pŵl y gwydr yn y ffenestri mawr dall ac yn fwy pŵl yr eiddew ar wasgar ger y stafell lle'r arferai'r hen ŵr eistedd. Llygadais y tŷ o'i gorun i'w sawdl, yn falch o fod ymhlith fy mhobl fy hun. Yn sydyn aeth fy mhen yn niwlog ac yn ddryslyd. Roedd gen i ryw frith gof o weld ysbryd y dyn marw tra oeddwn yn y tŷ'n chwilio am y blwch. Teimlai fel amser maith yn ôl — atgof am hunllef does dim dwywaith. Lladdais Mathers â'm rhaw. Roedd wedi marw ers talwm. Rhoesai f'anturiaethau bwysau ar fy meddwl. Bellach fedrwn i ddim cofio'n iawn beth ddigwyddodd i mi yn ystod yr ychydig ddyddiau aeth heibio. Ni chofiwn ddim heblaw fy mod yn dianc rhag dau blismon ffiaidd a'm bod bellach yng ngolwg y mwg

– mwg fy nghartref. Rois i ddim cynnig ar gofio dim arall am y tro.

Troeswn i fynd pan ddaeth teimlad drosof fod y tŷ wedi newid yr eiliad y trois fy nghefn. Roedd y teimlad hwn mor rhyfedd ac iasoer fel y sefais wedi fy hoelio i'r fan am rai eiliadau a'm dwylo'n cydio yng nghyrn Madam Beic, yn meddwl yn ingol tybed ddylwn droi fy mhen ac edrych ynteu mynd yn fy mlaen ar fy ffordd yn benderfynol. Dwi'n meddwl fy mod wedi penderfynu mynd ac wedi cymryd dau neu dri cham simsan ymlaen pan ddaeth rhyw ddylanwad dros fy llygaid a'u llusgo rownd nes eu bod yn gorffwys drachefn ar y tŷ. Agorasant led y pen mewn syndod ac unwaith eto llamodd fy nghri o syndod o'm gwddw. Roedd golau llachar yn llosgi mewn ffenest fach ar y llawr uchaf.

Sefais yn ei wylio am beth amser, dan gyfaredd. Doedd dim rheswm ar wyneb daear pam na ddylai rhywun fod yn byw yn y tŷ na pham na ddylai golau fod i'w weld, dim rheswm pam dylai'r golau fy nychryn. Roedd i'w weld fel golau melyn cyffredin lamp oel a gwelswn lond gwlad o bethau rhyfeddach na hynny – at hynny, llawer o oleuadau rhyfeddach – yn y dyddiau diweddar. Serch hynny fedrwn i yn fyw fy narbwyllo fy hun fod yna rithyn o ddim byd arferol yn yr hyn yr edrychai fy llygaid arno. Roedd rhywbeth o'i le ar y golau, rhyw gynneddf annirnad, frawychus.

Rhaid fy mod wedi sefyll yno am beth amser, yn gwylio'r golau ac yn byseddu cyrn cysurlon Madam Beic âi â mi i ffwrdd ar wib pryd bynnag y dewiswn fynd. O dipyn i beth medrais ddwyn nerth a dewrder ganddi a chan bethau eraill oedd yn llechu yng nghefn fy meddwl – agosrwydd fy nhŷ fy hun, agosrwydd agosach y teuluoedd Courahan, Gillespie, Cavanagh a'r ddau Murray, ac o fewn clyw gwaedd i fwthyn Joe Siddery fawr, y gof cawrol. Hwyrach bod pwy bynnag piau'r golau wedi cael hyd i'r blwch du ac y byddai'n fodlon ei roi i rywun oedd wedi dioddef cymaint ar ei drywydd. Hwyrach mai doeth o beth fyddai curo'r drws i weld.

Pwysais Madam Beic yn dyner yn erbyn y cilbost, tynnu llinyn o'm poced a'i chlymu'n llac wrth yr haearnwaith; wedyn cerddais ar bigau'r drain ar hyd y gro crensiog tua düwch y porth. Cofiais drwch mawr y waliau fel y chwiliai fy llaw am y drws yn y tywyllwch dudew yn ei ben draw. Cefais fy hun ymhell i'r porth cyn sylweddoli bod y drws yn siglo'n lled agored ar drugaredd y gwynt. Teimlais ias yn dod drosof yn y tŷ agored anial yma a meddwl am funud am fynd yn f'ôl at Madam Beic. Ond wnes i ddim. Dois o hyd i'r drws a chydio yn y cnocar metel stiff, gan anfon tri thrwst dwndrus lleddf drwy'r tŷ ac allan o gwmpas yr ardd wag dywyll. Ddaeth yr un sŵn na symudiad yn ateb a minnau'n sefyll yno yng nghanol y distawrwydd yn gwrando ar fy nghalon. Ddaeth dim traed yn brysio i lawr y grisiau, agorodd yr un drws uchod efo llif o olau lamp. Unwaith eto curais ar y drws gwag, heb ateb ac unwaith eto meddyliais am fynd yn f'ôl at gwmnïaeth fy nghyfeilles wrth y llidiart. Ond unwaith eto wnes i ddim. Symudais ymhellach i'r cyntedd, chwilio am fatsis a thanio un. Roedd y cyntedd yn wag a phob drws yn arwain oddi arno ar gau; y gwynt wedi crugio dail sychion mewn congl ac ar hyd y pared staen glaw chwerw wedi'i chwythu i mewn. Yn y pen draw cawn gip ar y grisiau tro gwynion. Ffrwtiodd y fatsien yn fy llaw a diffodd, gan fy ngadael o'r newydd yn sefyll yn y tywyllwch rhwng dau feddwl, o'r newydd ar fy mhen fy hun efo'm calon.

O'r diwedd magais fy holl blwc a phenderfynu chwilio'r llawr uchaf a gorffen fy musnes a mynd yn f'ôl at Madam Beic cyn gynted ag y bai modd. Taniais fatsien arall, ei dal yn uchel uwch fy mhen a martsio'n swnllyd i fyny'r grisiau yn araf droetrwm. Cofiwn y tŷ'n iawn o'r noson dreuliais ynddo'n chwilio am y blwch du. Ar y landin uchaf oedais i danio matsien arall a rhoi galwad uchel i roi rhybudd fy mod yn dynesu ac i ddeffro unrhyw un oedd yn cysgu. Aeth yr alwad yn ddim, heb ateb, a'm gadael yn fwy digalon ac unig fyth. Symudais yn fy mlaen yn gyflym ac agor drws y stafell nesaf ataf, y stafell lle tybiwn i mi gysgu unwaith. Dangosodd y fatsien grynedig i mi ei bod yn wag a neb ynddi ers tro. Doedd dim dillad ar y gwely, pedair cadair wedi'u cloi ynghyd, dwy â'u pennau i lawr, mewn cornel a chynfas wen yn gorchuddio bwrdd gwisgo. Caeais y drws yn glep ac oedi i danio matsien arall, yn clustfeinio am unrhyw arwydd bod rhywun yn fy ngwylio. Ni chlywais na siw na miw. Wedyn es ar hyd y cyntedd yn agor led y pen ddrws pob stafell tua blaen y tŷ. Roedd pob un yn wag, dim enaid byw, dim golau nac arwydd o olau yn yr un ohonynt. Ofn sefyll yn llonydd, es ar fy mhen i'r stafelloedd eraill a'u cael i gyd yr un fath ac yn y diwedd rhedais i lawr y grisiau wedi dychryn fwyfwy ac allan drwy'r drws ffrynt. Yma sefais yn stond. Roedd y golau o'r ffenest uchaf yn dal i lifo allan ac yn gorwedd yn erbyn y tywyllwch. Roedd y ffenest fel petai yng nghanol y tŷ. Yn ofnus, yn siomedig, yn oer ac yn biwis, brasgamais yn ôl i'r cyntedd, i fyny'r grisiau ac edrych i lawr y cyntedd lle'r oedd drysau'r holl stafelloedd tua blaen y tŷ. Fe'i gadawswn i gyd yn agored led y pen ac eto rŵan ddeuai'r un golau o'r un ohonynt. Cerddais y cyntedd yn gyflym i wneud yn siŵr nad oeddent wedi'u cau. Roeddent i gyd yn dal yn agored. Sefais yn y distawrwydd am dri neu bedwar munud, prin yn anadlu a heb wneud smic o sŵn, gan feddwl hwyrach y byddai beth bynnag oedd ar waith yn gwneud rhyw symudiad ac yn ei ddangos ei hun. Ond ddigwyddodd dim byd, dim byd o gwbl.

Wedyn cerddais i'r stafell oedd i'w gweld fwyaf ar ganol y tŷ ac ymbalfalu at y ffenest yn y tywyllwch, yn fy llywio fy hun â'm dwylo ar led o'm blaen. Dychrynais drwof o beth welwn o'r ffenest. Roedd y golau'n llifo o ffenest y stafell nesaf ar y dde i mi, yn gorwedd yn drwchus ar awyr niwlog y nos ac yn chwarae ar ddail gwyrdd tywyll coeden safai gerllaw. Arhosais i wylio am beth amser, yn pwyso'n wan ar y pared; wedyn symudais wysg fy nghefn gan gadw fy llygaid ar ddail y coed yn eu golau egwan, yn cerdded ar flaenau fy nhraed heb wneud na siw na miw. Cyn hir roeddwn â'm cefn ar y pared cefn, yn sefyll o fewn llathen i'r drws agored ac yn dal i fedru gweld yn iawn y golau pŵl ar y goeden. Wedyn bron ar un naid roeddwn allan ar y landin ac i mewn i'r stafell nesaf. Ni allaswn dreulio mwy na chwarter eiliad yn y naid honno ac eto cefais y stafell nesa'n llychlyd ac yn wag heb na bywyd na golau ynddi. Cronnai'r chwys ar fy nhalcen, dyrnai fy nghalon fel gordd ac roedd y lloriau pren moel fel petaent yn dal i ferwino gan ddiasbedain fy nhraed. Symudais at y ffenest ac edrych allan. Roedd y golau melyn yn dal i orwedd ar yr awyr a disgleirio ar yr un dail coed ond roedd bellach yn llifo o'r ffenest roeddwn newydd ei gadael. Teimlwn fy mod yn sefyll o fewn teirllath i rywbeth anhraethol annynol a dieflig oedd yn defnyddio'r tric golau yma i'm hudo i rywbeth mwy echryslon fyth.

Rhois y gorau i feddwl gan gau fy meddwl yn glep fel petai'n flwch neu'n llyfr. Roedd gen i gynllun yn fy mhen oedd i'w weld bron yn anobeithiol o anodd, bron iawn â bod y tu hwnt i eithafion ymdrech dyn, yn enbyd. Heb hel dail, cerddais allan o'r stafell, i lawr y grisiau ac allan o'r tŷ ar y gro garw solet, i lawr y rhodfa fer ac yn ôl at gwmni Madam Beic. Ynghlwm yno wrth y llidiart roedd i'w theimlo'n bell bell i ffwrdd ac fel petai bellach mewn byd arall.

Yn argyhoeddedig y deuai rhyw ddylanwad drosof a nadu i mi gyrraedd drws y tŷ yn fyw ac iach, rhois fy nwylo i lawr, fy nyrnau'n dynn wrth f'ochr, hoelio fy llygaid yn syth ar fy nhraed fel na welent unrhyw beth erchyll yn dod i'r fei o'r tywyllwch, a cherdded yn ddisigl o'r stafell ac ar hyd y landin du. Cyrhaeddais y grisiau'n groeniach, cyrraedd y cyntedd ac wedyn y drws a'm cael fy hun toc ar y gro er mawr ryddhad a syndod i mi. Cerddais at y llidiart a thrwyddo. Roedd hi'n gorffwys lle'i gadawswn, yn pwyso'n llednais ar y cilbost; dywedodd fy llaw wrthyf na fuasai tynhau ar y llinyn, yn union fel y'i clymais. Rhois fy nwylo amdani'n awchus, gan wybod ei bod yn dal i fod lawlaw â mi yn ein cynllwyn sef cyrraedd adre'n ddianaf. Parodd rhywbeth i mi droi fy mhen unwaith eto at y tŷ y tu ôl i mi. Llosgai'r golau'n heddychlon o hyd yn yr un ffenest, yn union fel petai rhywun yn y stafell yn gorwedd yn braf yn ei wely'n darllen llyfr. Pe rhoesid i mi (neu pe gallaswn innau roi) dragywydd heol naill ai i ofn neu bwyll, troeswn fy nghefn am byth ar y tŷ anfad a'i gwadnu hi yn y fan a'r lle ar gefn Madam Beic i'r cartref cyfeillgar a'm harhosai ymhen pedwar tro yn y lôn gerllaw. Ond roedd rhywbeth arall yn ymyrryd â'm pen. Roedd y ffenest olau'n fy llygad-dynnu er fy ngwaethaf a hwyrach mai'r drwg oedd na fedrwn yn fy myw ymfodloni ar fynd adre'n ôl heb newydd y blwch du cyn belled bod rhywbeth ar fynd yn y tŷ lle'r oedd i fod. Sefais yno yn y gwyll, fy nwylo'n cydio yng nghyrn Madam Beic a'm penbleth mawr yn fy mhoeni. Fedrwn i ddim penderfynu beth i'w wneud er gwell.

Ar hap y tarodd syniad fy mhen. Roeddwn yn syflyd fy nhraed yn ôl f'arfer o bryd i'w gilydd i leddfu fy nghoes chwith ddrwg pan sylwais ar garreg fawr lac ar lawr ger fy nhraed. Gwyrais a'i chodi. Roedd hi tua maint lamp beic, yn llyfn ac yn grwn ac yn hawdd ei thaflu. O'r newydd roedd fy nghalon bron i'w chlywed wrth feddwl am ei lluchio drwy'r ffenest olau a chan hynny procio pwy bynnag oedd yn cuddio yn y tŷ i ddangos ei big. Pe safwn yn barod yn ymyl Madam Beic medrwn ei miglo hi'n syth. Ar ôl i'r syniad yna daro fy mhen, gwyddwn nad oedd dim byw na bod nes i mi luchio'r garreg; chawn i ddim llonydd nes cael eglurhad y golau annirnad.

Gadewais Madam Beic a mynd yn f'ôl i fyny'r rhodfa a'r garreg yn siglo'n drwm yn fy llaw dde. Oedais o dan y ffenest, yn edrych i fyny ar y pelydryn golau. Gwelwn ryw bry mawr yn gwibio i mewn ac allan ohono. Teimlais f'aelodau'n diffygio o danof a'm holl gorff yn mynd yn wael ac yn wan gan bryder. Bwriais gip ar y porth gerllaw gan hanner disgwyl gweld rhyw ddrychiolaeth ddychrynllyd yn fy ngwylio'n slei bach o'r cysgodion. Welwn i ddim ond y clwt o fwrllwch mwy dudew fyth. Wedyn pendiliais y garreg ddwywaith dair ym mhen fy mraich syth a'i lluchio nerth esgyrn fy mraich yn uchel i'r awyr. Daeth sŵn mawr gwydr yn torri'n deilchion, trystau trymion y garreg yn glanio ac yn rowlio ar hyd y llawr pren ac ar yr un pryd tincial y teilchion gwydr yn syrthio ar y gro wrth fy nhraed. Heb aros ennyd trois a'i gwadnu hi i lawr y rhodfa nes i mi gyrraedd Madam Beic a'i chyffwrdd eto.

Ddigwyddodd dim byd am beth amser. Pedair neu bum eiliad yn ôl pob tebyg ond teimlai fel aros diddiwedd am flynyddoedd. Roedd hanner ucha'r gwydr wedi mynd, gan adael ymylon danheddog o gwmpas y ffrâm: roedd y golau fel petai'n llifo'n gliriach drwy'r twll fel ceg wag. Yn sydyn daeth cysgod i'r fei, yn dileu'r golau o'r holl ochr chwith. Roedd y cysgod mor anghyflawn fel nad adwaenwn yr un rhan ohono ond teimlwn yn siŵr ei fod yn gysgod rhyw fod neu ryw bresenoldeb mawr oedd yn sefyll yn hollol llonydd ar ochr y ffenest ac yn syllu allan i'r nos i weld pwy daflodd y garreg. Wedyn diflannodd a gwneud i mi sylweddoli am y tro beth ddigwyddodd a chodi croen gŵydd arnaf o'r newydd ac arswyd mwy fyth. O deimlo'n ddi-os fod rhywbeth arall ar fin digwydd, roedd arnaf ofn symud gewyn rhag ofn i mi ddatgelu lle safwn efo Madam Beic.

Cyn pen fawr o dro digwyddodd beth ddisgwyliwn. Roeddwn yn dal i syllu ar y ffenest pan glywais sŵn bach y tu ôl i mi. Throis i ddim i edrych. Buan y gwyddwn mai ôl traed rhywun trwm iawn a glywn, rhywun oedd yn cerdded ar fin gwelltog y ffordd er mwyn dynesu'n ddistaw bach. Gan feddwl yr âi heibio heb fy ngweld yng nghilfach dywyll y llidiart, gwnes fy ngorau i aros yn llonyddach hyd yn oed nag oeddwn fel delw cynt. Yn sydyn clonciodd y camau ar y lôn lai na chwellath i ffwrdd, dod y tu ôl i mi ac wedyn sefyll yn stond. Heb air o gelwydd bu ond y dim i'm calon innau sefyll yn stond. Roedd pob rhan ohonof y tu cefn i mi – gwddw, clustiau, cefn a phen – yn crebachu ac yn gwingo'n boenus gerbron y presenoldeb o'u blaen, pob un yn disgwyl ymosodiad anhraethol o giaidd. Wedyn clywais eiriau:

"Noson braf!"

Trois ar fy sawdl yn syn. O'm blaen, bron â chau allan y nos, safai palff o blismon. Roedd golwg plismon arno o'i faint aruthrol, ond gwelwn arwydd pŵl ei fotymau'n hongian yn union o flaen fy wyneb, yn llunio llinell grom ei frest enfawr. Doedd dim golwg o'i wyneb yn y tywyllwch a dim byd yn amlwg i mi ond ei blismondeb gormesol, ymgodi anferthol ei gnawd praff llydan, ei arglwyddiaethu a'i wirionedd diymwad. Pwysai mor drwm ar fy meddwl fel fy mod yn teimlo'n llawer mwy ymostyngar nag ofnus. Fe'i llygadais yn wantan, fy nwylo'n petruso o gwmpas cyrn Madam Beic. Roeddwn ar fin gwneud fy ngorau i beri i'm tafod roi rhyw ateb i'w gyfarchiad pan siaradodd eilwaith, ei eiriau'n dod yn dalpiau cyfeillgar trwchus o'i wyneb cudd.

"Ddowch chi ar f'ôl i, i mi gael gair bach efo chi'n ddistaw bach," meddai, "ar wahân i ddim arall does gynnoch chi ddim golau ar eich beic a fedrwn i gymryd eich enw a'ch cyfeiriad am hannar hynny."

Cyn iddo orffen siarad roedd wedi llithro i ffwrdd yn y tywyllwch fel llong ryfel, yn siglo'i horwth o gorff i ffwrdd yn droetrwm yr un ffordd ag y daethai. Cefais fy nhraed yn ufuddhau iddo heb holi, chwe cham i bob un o'i gamau yntau, yn ein holau ar hyd y lôn heibio'r tŷ. Pan oeddem ar fin mynd heibio iddo trodd yn sydyn i fwlch yn y gwrych ac arwain y ffordd i brysglwydd a heibio i fonion coed tywyll digroeso a'm harwain i gadarnle dirgel ger talcen y tŷ lle llenwai cangau a thyfiant tal y tywyllwch yn glòs o'r ddeutu gan f'atgoffa o'm taith i nefoedd tanddaearol Sarjant Pluck. Yng nghwmni'r dyn hwn rhoeswn y gorau i feddwl "tybed" a hyd yn oed i feddwl. Gwyliais siglo amlinell ei gefn yn y düwch o'm blaen a brysio ar ei ôl y gorau medrwn. Ddywedodd yntau'r un gair o'i ben na gwneud yr un smic o sŵn heblaw am yr aer fel megin yn ei drwyn a brasgamau ei sgidiau'n brwsio'r ddaear dan ei dryswch o laswellt, yn ysgafn ac yn rhythmig fel pladur mewn llaw ddeheuig yn lladd gwair y ddôl fesul arfod.

Wedyn troes yn sydyn tua'r tŷ a chythru i ffenest fach oedd i'w gweld i mi'n anghyffredin o isel ac agos i'r llawr. Fflachiodd dortsh arni, gan ddangos i mi, o ble sbeciwn o'r tu ôl i'w dalp du, bedwar chwarel o wydr budur wedi'u sodro mewn dwy ffrâm. Wrth iddo estyn ei law tuag ati tybiwn ei fod ar fin codi'r ffrâm isaf ond yn lle hynny trodd y ffenest gyfan tuag allan ar fachau cudd fel petai'n ddrws. Wedyn gwyrodd ei ben, diffodd y golau a dechrau rhoi ei gorff anferthol drwy'r agoriad bychan bach. Wn i ddim wir sut y llwyddodd i wneud beth oedd i'w weld yn gwbl amhosib. Ond daeth i'r lan cyn pen dim, heb siw na miw heblaw chwythu'n fwy swnllyd drwy'i drwyn ac ennyd o riddfan esgid aethai'n sownd mewn rhyw gornel. Wedyn gyrrodd olau'r tortsh yn ôl ataf i ddangos y ffordd, heb ddangos dim oll ohono'i hun heblaw ei draed a phengliniau ei drywsus glas swyddogol. Pan oeddwn i mewn, gwyrodd fraich yn ôl a thynnu'r ffenest ar gau ac wedyn arwain y ffordd ymlaen efo'i dortsh.

Roedd hyd a lled y man lle'm cawn fy hun yn anghyffredin tu hwnt. Roedd y nenfwd i'w weld yn rhyfeddol o uchel tra oedd y llawr mor gul fel nad allaswn, pe dymunwn, fynd heibio i'r plismon o'm blaen. Agorodd ddrws tal a, gan gerdded hanner wysg ei ochr yn bur afrosgo, ledio'r ffordd ar hyd cyntedd culach fyth. Ar ôl mynd drwy ddrws tal eto dechreusom fynd i fyny grisiau sgwâr anhygoel. Roedd pob gris fel petai'n droedfedd o ddyfnder, yn droedfedd o uchdwr ac yn droedfedd o led. Cerddai'r plismon i fyny'n gyfan gwbl wysg ei ochr fel cranc a'i wyneb wedi'i droi o'i flaen o hyd tuag arweiniad ei dortsh. Aethom drwy ddrws eto ar ben y grisiau ac fe'm cefais fy hun mewn stafell syfrdanol. Roedd fymryn yn lletach na'r llefydd eraill ac ar hyd ei chanol bwrdd tua throedfedd o led, dwylath o hyd ac yn sownd yn barhaol yn y llawr â dwy goes fetel. Roedd lamp oel arno, casgliad o binnau dur ac inciau, nifer o flychau bychain a chloriau ffeiliau a photyn tal llawn gwm swyddogol. Doedd dim cadeiriau i'w gweld ond o gwmpas y parwydydd roedd cilfachau lle medrai dyn eistedd. Ar y parwydydd eu hunain roedd posteri a rhybuddion lawer yn ymwneud â theirw a chŵn a rheoliadau trochi defaid a mynd i'r ysgol a thorri'r Ddeddf Arfau Tanio. O weld y plismon, â'i gefn ataf o hyd yn gwneud cofnod ar ryw amserlen ar y pared pellaf, gwyddwn o'r gorau mai mewn swyddfa heddlu fechan fach roeddwn. Edrychais o'm cwmpas drachefn, yn amgyffred popeth yn syfrdan syn. Wedyn gwelais fod ffenest fach yn ddwfn yn y pared chwith a bod awel oer yn chwythu drwy dwll llydan agored yn y cwarel isaf. Cerddais yno ac edrych allan. Disgleiriai golau'r lamp yn bŵl ar ddail yr un goeden a gwyddwn fy mod yn sefyll, nid yn nhŷ Mathers, *ond y tu mewn i'w barwydydd*. Rhois fy nghri syn unwaith eto, fy nghynnal fy hun ar y bwrdd ac edrych yn wantan ar gefn y plismon. Roedd yn blotio'n ofalus y ffigyrau roesai ar y papur ar y pared. Wedyn troes a rhoi ei bín ddur yn ôl ar y bwrdd. Ar fy mhen rhonciais at un o'r cilfachau ac eistedd mewn llewyg llwyr, fy llygaid wedi'u hoelio ar ei wyneb a'm ceg yn sychu fel dafn o law ar bafin poeth. Rhois gynnig sawl gwaith ar ddweud rhywbeth ond i ddechrau roedd fy nhafod yn cau ymateb. O'r diwedd medrais yngan dan gecian y meddwl oedd yn llosgi yn fy nghof:

"Ron i'n meddwl eich bod wedi marw!"

Doedd y corff mawr tew yn ei lifrau ddim yn f'atgoffa o neb yr adwaenwn *ond i 'rhen Mathers roedd yr wyneb ar ei ben uchaf yn perthyn*. Nid fel y cofiwn ei weld ddiwethaf nac yn fy nghwsg nac fel arall, fel angau ac yn ddigyfnewid; roedd bellach yn goch ac yn dew fel bwi fel petai galwyni o waed poeth tew wedi'u pwmpio iddo. Boliai'r bochau fel dwy belen writgoch ac yma a thraw olion stribedi o frychu piws. Yn y llygaid roedd gwefr annaturiol a disgleirient fel mwclis yng ngolau'r lamp. Pan atebodd, llais Mathers oedd iddo.

"Dyna i ni beth clên i'w ddeud," meddai, "ond ta waeth, dyna feddyliwn i amdanoch chitha. Dwi'n dallt dim ar eich corfforoledd annisgwyl ar ôl y bore ar y grocbren."

"Ddengais i," meddwn dan gecian.

Bwriodd olwg hir dreiddiol arnaf.

"Dach chi'n siŵr?" gofynnodd.

Oeddwn i'n siŵr? Yn sydyn teimlais yn wael ofnadwy fel petai troelli'r byd yn y ffurfafen wedi mynd i erbyn fy stumog am y tro cyntaf a'i droi'n llaeth sur drwyddo. Gwaniodd f'aelodau a hongian o'm cwmpas yn ddiymadferth. Curai fy nau lygad yn eu tyllau a phwyai fy mhen, yn chwyddo fel pledren ar bob ton o waed. Clywais y plismon yn siarad â mi eto o bell, bell.

"Plismon Fox ydw i," meddai, "a hon ydi fy swyddfa heddlu breifat i ac mi fyddai'n dda gin i glwad eich barn chi a minna wedi rhoi pob ewin ar waith i'w gneud fel pín mewn papur."

Teimlwn f'ymennydd yn ymlafnio yn ei flaen yn wrol, yn gwegian, fel petai, at ei bengliniau, ond yn gyndyn o syrthio'n glewt. Gwyddwn y byddwn yn farw gelain o golli ymwybod am eiliad. Gwyddwn, pe collwn ben llinyn y diwrnod chwerw gawswn, na fedrwn fyth ddeffro eto na gobeithio deall o'r newydd y twll ofnadwy roeddwn ynddo. Gwyddwn nad Fox mohono ond Mathers. Gwyddwn fod Mathers wedi marw. Gwyddwn y byddai'n rhaid i mi siarad ag o a chogio bod popeth yn ei le a hwyrach rhoi cynnig am y tro olaf ar ddianc, o drwch blewyn, at Madam Beic. Y funud honno rhoeswn y byd yn grwn a phob blwch arian ynddo i gael un cip ar wyneb cryf John Divney.

"Mae'n swyddfa heddlu dan gamp," meddwn dan furmur, "ond pam mae hi o fewn parwydydd tŷ arall?"

"Dyna bos syml iawn, dwi'n ama dim na wyddoch chi'r atab."

"Na wn wir."

"Pos elfennol iawn ydi o beth bynnag. Mae wedi'i threfnu fel hyn i arbed arian ar y trethi achos tasa hi wedi'i chodi'r un fath ag unrhyw farics arall mi gâi ei threthu fel eiddo ar wahân a choeliech chi fawr dros eich crogi taswn i'n deud wrthoch chi faint ydi'r trethi eleni."

"Faint?"

"Un swllt ar bymtheg ac wyth ceiniog yn y bunt a thair ceiniog yn y bunt am hen ddŵr melyn sâl na faswn i ddim yn ei ddefnyddio a grôt iff iw plîs am addysg dechnegol. Oes ryfadd yn y byd bod y wlad ar ddiffygio a'r ffarmwrs wedi'u criplo a dim un ym mhob deg a chanddo fo bapur tarw iawn? Mae gin i ddeunaw gwŷs wedi'u gneud am ddim byd arall ac mi fydd yna le raid chi'm peryg yn y Llys nesa. Pam na doedd gynnoch chi ola, na mawr na bach, ar eich beic?"

"Gafodd fy lamp ei dwyn."

"Ei dwyn? Dyna roeddwn i'n ama. Dyna'r trydydd lladrad heddiw ac mi ddiflannodd pedwar pwmp ddydd Sadwrn dwytha. Fasa rhai pobol yn dwyn y cyfrwy o danoch chi tasan nhw'n meddwl na sylwech chi ddim, lwc na does dim modd tynnu'r teiar heb ddaffod yr olwyn. Dowch i mi gymyd tystiolaeth gynnoch chi. Rhowch i mi ddisgrifiad o'r peth a deudwch bob un dim i mi a pheidio â gadael dim byd allan achos mi allai rwbath sydd heb fod i'w weld o bwys i chi roi cliw tan gamp i'r ymchwilydd hyddysg."

Teimlwn yn glaf o galon ond yn sadiach ar ôl y sgwrs fer ac wedi fflonsio ddigon i ymddiddori ryw fymryn yn y mater o ddianc o'r tŷ erchyll. Roedd y plismon wedi agor clamp o lejer ac arno olwg llyfr hwy wedi'i lifio yn ei hanner i ffitio'r bwrdd cul. Gofynnodd sawl cwestiwn i mi am y lamp a sgrifennu f'atebion yn y llyfr drwy fawr lafur, yn crafu ei bín ddur yn swnllyd ac yn anadlu'n drwm drwy'i drwyn, gan beidio â chwythu bob hyn a hyn pan rôi rhyw lythyren o'r wyddor drafferth arbennig iddo. Fe'i llygadais yn astud, ar ei eistedd wedi ymgolli yn ei dasg sgrifennu. Wyneb 'rhen Mathers oedd hwn heb os nac oni bai ond roedd iddo bellach ryw gynneddf syml fel plentyn fel petai rhychau oes faith, yn ddigon amlwg y tro cynta'r edrychais arno, wedi'u meddalu'n sydyn gan ryw ddylanwad mwyn ac wedi'u dileu am y dim â bod. Bellach roedd golwg mor ddiniwed a rhadlon arno ac yn y fath fyd yn sgrifennu geiriau syml a theimlais ynof lygedyn o obaith o'r newydd. O edrych arno'n ddigyffro doedd dim golwg gelyn arbennig o enbyd arno. Hwyrach fy mod yn breuddwydio neu'n gweld drychiolaethau. Roedd yna lawer na ddeallwn i mohono a hwyrach na fedrwn mo'i ddeall ddyddiau f'oes – wyneb 'rhen Mathers y tybiwn fy mod wedi'i gladdu mewn cae ar y fath horwth o gorff mawr tew, y swyddfa heddlu chwerthinllyd o fewn parwydydd tŷ arall, y ddau blismon arall hunllefus roeddwn wedi dianc rhagddynt. Ond o leiaf roeddwn yn ymyl fy nhŷ fy hun a Madam Beic yn aros wrth y llidiart i fynd â mi yno. Fyddai'r dyn yma'n rhoi cynnig ar fy nadu pe tawn i'n dweud fy mod yn mynd adref? Wyddai o rywbeth am y blwch du?

Roedd bellach wedi blotio'i waith yn ddeddfol a rhoes y llyfr i mi i dorri f'enw arno gan gynnig y bín ddur gerfydd ei throed yn dra manwesol. Roedd wedi llenwi dwy dudalen mewn llawysgrif fawr blentynnaidd. Tybiais mai doeth o beth fyddai pedio â thrafod dim ar f'enw a gwnes draed brain astrus yn frysiog ar waelod y datganiad, cau'r llyfr a'i roi yn ôl. Wedyn dweud mor ddidaro ag y medrwn:

"Dwi'n mynd i'w throi hi rŵan ta."

Nodiodd yn ofidus.

"Mae'n ddrwg gin i na fedra i gynnig dim i chi," meddai, "mae hi'n noson oer a fasach chi ddim gwaeth o rwbath i'ch twmo."

Buasai fy nerth a'm gwroldeb yn llifo'n ôl i'm corff a phan glywais y geiriau hyn teimlwn bron yn holliach. Roedd yna bethau lawer i feddwl amdanynt ond feddyliwn i ddim amdanynt damaid cyn i mi fod yn saff ar f'aelwyd fy hun. Awn adref cyn gynted ag y bai modd ac ar y ffordd fwriwn i ddim golwg i'r dde na'r chwith. Sefais yn sad.

"Cyn i mi fynd," meddwn, "mae yna un peth y carwn ei ofyn i chi. Cafodd blwch du ei ddwyn oddi arnaf a dwi'n chwilio amdano fo ers rhai dyddia. Ydi peidio'ch bod chi'n gwbod rwbath amdano fo?"

Yr eiliad y dywedais hyn roedd yn edifar gen i fod wedi'i ddweud. Os Mathers oedd hwn go iawn wedi codi o farw'n fyw yn wyrthiol, gallai fy nghysylltu â'r lladrad a'i lofruddio yntau a chael rhyw ddial erchyll. Dim ond gwenu wnaeth y plismon a rhoi golwg henffel iawn ar ei wyneb. Eisteddodd ar ymyl y bwrdd cul cul a drymian arno â'i winedd. Wedyn edrychodd i fyw fy llygaid. Dyna'r tro cyntaf iddo wneud ac fe'm dallwyd fel pe bawn wedi bwrw cip ar yr haul drwy ddamwain.

"Dach chi'n lecio jam mefus?" gofynnodd.

Daeth ei gwestiwn gwirion mor annisgwyl fel y nodiais ac edrych arno mewn penbleth. Gwenodd o glust i glust.

"Wel i chi, tasa'r blwch gynnoch chi yma," meddai, "gaech chi fwcediad o jam i de a tasa hynny ddim yn ddigon gaech chi lond bath ohono fo i orwedd yno fo ar eich hyd a tasa gymaint â hynny ddim yn eich bodloni chi, gaech chi ddeg erw o dir efo jam mefus wedi'i daenu arno fo hyd at eich ceseilia. Be ddeudwch chi i hynny ta?"

"Dwn i ddim be i'w ddeud wir," meddwn dan fy ngwynt. "Dwi'n dallt dim arno fo."

"Ddeuda i fel arall," meddai'n glên. "Gaech chi dŷ'n llawn dop o jam mefus, pob stafall mor llawn fel na fedrech chi ddim agor y drws."

Fedrwn i wneud dim ond ysgwyd fy mhen. Roeddwn yn dechrau anniddigo eto.

"Fyddai arna i ddim angan yr holl jam 'na," meddwn

yn hurt.

Ochneidiodd y plismon fel petai'n anobeithio medru cyfleu trywydd ei feddwl i mi. Wedyn difrifolodd ei wyneb dipyn bach.

"Deudwch hyn i mi," meddai, "a dim arall. Pan aethoch chi efo'r Sarjant a MacCruiskeen y tro hwnnw i lawr y grisiau yn y coed, rhyngoch chi a fi be oeddech chi'n ei feddwl o be welsoch chi? Yn eich barn chi, oedd pob peth yno'n fwy na'r cyffredin?"

Neidiais o glywed sôn am y plismyn eraill a theimlo fy mod unwaith eto mewn peryg dybryd. Byddai gofyn i mi fod yn ochelgar tu hwnt. Welwn i ddim sut y gwyddai am beth ddigwyddodd i mi pan oeddwn yn rhwyd y Sarjant a MacCruiskeen ond dywedais wrtho na ddeallwn ddim ar y paradwys dan ddaear a bod y peth lleiaf un ddigwyddai yno'n rhywbeth gwyrthiol i'm tyb i. Hyd yn oed rŵan pan gofiwn beth welswn yno meddyliwn unwaith eto tybed ai breuddwydio'r oeddwn. Roedd y plismon i'w weld yn falch o'r rhyfeddod fynegais. Gwenai'n ddistaw, fwy wrtho'i hun nag arnaf i.

"Run fath â phob peth sy'n anodd ei goelio ac yn anodd ei ddirnad," meddai o'r diwedd, "mae'n syml iawn ac mi fedrai plentyn cymydog ei glandro heb ddiwrnod o ysgol. Bechod na feddylioch chi ddim am y jam mefus tra oeddech chi yno achos fasa chi wedi cael llond casgan ohono fo yn rhad ac am ddim ac mi fasa gyda'r gora ac yn gampus, dim ond y sudd ffrwytha pura ac ychydig ne ddim sothach cadwrol."

"Doedd dim golwg syml ar be welais i."

"Roeddech chi'n meddwl bod rhyw hud ynddo fo, heb sôn am dipyn o fisdimanars?"

"Oeddwn."

"Ond mae modd ei egluro bob tamaid, roedd o'n syml iawn a phan ddeuda i wrthoch chi sut roedd o i gyd yn gweithio mi fyddwch yn syfrdan syn."

Er gwaetha'r lle peryglus lle'm cawn fy hun, taniodd
ei eiriau chwilfrydedd garw ynof. Tarodd fy mhen bod
y sôn yma am y parth tanddaearol rhyfedd efo'r drysau
a'r gwifrau yn cadarnhau ei fod yn bod go iawn, i mi fod
yno go iawn ac nad atgof o freuddwyd oedd f'atgof
ohono – oni bai fy mod yn dal i fod ym mhalf yr un
hunllef. Roedd ei gynnig, sef egluro cannoedd o
wyrthiau mewn un eglurhad syml yn demtasiwn mawr.
Hwyrach y byddai hyd yn oed yr wybodaeth yna'n
gwneud yn iawn i mi am yr anniddigrwydd y teimlwn yn
ei gwmni. Gyntaf yn y byd y peidiai'r siarad, gynta'n y
byd y medrwn roi cynnig ar ddianc.

"Sut roedd o'n cael ei neud, ta?" gofynnais.

Gwenodd y plismon fel giât o weld fy wyneb syn.
Gwnâi i mi deimlo fel plentyn yn holi ynghylch
rhywbeth oedd yn amlwg fel golau dydd.

"Y blwch," meddai.

"Y blwch? Fy mlwch i?"

"Debyg iawn. Y blwch bach oedd y gamp, rhaid i mi
chwerthin am ben Pluck a MacCruiskeen, fasach chi'n
meddwl bod gynnyn nhw fwy o sens."

"Gafoch chi hyd i'r blwch?"

"Cafwyd hyd iddo fo ac mi ddaeth i'm meddiant
llwyr i yn ôl adran 16 o Ddeddf '87 fel y'i hehangwyd a'i
diwygiwyd. Roeddwn i'n aros i chi alw heibio i'w nôl
gan mod i'n gwbod yn ôl f'ymholiada preifat a
swyddogol mai chi oedd yr un oedd wedi'i golli ond fy
niffyg amynedd oedd drecha a chitha'n oedi gyhyd ac
mi'i danfonais i'ch tŷ chi heddiw ar feic brys ac mi'i
cewch chi o yna o'ch blaen pan ewch chi tuag adra.
Gwyn eich byd chi ohono fo achos does 'na ddim byd
mor werthfawr yn y byd yn grwn ac mae'n gweithio fel
swyn, mi daerech chi mai clocwaith oedd pia hi. Bwysais
i o ac mae 'na fwy na phedair owns ynddo fo, digon i'ch

gneud chi'n ddyn efo incwm preifat ac unrhyw beth arall sy'n mynd â'ch bryd chi."

"Pedair owns o be?"

"O omnium. Siawns na wyddoch chi be oedd yn eich blwch chi'ch hun?"

"Debyg iawn," meddwn yn gloff, "ond doeddwn i ddim yn meddwl bod 'na *bedair* owns."

"Pedwar pwynt un dau ar glorian Swyddfa'r Post. A dyna sut gweithiais i'r hwyl efo Pluck a MacCruiskeen, digon i neud i chi wenu o feddwl amdano fo, roedd gofyn iddyn nhw redeg fel milgwn a gweithio fel blacs bob tro hwrjiwn i'r darlleniada i fyny at fan peryg."

Chwarddodd yn isel yn ei wddw o feddwl am ei gydweithwyr yn gorfod ymlafnio, a bwrw golwg arnaf i weld effaith y datgeliad syml yma. Suddais yn ôl ar fy sêt yn gegrwth ond llwyddais i roi cysgod gwên i nadu iddo amau na wyddwn beth oedd yn y blwch. Pe gallwn ei gredu buasai'n eistedd yn y stafell yma'n ei lordio hi efo pedair owns o'r sylwedd anhraethol yma, yn ddidaro dynnu trefn natur yn gareiau, yn dyfeisio darnau astrus ac anhysbys o beirianwaith i dwyllo'r plismyn eraill, yn ymyrryd yn ddi-ben-draw ag amser i beri iddynt feddwl eu bod yn byw eu bywydau hud ers blynyddoedd, yn drysu, yn brawychu ac yn swyno'r fro drwyddi draw. Roeddwn yn syfrdan syn ac yn arswydo rhag yr honiad diymffrost wnaethai mor siriol, prin y gallwn ei goelio, ac eto dyna unig eglurhad yr atgofion ofnadwy lenwai fy mhen. O'r newydd roedd arnaf ofn y plismon ond ar yr un pryd daeth cyffro gwyllt drosof o feddwl bod y blwch hwn a beth oedd ynddo ar y bwrdd yn fy nghegin i rŵan hyn. Beth wnâi Divney? Fyddai o'n ddig o weld dim arian, cymryd mai tamaid o faw oedd yr omnium ofnadwy yma a'i daflu ar y domen dail? Daeth tybiaethau annelwig drosof yn fflyd, ofnau a gobeithion rhyfeddol, dychmygion anhraethol, rhagfynegi penfeddwol creadigaethau, newidiadau, difodiadau ac ymyriadau duwiol. Ar f'eistedd ar f'aelwyd efo'm blwch bach o omnium medrwn wneud beth fynnwn, gweld beth fynnwn a gwybod beth fynnwn heb derfyn ar fy ngalluoedd heblaw fy nychymyg fy hun. Hwyrach y medrwn ei ddefnyddio hyd yn oed i ehangu fy nychymyg. Gallwn ddifa, altro a gwella'r bydysawd fel y mynnwn. Medrwn gael gwared ar John Divney, nid yn giaidd ond drwy roi iddo ddeng miliwn o bunnoedd i gael ganddo fynd i ffwrdd. Medrwn sgrifennu'r esboniadau mwyaf anhygoel sgrifennwyd erioed ar de Selby a'u cyhoeddi mewn rhwymiadau digynsail eu moeth a'u gwytnwch. Byddai ffrwythau a chnydau gwell na dim welwyd erioed yn blodeuo ar fy ffarm, mewn daear ffrwythlon y tu hwnt i amgyffred diolch i wrteithiau artiffisial heb eu hail. Byddai coes o gnawd ac asgwrn ond cryfach na haearn yn dod i'r fei drwy hud ar fy nghlun chwith. Gwellwn y tywydd yn ddiwrnod safonol o hedd heulog a glaw ysgafn gefn nos yn golchi'r byd i'w ffresio a'i wneud yn fwy deniadol i'r llygad. Rhown feic aur i bob labrwr tlawd yn y byd, pob un ac iddo gyfrwy o rywbeth heb eto ei ddyfeisio ond yn feddalach na'r meddalwch meddalaf, a threfnu i wynt cynnes chwythu'r tu ôl i bob dyn ar bob taith, hyd yn oed pan oedd dau yn mynd y ffordd groes ar yr un lôn. Byddai fy hwch yn bwrw perchyll ddwywaith y diwrnod a galwai dyn yn y fan yn cynnig deng miliwn o bunnoedd yr un am y moch bach ac ar y gair ail ddyn yn cyrraedd yn cynnig ugain miliwn. Byddai'r casgenni a'r blychau yn fy nhafarn yn dal i fod yn llawn ac yn ddihysbydd waeth faint dynnid ohonynt. Codwn de Selby ei hun o farw'n fyw i sgwrsio â mi gyda'r nos a'm cynghori yn fy mentrau arddunol. Bob dydd Mawrth gwnawn fy hun yn anweledig –

"Choeliech chi fawr mor gyfleus ydi o," meddai'r

plismon yn torri ar draws fy meddyliau, "mae'r feri peth i dynnu'r baw oddi ar eich legins chi gefn gaea."

"Pam na newch chi'i ddefnyddio fo i nadu i'r baw fynd ar eich legins chi o gwbwl?" gofynnais yn llawn cyffro. Edrychodd y plismon arnaf yn llygadrwth gan edmygedd.

"Myn brain i, ddaru hynna ddim taro mhen i," meddai. "Mae 'na ben da arnoch chi a dwi'n siŵr na dwi'n ddim ond pen dafad."

"Pam na newch chi'i ddefnyddio fo," meddwn bron â gweiddi, "i nadu bod 'na faw yn unlla fyth?"

Edrychodd i lawr wedi torri'i grib yn arw.

"Fi di'r pen dafad mwya dan haul," meddai'n ddistaw.

Fedrwn i ddim peidio â gwenu arno, nid, yn wir, heb ryw dosturi. Roedd yn amlwg nad oedd y math o ddyn y gellid ymddiried y blwch du iddo. Roedd ei ddyfais danddaearol labystaidd yn deillio o feddwl fwydai ar lyfrau antur hogiau bach, llyfrau lle'r oedd pob gormodedd yn fecanyddol ac yn farwol ac ynghlwm â dim ond peri marwolaeth yn y modd mwyaf dyrys fyw fyd bosib. Lwc i mi ddianc yn groeniach o'i selerau chwerthinllyd. Ar yr un pryd cofiais fod gen i ryw bwyth bach i'w dalu'n ôl i MacCruiskeen a Sarjant Pluck. Nid ar y ddau ŵr bonheddig yma'r oedd y bai na chawswn fy nghrogi ar y grocbren i nadu i mi fyth gael y blwch du'n ôl. Y plismon o'm blaen achubodd f'einioes, drwy ddamwain yn ôl pob tebyg, pan benderfynodd wthio darlleniad brawychus ar y lifer. Roedd yn haeddu rhyw fymryn o ystyriaeth am hynny. Mae'n debyg y rhown ddeng miliwn o bunnoedd iddo wedi i mi gael amser i gnoi cil. Roedd golwg mwy o hulpyn nag o gnaf arno. Ond doedd MacCruiskeen a Pluck ddim yn yr un cae. Yn ôl pob tebyg byddai modd i mi arbed amser a thrafferth drwy addasu'r peirianwaith tanddaearol i roi i'r ddau ohonyn nhw ddigon o stryffîg, peryg, anesmwythdra, gwaith a thrafferth fel ei bod yn edifar ganddyn nhw ddydd fy mygwth. Gellid newid pob un o'r cypyrddau i ddal, nid beiciau a wisgi a matsys, ond perfedd wedi pydru, llygredd gwae-chi-o'i-weld yn cynnwys drysni o wiberod llysnafeddog gloyw pob un yn farwol ac yn ddrewllyd ei gwynt. Miliynau o anghenfilod afiach wedi braenu yn crafangio'r cliciedau'r tu mewn i'r pobtai i'w hagor a dianc, llygod mawr efo cyrn yn cerdded â'u pennau i lawr ar hyd peipiau'r nenfwd yn llusgo'u cynffonau clofrog ar bennau'r plismyn, darlleniadau aruthrol o beryglus yn tyfu bob awr ar y —

"Ond mae'n hwylus ar y naw at ferwi wya," meddai'r plismon eto, "os ydi'n dda gynnoch chi nhw'n feddal mi'u cewch nhw'n feddal ac mae'r rhai calad yn galad fel haearn Sbaen."

"Dwi'n mynd i'w throi hi am adra dwi'n meddwl," meddwn yn bwyllog, gan edrych arno bron yn ffyrnig. Sefais ar fy nhraed. Dim ond nodio wnaeth yntau, cydio yn ei dortsh a thynnu ei goes oddi ar y bwrdd.

"Does gin i ddim byd i'w ddeud wrth wy heb ei ferwi digon," meddai, "a does 'na ddim byd gwaeth at ddŵr poeth a chamdreuliad, ddoe oedd y tro cynta yn f'oes y gnes i fy wy i'r dim."

Arweiniodd y ffordd at y drws tal cul, ei agor a mynd allan o'm blaen i lawr y grisiau tywyll, gan fflachio'r tortsh o'i flaen a'i droi'n ôl tuag ataf yn fanwesol i ddangos y grisiau. Araf bach oedd ein hynt a heb ddweud gair, yntau weithiau'n cerdded wysg ei ochr gan rwbio'r rhannau mwy bochog o'i lifrau ar y pared. Pan gyrhaeddasom y ffenest, fe'i hagorodd a mynd allan i'r manwydd gyntaf, gan eu dal i fyny nes fy mod i wedi sgrafangio allan yn ei ymyl. Wedyn aeth o'm blaen unwaith eto efo'i olau, ar gamau hir yn chwithrwd drwy'r glaswellt hir a'r prysgwydd, heb ddweud gair o'i ben nes i ni gyrraedd y bwlch yn y gwrych a'n cael ein hunain yn sefyll eto ar fin y ffordd galed. Wedyn siaradodd. Roedd ei lais yn rhyfedd o swil, bron yn ymddiheurol.

"Roedd 'na rywbeth y basa'n dda gin i'i ddeud wrthoch chi," meddai, "ac mae arna i hannar cwilydd ei ddeud am ei fod yn fater o egwyddor a dda gin i ddim fod yn hy ar bobol – lle basan ni arni tasan ni i gyd yn gneud hynny?"

Fe'i teimlwn yn edrych arnaf yn y tywyllwch efo'i gwestiwn addfwyn. Roeddwn yn ddryslyd a mymryn yn anniddig. Teimlwn ei fod ar fin gwneud rhyw ddatguddiad ysgubol eto.

"Be ydi o?" gofynnais.

"Fy marics bach i…' mwmiodd.

"Ia?"

"Roedd arna i gwilydd o mywyd, ei ddiffyg graen a fuom i mor hy â chael ei bapuro 'run pryd ag oeddwn i'n berwi'r wy'n galad. Mae'n dwt iawn rŵan a gobeithio na dach chi ddim wedi digio am unrhyw golled o achos hynny."

Gwenais wrthyf fy hun, yn teimlo rhyddhad, a dweud wrtho fod iddo groeso.

"Roedd yn demtasiwn garw," meddai wedyn yn dal i gyfnerthu ei achos, "doedd dim gofyn mynd i'r draffarth o dynnu'r rhybuddion oddi ar y pared achos ddaru'r papur wal ei osod ei hun y tu ôl iddyn nhw cyn pen chwinciad."

"Popeth yn iawn," meddwn. 'Nos dawch a diolch i chi."

"Da bo chi," meddai, gan fy saliwtio â'i law, "a fedrwch chi fod yn dawal eich meddwl y ca i hyd i'r lamp wedi'i dwyn achos maen nhw'n costio swllt a chwech a fasa gofyn i chi fod yn graig o arian i ddal i'w prynu nhw rownd bedlan."

Fe'i gwyliais yn cilio drwy'r gwrych ac yn mynd yn ei ôl i'r dryslwyn o goed a llwyni. Cyn hir doedd ei dortsh yn ddim ond llygedyn ysbeidiol rhwng y bonion ac o'r diwedd diflannodd yn gyfangwbl. Roeddwn ar fy mhen fy hun unwaith eto ar y lôn. Doedd dim smic heblaw ymystwyrian dioglyd y coed yn awyr dyner y nos. Ochneidiais gan ryddhad a dechrau cerdded yn ôl tua'r llidiart i nôl Madam Beic.

XII

Roedd y nos fel petai wedi cyrraedd man canol ei düwch, a'i thywyllwch bellach yn dywyllach nag o'r blaen. Heigiai fy meddwl gan ryw led-syniadau gyda'r mwyaf eithafol eu naws ond fe'u mygais yn bendant a phenderfynu fy nghyfyngu fy hun at ddod o hyd i Madam Beic a mynd adref ar f'union.

Cyrhaeddais agorfa'r llidiart a symud o'i chwmpas fel cath ar farwor, yn estyn fy nwylo i'r düwch yn chwilio am gyrn cysurlon fy nghydgynllwynwraig. Ar bob symudiad ac estyniad naill ai ni chawn ddim neu trawai fy llaw ar erwindeb gwenithfaen y wal. Roedd amheuaeth annifyr yn gwawrio arnaf fod Madam Beic wedi mynd. Dechreuais chwilota yn fwy brysiog a chynhyrfus ac archwilio â'm dwylo hanner cylch agorfa'r llidiart, o'i phen i'w chwr dwi'n amau dim. Doedd hi ddim yna. Safais am ennyd mewn anobaith, yn trio cofio a ddatglymais hi ai peidio y tro o'r blaen pan ruthrais i lawr o'r tŷ i chwilio amdani. Doedd bosib bod neb wedi'i dwyn – hyd yn oed pe deuai rhywun heibio, gefn drymedd nos fyddai dim dichon ei gweld a'r nos fel y fagddu. Wedyn fel y safwn, digwyddodd rhywbeth syfrdanol eto i mi. Llithrodd rhywbeth yn dyner i'm llaw dde. Carn oedd yna – carn un o'i chyrn *hi*. Roedd fel petai'n dod ataf o'r tywyllwch fel plentyn yn estyn ei law i gael ei arwain. Roeddwn yn syfrdan syn ac eto wyddwn i ddim wedyn i sicrwydd a ddaethai'r peth i fy llaw ynteu'r llaw, fuasai'n chwilota'n ddifeddwl tra oeddwn mewn dwfn fyfyrdod, a ddaeth o hyd i'r corn heb na help nac ymyrraeth dim byd anghyffredin. Ar unrhyw adeg arall buaswn yn pensynnu mewn rhyfeddod at y digwyddiad od hwn ond rŵan mygais bob meddwl amdano, rhedeg fy nwylo dros weddill Madam Beic a'i chael yn pwyso'n afrosgo yn erbyn y wal a'r llinyn yn hongian yn llac o'i chyrn. Doedd hi ddim yn pwyso yn erbyn y llidiart lle'i clymais.

Roedd fy llygaid wedi arfer â'r gwyll a bellach gwelwn y lôn ledolau'n glir a thywyllwch annelwig y ffosydd o'i deutu. Arweiniais Madam Beic i'r canol, ei chychwyn yn ara' deg, taflu fy nghoes ar ei thraws a ymlacio'n ara' deg ar ei chyfrwy. Roedd fel petai'n trosglwyddo i mi ryw falm, rhyw laesu dwylo cysurlon braf ar ôl holl gyffro'r swyddfa heddlu fechan fach. Teimlwn unwaith eto'n gyfforddus fy meddwl a'm corff, yn llon yn ysgafnder mwyfwy fy nghalon. Gwyddwn na fedrai dim ar wyneb daear fy nhemtio o'r cyfrwy'r tro yma cyn i mi gyrraedd fy nghartref. Eisoes gadawswn y tŷ mawr dipyn o ffordd o'm hôl. Codasai awel o unman a gwthiai'n ddiflino ar fy nghefn, gan beri i mi fynd ar wib yn ddiymdrech drwy'r tywyllwch fel rhywbeth ar adain. Rhedai Madam Beic yn gywir ac yn ddi-feth o danof, pob rhan ohoni'n gweithio i drwch blewyn, sbrings esmwyth ei chyfrwy yn ystyried fy mhwysau'n ddi-ffael ar bantiau a bryniau'r lôn. Gwnes fy ngorau glas i beidio â meddwl yn wyllt am fy mhedair owns o omnium ond fedrai dim byd dan haul ffrwyno toreth yr egin feddyliau am ormodedd ddeuai i'm meddwl blith-draphlith fel haid o wenoliaid – gormodedd bwyta, yfed, dyfeisio, difa, newid, gwella, gwobrwyo, cosbi a hyd yn oed caru. Yr unig beth a wyddwn oedd bod rhai o'r plu annelwig yma o feddyliau yn nefol, rhai'n annifyr, rhai'n braf ac yn fwyn; pob un wan jac yn bwysfawr. Pwysodd fy nhraed yn orawenus ar y pedalau benywaidd parod.

Aeth tŷ Courahan, yn ddüwch distaw pŵl o fwrllwch, heibio a'r tu ôl i mi ar y dde a chulhaodd fy llygaid yn llawn cyffro i drio treiddio i'm tŷ fy hun ddeucan llath ymhellach. Ymffurfiodd yn raddol yn yr union fan lle gwyddwn y safai a bu agos i mi ruo a gweiddi hwrê a bloeddio cyfarchion gwyllt pan gefais y cip cyntaf ar y pedwar wal syml yma. Hyd yn oed yn ymyl tŷ Courahan – fe'i cyfaddefwn bellach – fedrwn i ddim llawn f'argyhoeddi fy hun y tu hwnt i bob amheuaeth y gwelwn fyth eto'r tŷ lle'm ganed, ond dyma fi'n disgyn oddi ar Madam Beic y tu allan iddo. Roedd peryglon a rhyfeddodau'r ddeuddydd aeth heibio bellach i'w gweld yn odidog ac yn arwrol, a minnau wedi dod drwyddynt. Teimlwn yn enfawr, yn bwysfawr ac yn llawn grym. Teimlwn yn llon ac yn fodlon.

Roedd y siop a ffrynt y tŷ i gyd mewn tywyllwch. Powliais Madam Beic ato chwap, ei phwyso yn erbyn y drws a cherdded at yr ochr. Tywynnai golau o ffenest y gegin. Gan wenu wrthyf fy hun o feddwl am John Divney, es ati ar flaenau fy nhraed ac edrych i mewn.

Doedd dim byd beth alwech chi'n annaturiol yn yr hyn welais ond cefais un eto o'r sgytwadau iasoer hynny y tybiwn fy mod wedi'u gadael o'm hôl am byth. Safai gwraig wrth y bwrdd yn dal rhyw ddilledyn yn ddiarwybod yn ei dwylo. Wynebai i fyny'r gegin tua'r lle tân lle'r oedd y lamp a siaradai'n gyflym â rhywun ger y tân. Doedd y lle tân ddim i'w weld o'r lle safwn. Pegeen Meers oedd y wraig, y soniodd Divney unwaith am ei phriodi. Roedd yr olwg arni'n fy syfrdanu lawer mwy na'i gweld yn fy nghegin fy hun. Roedd fel petai wedi heneiddio, wedi twchu a britho'n arw. O edrych arni wysg ei hochr gwelwn ei bod yn magu mân esgyrn. Siaradai'n gyflym, hyd yn oed yn ddig, dybiwn i. Roeddwn yn siŵr ei bod yn siarad â John Divney a'i fod yntau'n eistedd â'i gefn ati wrth y tân. Arhosais i ddim i feddwl am y sefyllfa ryfedd hon ond cerdded heibio'r ffenest, codi clicied y drws, agor y drws yn gyflym a sefyll yno'n edrych i mewn. Ar un cipolwg gwelais ddau o bobl wrth y tân, llanc na welswn erioed o'r blaen a'm hen gyfaill John Divney. Eisteddai yntau â'i gefn hanner tuag ataf a'c fe'm lloriwyd gan yr olwg arno. Roedd wedi twchu fel bwi a'i wallt gwinau wedi mynd gan ei adael yn foel fel wy. Roedd ei wyneb cryf wedi suddo'n degyll o floneg llaes. Canfyddwn lygedyn llon o gil y llygad oedd yng ngolau'r tân: safai potel agored o wisgi ar lawr yn ymyl ei gadair. Trodd yn ddioglyd tua'r drws agored, hanner codi a rhoi sgrech drywanodd fi a thrywanu'r tŷ a sgrialu i fyny i ddiasbedain yn arswydus yn entrych y nef. Roedd ei lygaid wedi delwi ac yn ddisymud wrth rythu arnaf, ei wyneb llac wedi crebachu ac fel petai'n braenu'n gadach llipa llwyd o gnawd. Cliciodd ei enau unwaith neu ddwy fel peiriant ac wedyn syrthio wysg ei drwyn ar ei wyneb â sgrech ofnadwy eto a dawelodd yn riddfannau calonrwygol.

Roeddwn wedi dychryn drwof a safwn yn welw ac yn ddiymadferth yn y drws. Roedd y bachgen wedi llamu yn ei flaen i geisio codi Divney; rhoesai Pegeen Meers gri ofnus a rhuthro yn ei blaen hefyd. Darfu i'r ddau droi Divney ar ei gefn. Roedd ei wyneb wedi'i ystumio'n durs ffiaidd o ofn. Trodd ei lygaid tuag ataf unwaith eto wyneb i waered a'r tu ôl ymlaen a rhoes sgrech dreiddgar eto a malu ewyn yn ffiaidd. Cymerais gam neu ddau ymlaen i roi help llaw i'w godi oddi ar y llawr ond gwnaeth yntau symudiad ysgytlyd lloerig a thagu'r pedwar gair, "Cadwa draw, cadwa draw," mewn tinc o'r fath fraw ac arswyd fel y stopiais yn stond, wedi dychryn gan yr olwg arno. Yn ddryslyd rhoes y wraig sgwd i'r hogyn wyneblwyd a dweud:

"Rhed am y doctor at dy dad, Tommy! Brysia, gwadna hi!"

Mwmiodd yr hogyn rywbeth a rhedeg drwy'r drws heb fwrw cipolwg arnaf. Roedd Divney yn dal i orwedd yno, ei ben yn ei ddwylo, yn griddfan ac yn paldaruo'n gryg dan ei wynt: roedd y wraig ar ei gliniau'n trio codi ei ben a'i gysuro. Roedd bellach yn crio ac yn dweud rhwng ei dannedd ei bod yn gwybod y digwyddai rhywbeth pe na roddai'r gorau i godi bys bach. Es gam neu ddau ymlaen a dweud:

"Fedra i roi help llaw i chi?"

Thalodd hi ddim blewyn o sylw i mi, ddim hyd yn oed bwrw cipolwg arnaf. Ond cafodd fy ngeiriau effaith ryfedd ar Divney. Rhoes nâd o sgrech fyglyd rhwng ei ddwylo; wedyn gwaniodd honno'n igian crio taglyd a sodrodd ei wyneb mor dynn yn ei ddwylo fel y gwelwn ei ewinedd yn brathu'r bloneg gwyn llac y tu ôl i'w glustiau. Roeddwn yn dychryn fwyfwy. Roedd yn olygfa annaearol a chythryblus. Cymerais gam eto ymlaen.

"Os ca i," meddwn yn uchel wrth y wraig Meers, "mi'i coda i o a'i roi yn ei wely. Does dim byd yn bod arno fo heblaw ei fod wedi slochian gormod o wisgi."

Unwaith eto thalodd y wraig ddim rhithyn o sylw ond daeth cyfylsiwn dros Divney oedd yn ddychrynllyd i'w weld. Hanner cropiodd a hanner rowlio ei hun â symudiadau gwrthun ei aelodau nes ei fod yn swp crebachlyd ar du pella'r lle tân, gan droi'r botel wisgi ar ei ffordd a'i gyrru'n cloncian yn swnllyd ar draws y llawr. Griddfanai a rhoi gwaeddau o ing a'm fferrai i'r asgwrn. Dilynodd y wraig o ar ei gliniau, yn crio'n druenus ac yn trio mwmian geiriau o gysur. Roedd yntau'n igian crio lle gorweddai a dechreuodd weiddi a mwmian pethau ar draws ac ar hyd fel dyn yn rafio wrth borth angau. Amdanaf i y soniai. Dywedodd wrthyf am gadw draw. Dywedodd fy mod wedi marw. Dywedodd nad y blwch du roesai dan yr estyll yn y tŷ mawr ond ffrwydryn, bom. Ffrwydrodd pan gyffyrddais ag o. Gwyliodd y ffrwydro o'r lle y'i gadewais. Chwythwyd y tŷ'n gandryll. Roeddwn i wedi marw. Sgrechiodd arnaf i gadw draw. Roeddwn i wedi marw ers un mlynedd ar bymtheg.

"Mae ar farw," gwaeddodd y wraig.

Wn i ddim a synnais at beth ddywedodd ai peidio, na hyd yn oed a oeddwn yn ei goelio. Aeth fy meddwl yn hollol wag, yn ysgafn, a theimlai fel petai'n glaerwyn ei liw. Sefais am hydoedd yn union lle'r oeddwn heb na symud na meddwl. Ar ôl peth amser meddyliwn fod y tŷ'n rhyfedd a dechreuais simsanu ynghylch y ddau ar lawr. Roedd y ddau'n griddfan ac yn nadu ac yn crio.

"Mae ar farw, mae ar farw," gwaeddodd y wraig eto.

Sgubai gwynt main oer drwy'r drws agored y tu ôl i mi gan beri i olau'r lamp oel wegian yn ysbeidiol. Meddyliais ei bod yn bryd i mi fynd. Trois yn stiffiach fy nghamre a cherdded allan drwy'r drws ac i ffrynt y tŷ i nôl Madam Beic. Roedd wedi mynd. Cerddais allan i'r lôn eto a throi i'r chwith. Aethai'r nos heibio a daethai'r wawr a rhewynt deifiol i'w chanlyn. Roedd yr awyr yn welwlas ac yn drwm gan ddrygargoel. Pentyrrai cymylau duon dicllon yn y gorllewin, yn foliog ac yn lwth, yn barod i chwydu eu llygredd i foddi'r byd diflas. Teimlwn yn ddigalon, yn wag a heb feddwl yn fy mhen. Roedd y coed ym min y lôn yn ddrewllyd ac yn nychlyd a symudent eu cangau noeth di-ddail yn llwm yn y gwynt. Roedd y glaswellt gerllaw yn arw ac yn ffiaidd. Ymestynnai mignen dan ddŵr a chors afiach yn ddiddiwedd i'r dde ac i'r chwith. Roedd llwydni'r awyr yn ofnadwy i edrych arno.

Cariodd fy nhraed fy nghorff llibin ymlaen yn ddigymell am filltiroedd ar filltiroedd o lôn arw ddigysur. Roedd fy meddwl yn hollol wag. Chofiwn i ddim pwy oeddwn, lle'r oeddwn na beth oedd fy mherwyl ar y ddaear. Roeddwn ar fy mhen fy hun ac yn drallodus ac eto doeddwn i'n malio'r un ffadan beni amdanaf fy hun. Roedd y llygaid yn fy mhen yn agored ond welen nhw ddim byd am fod fy mhen yn wag.

Yn sydyn fe'm cefais fy hun yn sylwi ar fy modolaeth

fy hun ac yn ystyried f'amgylchfyd. Roedd tro yn y lôn a phan ddois heibio iddo gwelais olygfa hynod. Tua chanllath i ffwrdd roedd tŷ a'm syfrdanodd. Roedd arno olwg hysbyseb wedi'i beintio ar fwrdd ym min y lôn ac wedi'i beintio'n ddybryd o sâl at hynny. Roedd golwg gwbl ffug ac anargyhoeddiadol arno. I'w weld heb na dyfnder na lled ac fel na thwyllai blentyn. Doedd hynny ynddo'i hun ddim yn ddigon i'm syfrdanu, a minnau wedi gweld lluniau a hysbysebion ym min y lôn o'r blaen. Yr hyn a'm drysai oedd gwybod hyd sicrwydd, ym mhwll fy nghalon, mai hwn oedd y tŷ y chwiliwn amdano a bod yna bobl y tu mewn iddo. Welswn i erioed â'm llygaid yn fy myw ddim byd mor annaturiol ac echrydus a gwegiai fy ngolygon o gwmpas y peth yn ddiddirnad fel petai un o'r dimensiynau arferol ar goll, gan adael y gweddill yn ddiystyr. Yr olwg ar y tŷ oedd y syndod mwyaf ddaethai i'm rhan erioed ac roedd arnaf ei ofn.

Daliais i gerdded ond cerddwn yn arafach. Fel y dyneswn, roedd y tŷ fel petai'n newid ei olwg. I ddechrau doedd o'n ddim byd tebyg i siâp tŷ cyffredin ond daeth yn annelwig ei amlinell fel cip ar rywbeth dan ddŵr crychdonnog. Wedyn daeth yn groyw eto a gwelwn ei fod yn dechrau magu cefn, rhyw ychydig o le i stafelloedd y tu ôl i'r wyneb. Casglais hyn o'r ffaith fy mod fel pe bawn yn gweld y tu blaen a'r cefn ar yr un pryd o'r lle'r oeddwn yn dynesu at beth ddylsai fod yn dalcen. Gan nad oedd talcen a welwn tybiwn fod y tŷ'n daironglog a'i big tuag ataf ond pan oeddwn bymtheg llath i ffwrdd gwelais ffenest fach yn fy wynebu ac o hynny gwyddwn fod iddo *rywfaint* o dalcen. Wedyn fe'm cefais fy hun bron yng nghysgod yr adeilad, fy ngwddw'n sych ac yn ofnus gan ryfeddu a phoeni. Roedd i'w weld yn ddigon cyffredin yn agos ato heblaw ei fod yn wyn ac yn llonydd iawn. Roedd yn dynghedus ac yn frawychus, a'r bore ar ei hyd a'r hollfyd i'w gweld heb ddiben o fath yn y byd ond ei fframio a rhoi iddo ryw bwys a safle fel y medrwn gael hyd iddo â'm synhwyrau'n unig a chogio fy mod yn ei ddeall. Dywedai arfbais yr heddlu uwch ben y drws wrthyf mai swyddfa heddlu oedd yma. Welswn i yn fy myw mo'r fath swyddfa heddlu.

Sefais yn stond. Clywn sŵn traed o bell ar y lôn y tu ôl i mi, sŵn traed trwm yn brysio ar f'ôl. Edrychais i ddim o'm hôl ond sefyll yn ddisymud ddecllath o'r swyddfa heddlu yn aros am y camau brysiog. Daethant yn uwch ac yn uwch ac yn drymach drymach. O'r diwedd daeth ochr yn ochr â mi. John Divney oedd o. Edrychon ni ddim ar ein gilydd na dweud gair o'n pennau. Cydgamais ag o a marstiodd y ddau ohonom i'r swyddfa heddlu. Gwelsom, yn sefyll â'i gefn tuag atom, blismon enfawr. Roedd golwg anghyffredin ar ei gefn. Safai'r tu ôl i gownter bach mewn stafell ddydd dwt wedi'i gwyngalchu; roedd ei geg yn agored ac edrychai i ddrych ar y pared.

"Fy nannedd i sydd," fe'i clywsom yn dweud yn bell ei feddwl a hanner dan ei wynt. "O'r dannedd mae agos i bob clefyd yn deillio."

Pan drodd roedd ei wyneb yn syndod i ni. Roedd yn anferthol o dew, coch a llydan, wedi'i sodro'n sgwarog ar wddw'i diwnic yn drwsgl drwm fel sachaid o flawd. Roedd ei hanner isaf ynghudd dan fwstash coch ffyrnig a saethai allan o'i groen ymhell i'r awyr fel cyrn rhyw anifail anghyffredin. Roedd yn fochgoch ac yn fochgrwn a'i lygaid bron yn anweledig, ynghudd oddi uchod gan fargodi ei aeliau tuswog ac oddi isod gan blygion tew ei groen. Daeth draw'n droetrwm at ochr fewn y cownter ac aeth Divney a minnau yn ein blaenau'n ostyngedig o'r drws nes ein bod wyneb yn wyneb.

"Beic sy dan sylw?" gofynnodd.

Ar gael hefyd o www.melinbapur.cymru

R. Silyn Roberts
Llio Plas y Nos

"...noson oedd hon i lenwi'r ofnus â braw. Symudai cysgodion y cymylau ar hyd wyneb y ddaear, a newidiai cysgodion brigau'r coed i bob ffurf a llun dan gernodiau ffyrnig gwynt y gorllewin. Awgrymai'r cysgodion ansicr eu dawns bresenoldeb ellyllon a drychiolaethau i'r dychymyg; a swniai'r gwynt trwy'r brigau a'r glaswellt fel rhuthr lleng o ysbrydion anweledig yng ngolau gwan, gwelw'r lloer; cymerai pethau cyffredin ffurfiau annaturiol, a hawdd i feddwl dyn oed llithro i stad freuddwydiol ac ofnus, ac ymlenwi â hanesion dychrynllyd am ffyrdd a llwybrau lle y cyniweiria ysbrydion anesmwyth eu byd."

Ar eu gwyliau yng Nyffryn Llifon, mae Gwynn Morgan a'i gyfaill, y Ffrancwr Ivor Bonnard, yn clywed sibrydion am yr hen adfail rhyfedd, Plas y Nos, ac yn dysgu am hanes arswydus y lle. Wedi iddynt fynd i'w archwilio, mae ar Ivor eisiau gwybod rhagor. Tybed, mewn gwirionedd, ai cyd-ddigwyddiad yw hi eu bod ill dau yno?

Stori ddirgelwch gyffrous sy'n cyfleu elfennau o syniadaeth rhamantaidd ei hawdur, cyhoeddwyd Llio Plas y Nos gyntaf yn 1906 a'i hail-gyhoeddi ddwywaith yn yr 1940au. Mae'r argraffiad newydd hon mewn orgraff ddiwygiedig yn cyflwyno'r nofel o'r newydd i ddarllenwyr heddiw.

Ar gael hefyd gan Melin Bapur:

T. Rowland Hughes
Chwalfa

"Wyddwn i ddim 'i fod o wedi gyrru'i enw i mewn."
Nid oedd ond un ystyr i'r geiriau, a chododd Edward Ifans
ei olwg yn reddfol tua'r cerdyn ar y silff-ben-tân.
"Nid oes Bradwr yn y tŷ hwn," meddai'n chwerw wrtho'i
hun.

Mae hi'n droad yr ugeinfed ganrif, ac yn chwarel
pentref Llechwedd ym mro Chwarelyddol Gogledd
Cymru mae'r gweithwyr, yn sgil gwrthdaro hir gyda'r
perchnogion wedi penderfynu sefyll allan yn y gobaith
y caent gwell tâl ac amodau a gweld diwedd i system
nepotistaidd y *Contractors*.

Ond wrth i'r misoedd fynd rhagddynt heb ddim
golwg ar ddiwedd i'r streic, fe rwygir y gymuned yn
ddarnau fesul teulu wrth i'r Bradwyr troi eu cefnau ar
eu cyfeillion a dychwelyd i'r chwarel, ac wrth i eraill
adael y fro i chwilio am fywyd gwell yn y Sowth.

Un o nofelau mawr yr iaith Gymraeg, dyma
argraffiad newydd hwn o nofel hanesyddol bwerus T.
Rowland Hughes sy'n croniclo effaith Streic Fawr
Chwarel y Penrhyn ym Methesda o 1900-03.

Gyda rhagymadrodd newydd gan Elin Gwyn.

Ar gael hefyd gan Melin Bapur:

T. Gwynn Jones
Camwri Cwm Eryr

*"Mae Cwm Eryr yn eiddo i chi drwy ewyllys yr hen Sgweiar,"
meddai Lloyd, "a feder neb fynd a'r eiddo oddi arnoch chi,
os nad oes—"
"Os nad oes beth?" ebe Jackson, a'i galon bron â neidio i'w safn.
"Os nad oes rhyw flaw yn 'wyllys yr hen Sgweiar, a dydi hynny
ddim yn debyg."*

Wedi marwolaeth ei dad-yng-nghyfraith, Sgweiar ystâd
helaeth Cwm Eryr, llwyddodd Harold Jackson drefnu
i'r holl etifeddiaeth ddod i'w ddwylo ef ei hun yn
hytrach na'r gwir etifedd, Arthur Wynn. Yn falch, yn
ddi-hid ac yn greulon, mae Jackson yn byw bywyd
bras, a'i gyfoeth enfawr yn ddiogel... ond ydy hi?

Ail nofel T. Gwynn Jones, cyhoeddywd *Camwri Cwm
Eryr* yn ddienw ar dudalennau Papur Pawb rhwng
1898-99; mae'n ymddangos yma ar ffurf cyfrol am y
tro cyntaf erioed. Dyma hanes camwedd a thwyll, gyda
dogn o sylwebaeth gymdeithasol am anghydraddoldeb,
ac yn Harold Jackson cawn un o gneifion mwyaf
dieflig ein llenyddiaeth.

*"Mae'r ddeialog yn ystwyth a naturiol, a dyna un peth sy'n ei
wneud yn arloeswr ym maes y nofel Gymraeg."
—Alan Llwyd*

MELIN BAPUR

www.melinbapur.cymru

Dilynwch ni ar:

X (@melinbapur)
Facebook (@melinbapur

www.ingramcontent.com/pod-product-compliance
Lightning Source LLC
Chambersburg PA
CBHW040524170726
48295CB00012B/332